ALINE SANT'ANA

VIAJANDO COM ROCKSTARS – 3.5
POR CAUSA de

Editora Charme

Copyright© 2019 Aline Sant'Ana
Copyright© 2019 Editora Charme

Todos os direitos reservados. Nenhuma parte deste livro pode ser utilizada ou reproduzida sob qualquer meio existente sem autorização por escrito dos editores.

Esta é uma obra de ficção. Nomes, personagens, lugares e acontecimentos descritos são produtos de imaginação do autor. Qualquer semelhança com nomes, datas e acontecimentos reais é mera coincidência.

1ª Impressão 2020

Produção Editorial: Editora Charme
Capa e Produção Gráfica: Verônica Góes
Revisão: Equipe Editora Charme
Fotos: Depositphotos

FICHA CATALOGRÁFICA ELABORADA POR
Bibliotecária: Priscila Gomes Cruz CRB-8/8207

S231p	Sant' Ana, Aline
	Por causa de você / Aline Sant'Ana; Revisor: Revisão: Equipe Editora Charme; Capa e produção gráfica: Verônica Góes– Campinas, SP: Editora Charme, 2020. 288 p. il.
	ISBN: 978-65-50560-17-1
	1. Romance Brasileiro| 2. Ficção brasileira- I. Sant'Ana, Aline. II. Paz, Sophia. III. Góes, Verônica., IV. Título.
	CDD B869.35

www.editoracharme.com.br

ALINE SANT'ANA

VIAJANDO COM ROCKSTARS – 3.5
POR CAUSA
de você

Editora Charme

"A voz do amor é o gesto."

— ZACK MAGIEZI

Para todos aqueles que entendem que amor é sinônimo de entrega.

Aline Sant'Ana

Por causa de você

PRÓLOGO

I think I just died
And went to heaven
And now you've come to raise me up
— Avicii feat. Chris Martin, "Heaven".

Durante o cruzeiro Heart On Fire

Ilhas Cayman, Caribe

Lua

O lugar era paradisíaco, as arraias e a cor do mar, surpreendentes, mas nada se comparou à maneira que Yan Sanders me olhou naquele segundo, como se eu fosse o último morango da salada de frutas. Ah, com certeza eu amaria ser devorada por aquela boca. Foi como se apenas nós dois existíssemos naquele azul. Para ser bem honesta, a vontade de beijá-lo, de transar com ele ali mesmo... Os turistas ficariam chocados se eu tirasse o biquíni?

— Você acha que pode correr de mim? — Franziu a testa.

— E quem disse que eu quero correr?

— Por que está dando passos para trás, então?

— Eu gosto de estar no controle. — Ergui o queixo e esbocei um sorriso.

Ops, acho que disse algo errado.

Yan se aproximou e de repente me jogou sobre o ombro direito, como se eu não passasse de um saco de batatas. Me debati, mas o homem era forte; uma total injustiça. Golpeei suas costas com o punho fechado, só que Yan não pareceu abalado. Riu, os soquinhos só causando cócegas.

Aposto que ele lidava com as fãs histéricas, atraindo centenas de mulheres por metro quadrado, mas, ao invés de o xingarem, diziam o quanto era delicioso.

— Acho que você perdeu a liderança, Lua.

— Ainda estou no comando, tá legal? — Ri, tentando ignorar o quanto sua beleza mexia comigo. Estremeci no exato segundo em que Yan segurou a parte de trás das minhas coxas para me ajeitar melhor em seu ombro.

— Ah, Gatinha... eu acho que não.

Aline Sant'Ana

Caramba, que loucura. Não podia acreditar que tinha encontrado o meu ex-namorado em um cruzeiro erótico! De quebra, trouxe um de seus amigos gostosos. Confesso, Carter continuava lindo, até mais bonito do que na época em que o conheci, sete anos atrás, mas, caramba, eu não o via dessa maneira, acho que nunca o vi.

Mas aí havia o baterista.

Como se Thor descesse entre nós e ficasse esbanjando beleza nórdica. Não que Yan fosse loiro, cabeludo e carregasse um martelo por aí, tudo bem, nada disso, mas em comparação aos meros mortais que passaram na minha vida? Esse cara não tinha nada de normal. Ele exalava sedução, intensidade e eu já podia imaginar como era empenhado na cama.

— Você está muito mandão — reclamei enquanto o sentia me escorregar bem rente ao seu corpo.

Ah. Meu. Deus!

Todos aqueles músculos se esfregaram em cada parte da minha pele. Não havia muito entre nós, apenas roupas de banho e a temperatura febril pelo sol.

Olá, paraíso. Você é bem gostoso.

— Você acha? — Sua voz soou muito maliciosa.

— Uhum.

Yan afastou o cabelo do meu rosto e segurou as laterais delicadamente. Entreabri os lábios para respirar com mais calma. Observei-o, adorando a maneira que os cabelos tinham pequenos fios mais claros em contraste aos castanhos, como se vivesse nas praias. Sua pele era bronzeada e os olhos muito claros e cinzentos se destacavam. O maxilar era quadrado e os lábios, tão bem desenhados, sumiram quando Yan os prensou e desviou a admiração para fitar a minha boca.

— Você vai me beijar? E não me pergunta se eu quero? — sussurrei.

Quando nossos lábios rasparam, a diversão evaporou. Uma onda quente me fez tremer como uma garotinha fugindo do frio, e Yan, ao perceber que eu cederia, abriu um sorriso contra a minha boca.

— Não preciso pedir quando vejo a resposta em seus olhos.

Lábios macios preencheram o espaço que faltava. Yan acariciou com os polegares o meu rosto e uniu nossas bocas, já ditando o ritmo, de modo que eu não pude fazer nada além de ceder ao desejo.

Sua língua entreabriu minha boca depois de um movimento ou dois, e eu praticamente tremi quando percebi que ele era o encaixe perfeito. Desde o seu gosto, até a maneira que seu corpo se projetava no meu, o modo como fazia questão de me mostrar o quanto era carinhoso, apesar da dominação evidente. Sua boca era deliciosa, doce em contraste aos meus lábios salgados do mar.

E o modo como sua língua tocou a minha e girou em torno dela, sem parar de me provocar nem por um segundo, fez meus joelhos vacilarem. Ele raspou os dentes no meu lábio e depois puxou a ponta da minha língua em uma mordida suave, fazendo meus pelos subirem em alerta. Levei as mãos para os seus cabelos e apertei forte os fios, engolindo um resmungo masculino, enquanto Yan me moía em seus braços.

Deuses nórdicos beijam como o próprio pecado. Fiquei tão excitada, que o puxei ainda mais para perto, querendo-o dentro de mim. Quando percebi que minhas mãos desceram do seu cabelo para a nuca e ousaram brincar, por fim, com a borda da bermuda, precisei engolir em seco.

Ele se afastou devagar.

Ofegante, sem nos separar muito, subi as pontas dos dedos para tocar a barriga perfeita e malhada e o peito sem pelos. Havia uma tatuagem em sua costela, com vários dizeres. Não parei para lê-la, mas ele também tinha outra semelhante, menor, próxima ao ombro. Havia mais, espalhadas por ali.

Eu só queria beijar cada uma.

Yan umedeceu os lábios inchados com a ponta da língua. Ainda estava perto demais de mim, de modo que sua altura cobria o sol que vinha em direção ao meu rosto. Ver um halo *sobre a cabeça de um homem que parecia tudo, menos um santo, me fez sorrir.*

Sua mão segurou a minha cintura, o rosto desceu para o meu, e Yan resvalou seus lábios na minha orelha.

— Você quer mais?

— Muito mais. — *Minha voz saiu tão fraca quanto meu coração, que não sabia se parava ou acelerava de vez.*

Yan riu baixinho.

— Ótimo, porque, depois desse beijo, acho que sou incapaz de ficar longe da sua boca.

Aline Sant'Ana

Por causa de você

CAPÍTULO 1

You're just like me, you're out your mind
I know it's strange, we're both the crazy kind
You're tellin' me that I'm insane
Boy, don't pretend that you don't love the pain

— Ava Max (Morgan Page Remix), "Sweet But Psycho".

Dias atuais

Fernando de Noronha, Brasil

Lua

Jogada na rede, na varanda do bangalô, com uma vista noturna de tirar o fôlego da Baía do Sueste, pensei em como a nossa vida seria se estivéssemos em uma série de televisão.

Anteriormente, em Viajando com Rockstars...

Com uma voz sexy de locutor narrando, é claro.

A) *Lua e Yan ficaram noivos e a vida se tornou maravilhosa. Especialmente agora, que eles estão em uma viagem super romântica em Fernando de Noronha.*

Voto para fazerem uma retrospectiva, especialmente do nosso primeiro beijo da vida. Ficaria lindo na Netflix! Poderiam até colocar alguma música romântica da The M's, não que eles sejam fofinhos, mas vocês me entenderam.

B) *Vilã é presa graças à ajuda do sexy segurança da The M's, Mark Murdock, em uma viagem secreta para a Indonésia, ao lado de uma agente que fisgou seu coração.*

Zane, o fofoqueiro, nos contou sobre a história de Mark e Cahya. Agora, já estávamos fazendo nossa parte, sendo os cupidos dessa operação. Ah, a trilha sonora? Não sei, mas acho que a música do Missão Impossível seria plágio...

Nota mental: Roxanne, depois que soube da missão, apelidou o Mark de Bond, o que eu achei uma tremenda sacanagem com o Tom Cruise.

C) *Carter está com a Erin a mil maravilhas na Argentina, um dos diversos países que ela foi desfilar.*

Eu fico me perguntando até hoje se eles não vivem de verdade um conto de fadas e se eu não estou em um universo paralelo da Disney. Eles são tão lindos!

Aline Sant'Ana

D) Zane, que se dizia vacinado contra o amor, está planejando o casamento com a Kizzie. Não é que o mais promíscuo da The M's foi laçado?

Tão bom quando os homens pagam com a língua, não é mesmo?

E) Shane e Roxanne, possíveis protagonistas da próxima temporada, estão em um resort cinco estrelas. Shane está se recuperando e parece melhor a cada dia ao lado de sua melhor amiga, Roxy.

Amigos, eles dizem. É bom frisar essa parte.

Pisquei, sentindo a brisa tocar minha pele, e soltei um suspiro. Estava na hora de voltar para a realidade. Eu estava sozinha, Yan tinha saído para fazer uma videoconferência — a internet da recepção era melhor — com os meninos, Kizzie e Oliver. E a pausa de cinco minutos que eu dei não ajudaria nos meus planos. Muito menos apareceria uma fada madrinha para me auxiliar. A verdade é que... eu queria fazer um jantar em comemoração à página que viramos, propor conhecermos mais lugares em Fernando de Noronha e também conversar com Yan sobre um tópico interessantíssimo. Se tivesse sorte, ficaria presa a noite toda em alguma algema que ele tinha escondido na mala.

Para isso acontecer, eu precisava parar de imaginar que éramos uma série de televisão e colocar a mão na massa. Eu *literalmente* cozinharia. Chocante, eu sei. Mas romântico também, né?

Já tinha picado tudo, só faltava criar coragem para começar.

— O quão difícil pode ser fazer um molho caseiro no liquidificador? — falei sozinha.

Ah, a internet! Peguei o celular e fiquei fuçando até que encontrei um homem que explicava passo a passo no YouTube. Disposta a tentar, me levantei da rede, enquanto ouvia sobre temperos e a importância de colocar o molho em uma panela alta.

Cheguei na cozinha e encarei os ingredientes que pedi ao serviço de quarto do resort. Tomates inteiros: Ok. Dentes de alho: Ok. Cebolas: Ok. Franzi a testa. Só isso? Ah, não, tem óleo, água, sal...

— Deixa eu voltar o vídeo — sussurrei.

Sério, eu era uma excelente nutricionista, mas não herdei o talento da minha mãe e da minha avó para a cozinha. Eu esquecia a receita e, geralmente, quando lembrava e finalmente fazia, dava errado; minha mão não era boa ou algo do tipo. E, fala sério, cozinhar era meio matemático, e isso era a cara do Yan, mas eu tinha que arriscar.

Coloquei os ingredientes no liquidificador. Inclinei a cabeça, analisando. Parecia certo. Enfiei a tampa e torci para que o molho não ficasse com gosto

Por causa de você

de... qualquer coisa que não fosse comestível. Mas era tudo comida ali, não tinha como dar errado, né? O macarrão estava cozido, só faltava fazer o molho. Olha que progresso!

— Você consegue, Lua — incentivei a mim mesma e apoiei as mãos em cada lado da cintura. — Você está em um bangalô exótico ao lado do homem dos seus sonhos. Depois de viver um inferno na Terra, você é capaz de fazer um maldito molho caseiro.

Girei o botão e o som do liquidificador soou alto. Ele começou a bater, mas percebi que a velocidade um estava com dificuldade. Aumentei para três. E aí... o motivo de eu ser péssima na cozinha deu as caras e tudo se transformou em uma explosão vermelha. Desliguei o liquidificador, mas não antes dos meus planos voarem pelos ares. Eu literalmente tomei um *banho* de tomate.

Fiquei uns cinco segundos parada, só processando a merda que aconteceu.

— Ótimo, Lua. Você tá de parabéns mesmo — sussurrei.

O molho, meio batido, deslizou pela minha cara, assim como por toda a cozinha e o chão. Como se zombasse de mim, um tomate meio partido foi escorregando na parede, até atingir a pia e ficar imóvel, desistindo de viver.

Fechei os olhos, querendo que aquilo fosse um sonho. Mas, quando os abri, o Apocalipse dos Tomates ainda estava lá. Limpei minha testa com as costas da mão, derrubando mais molho aos meus pés.

Tá vendo? Se isso fosse uma série de TV, eu não teria estragado o jantar romântico.

— Como você vai ser a esposa desse homem perfeito se continua fazendo as mesmas merdas de quando tinha oito anos de idade? — resmunguei.

Quando lembrava do ano que moramos juntos no apartamento do Yan, reconhecia, agora, que eu tinha que mudar algumas coisas para que a nossa convivência fosse melhor. Eu havia brincado de casinha, mas agora a coisa ia ficar séria. Então, na expectativa de ser a Sra. Sanders daqui a uns anos, eu maratonei a série Marie Kondo: A Magia da Arrumação, e confesso que aprendi até a dobrar a roupa. Tentei aprender também a cozinhar, mas, como explodi o liquidificador, acho que, talvez, eu não tenha mais solução.

Exalei fundo, limpei as mãos e peguei o celular. Como uma criança com medo de levar bronca, fechei os olhos e franzi os lábios, escutando o celular do Yan chamando.

Atrás de mim.

Achei que demoraria mais de uma hora para ele voltar para o bangalô.

Aline Sant'Ana

Mas, pelo visto...

Abaixei o telefone e o coloquei sobre a bancada. Covardemente, girei o corpo e tentei consertar a minha dignidade jogando uma mecha de cabelo, cheia de tomate, para trás da orelha.

— Amor, eu juro que os tomates se rebelaram.

Yan

Quando eu e Lua viemos para essas férias, não fazia ideia de que o mundo continuaria girando. Parecia que vivíamos em um universo paralelo de paz e amor. Havíamos passado alguns dias em Noronha curtindo cada segundo e, lá nos Estados Unidos, tudo estava se resolvendo, sem precisarem de mim.

Não era louco isso? Não era... libertador?

Estava aliviado por Suzanne estar presa, feliz por Shane estar limpo, por Carter ter ido com a Erin para a Argentina, por Zane ter se apaixonado de verdade pela Kizzie a ponto de ajudá-la a escolher a decoração do casamento, e por Mark, que, embora não soubesse ainda, teria a sua chance no amor. Feliz pela liberdade que todos nós conquistamos.

Estava prestes a dizer para Lua que amanhã tínhamos planos quando...

Que porra foi essa?

Dei alguns passos até Lua, inclinando o rosto, analisando-a da cabeça aos pés. Eu havia saído por exatos quarenta e três minutos, e a cozinha do nosso bangalô parecia um cenário de filme de terror dirigido por uma criança. Cheguei exatamente na hora em que o liquidificador jogou tudo pelos ares, e eu só fui afetado por uma gota do molho de tomate na minha calça, bem na virilha.

Quanto tempo levaria até lavar toda a cozinha e colocar as coisas no lugar? Reparei no estrago: a tampa do liquidificador tinha rachado, havia tomate no teto e Lua parecia uma almôndega gigante. Vestida com um short jeans e uma regata marrom, ela estava linda e o meu coração acelerou pelo que disse em voz alta sobre ser minha esposa... Só que não ousei sorrir.

Não agora.

Pelo contrário, fechei a cara, porque eu ia aproveitar a deixa.

— Os tomates se rebelaram? — Minha voz saiu rouca.

— Eu tentei... — Ela parou e franziu a testa.

— Hum, diga.

Por causa de você

— Eu *tentei* fazer um macarrão com molho caseiro para você.

— Na cozinha do bangalô, sendo que há um restaurante na pousada — pontuei.

— A ideia era te surpreender.

Eu queria beijá-la, tomá-la, amá-la, com carinho, da mesma forma que vinha fazendo desde o dia em que chegamos ao Brasil. Mas a brincadeira de ser malvado estava tão boa. Olhei ao redor, observando o assassinato em massa dos tomates, e pigarreei, sério.

— Você realmente me surpreendeu.

Lua não aguentou e começou a rir. Eu não conseguiria ficar bravo, cara. Nunca. Apesar de que, se isso fosse no meu apartamento... Deus. Na minha cozinha. Talvez eu pegasse o cinto e batesse na sua bunda... *Merda*. Senti meu corpo responder à ideia, mas o ignorei.

Cruzei os braços na altura do peito e Lua perdeu a risada.

— Eu sinto muito.

— Você sente? — Esfreguei um lábio no outro.

— Sim! Na verdade, eu tinha pensado em uma noite mágica hoje... queria te dizer algumas coisas, curtir com você e comemorar, mas, simplesmente...

Franzi o nariz.

— Deu errado — concluí.

— Eu te disse, os tomates se rebelaram. — Quase sorriu. — Você tá bravo comigo?

Lua não era mulher de ficar insegura, então ela realmente estava tentando algo novo. Ainda sério, fui até a tampa do liquidificador e peguei-a do chão. Andei sobre a sujeira do molho, ignorando os sons grudentos da sola do sapato cada vez que pisava. Imaginei meu apartamento tão limpo e uma paz calou a voz que me mandava arrumar imediatamente a cozinha.

Lancei um olhar para Lua. As bochechas coradas, o rosto com tomate respingado, os olhos castanho-esverdeados brilhando para mim.

— Me acompanhe, por favor.

Chegando ao meu lado, seu braço sujo de molho raspou na minha camisa branca, mas não me importei. Levei lentamente a tampa rachada até o liquidificador e aquele foi o momento de eu sorrir, meio de lado, provocando. Lua não tirou os olhos de mim. Com um movimento sutil e imperceptível, girei a tampa, fazendo um click suave, de que havia encaixado.

Aline Sant'Ana

Meu sorriso ficou mais largo.

— Isso foi um click? — Lua arregalou os olhos.

— Você não ouviu esse estalo antes, certo?

— Hum...

— Não?

— Não — confessou.

Soltei uma risada calorosa, e Lua estreitou o olhar para mim. Em meio segundo, puxei-a pelo passador do short jeans, colando seu corpo todo sujo na minha roupa, antes limpa. Ela bateu as mãos no meu peito, choque passando por seu rosto, até se render e abrir um sorriso. Ergui só uma sobrancelha.

— Você tá rindo de mim? — perguntou, e eu desci os olhos para sua boca.

Aquela mulher era a única que, só de passar a ponta da língua entre os lábios, me acendia como se eu estivesse vendo-a completamente nua. Desci o rosto, trocando meu ar com o dela. Fechou os olhos, acreditando que seria beijada. Mas, ao invés disso, meus lábios tocaram a ponte do seu nariz, e eu lambi o molho que estava ali, provando o sabor.

Ela abriu as pálpebras, as íris brilhando.

Minha futura esposa.

— Você esqueceu do açúcar para contrabalançar a acidez — sussurrei, rouco. — De resto, Lua Anderson, você é perfeita para se tornar a minha mulher. Nunca pense o contrário.

Eu a tinha escutado duvidar de si mesma e não queria nunca mais ouvir aquilo. Ela colocou as mãos nos meus braços, apertando meus músculos, me sentindo. Meu quadril foi para frente, querendo. Só com a nossa aproximação, o tesão começou a desenrolar na minha barriga, judiando... *porra*.

— Você ouviu... Espera, isso significa que não está bravo? — Sua voz soou mais baixa, sensual. Lua envolveu seus braços na minha nuca, ficando na meia-ponta dos pés.

— Não. Mas fiquei com algo na cabeça. O que você quer conversar?

— Não sei se é o momento... Eu tinha pensado em te servir o jantar e depois dizer.

Semicerrei os olhos.

— Vamos começar em outro lugar.

— O quê?

Por causa de você

— Shh.

Com a mão em sua cintura, brinquei com a regata dela, raspando as costas dos dedos na pele, até puxar a roupa e jogá-la sobre a bancada da cozinha. Admirei seu corpo, para depois parar em seus olhos, rendido, com o coração fora de mim. Encará-la com tesão trazia um sentimento primário de que Lua pertencia aos meus braços, trazia a sensação de que eu era o único homem que receberia esse olhar. Porra, era delicioso ver isso em seu rosto.

Ela ficou parada, me observando. Desci o short jeans com cuidado, sem tirar meus olhos dos seus, até ele cair. Me afastei um pouco, só para secá-la com uma lingerie tão deliciosa que me fez piscar duas vezes.

— Rosa e renda. — Minha respiração saiu rasa. Seus seios estavam tão gostosos, metade para fora, só os mamilos escondidos. A calcinha era um fio dental, que fazia parecer que estava sem nada, só cobrindo a linha deliciosa da sua boceta. Minhas bolas pulsaram, enviando uma onda de tesão para o meu pau, que ficou imediatamente duro e pronto, me pedindo para rasgar tudo aquilo e entrar nela.

Lua soltou a respiração pelos lábios, como se lesse a minha mente.

Indo contra a minha vontade de fodê-la na cozinha mesmo, peguei-a pela mão e pedi que tirasse os sapatos junto comigo. Assim que o fizemos, ergui-a no colo, como uma noiva. Leve em meus braços e, sem esforço, comecei a caminhar até o banheiro, sentindo seus olhos em mim. Ela passou os braços pelo meu pescoço, abrindo um sorriso completo.

— Você tinha planos de conversar? — perguntei.

— Minha expectativa era um jantar romântico, a conversa e depois...

— E depois?

Eu queria ouvi-la dizer. Mas Lua fez mais do que isso.

Assim que a coloquei de pé, se aproximou e passou as mãos pelo meu tórax, descendo os dedos por tudo, arrepiando meus mamilos, minha pele, ainda que eu estivesse vestido. *Vou ficar maluco.* Lua foi até o meu cinto, e eu deixei os braços parados ao lado do corpo, me entregando aos seus dedos, que agarraram a camisa, puxando-a de dentro da calça. Me lançou um olhar, enquanto tirava botão por botão da casa. A camisa foi se abrindo, ao mesmo tempo em que o calor foi aumentando. A criatividade me mandou fodê-la contra o box.

Tentador.

— Conversar e depois ser devorada por você. — Lua tirou a camisa por meus ombros e braços, e pude jurar que suas íris começaram a pegar fogo. — *Devorada*, Yan. Esse era o tema da conversa que eu queria ter. Talvez... — Minha

Aline Sant'Ana

camisa social foi jogada no chão. Lua passou a ponta dos dedos no meu queixo, descendo pela coluna da garganta, no meio do meu tórax, escorregando suas unhas por meu estômago, os gomos do meu abdome, até alcançar o umbigo e agarrar a fivela do meu cinto bem forte. Meu pau deu um impulso. — É, talvez esse seja o momento de conversarmos.

Prendi a respiração.

Ela estava indo além do limite que eu permitia e sabia disso. Lua conhecia as regras, sabia que eu começava as coisas, e não o contrário.

— O que você quer me dizer?

— Eu quero dizer que você está deixando eu te tocar. — Lua desafivelou o cinto.

— Aham. — Fiquei arrepiado com o som e com o movimento que o cinto fez ao sair do passador.

— Você não permitia essas coisas. — Lua jogou o cinto no chão.

— Não. — Engoli em seco.

Ela colocou os dedos no botão da minha calça, livrando-me. Assim que começou a baixar o zíper, imediatamente segurei suas mãos, sem delicadeza nenhuma.

— Isso. — Ela me olhou, curiosa, como se me estudasse. — *Isso* é o que você faz quando eu apronto alguma coisa. Você me pune, Yan. Você me prende, você transa comigo com força, você me amarra e bate forte. Sabe, amor, você tem sido um pouco... suave ultimamente.

— Suave?

O quê?

Lua

Percebi que o rosto do meu noivo começou a ficar confuso. Essa era a conversa que eu queria ter. Sabe, depois de descobrir a doença e apesar de já estar curada, Yan me tratava como se eu fosse quebrar. Não me leve a mal, eu adorava ser mimada e cuidada, mas nos completávamos na cama justamente por ele ser quem era. Por me dominar, me prender, por ser o homem que me colocou amarrada pelos pulsos e calcanhares durante o cruzeiro Heart On Fire na nossa primeira noite juntos.

Por ser Yan Sanders.

Por causa de você

E ele retomar o sexo como o homem que era também fazia parte de entender que poderíamos continuar de onde paramos. A transa incrível não funcionava só porque eu amava a dominação dele ou só porque confiávamos um no outro; o sexo era sinônimo de liberdade para nós dois.

— Inconscientemente, você me deixou mais solta, Yan. E sei que não foi porque você decidiu, simplesmente aconteceu — continuei. — Mas, agora... Por exemplo, você me pegaria naquela cozinha. Chegou a pensar nisso, né?

Meu coração acelerou assim que ele semicerrou as pálpebras. E o olhar de surpresa se tornou um alerta de perigo. Um aviso que me pegou desprevenida.

— Eu pensei, mas não fiz.

— Viu? Você deixa eu te tocar — expliquei. — Você me permite fazer tantas coisas. E eu quero implorar para ter você dentro de mim. Descobri o meu corpo, a mulher que sou, por causa de você, Yan. Confie que eu te quero exatamente do jeito que é. E já que resolvemos tudo...

Ele deu um passo para frente, seu corpo se colando ao meu, mas sem me tocar. Meus braços caíram, e Yan inclinou a cabeça para o lado, ainda com as pálpebras semicerradas, a boca entreaberta, respirando devagar. O ar quente tocou minha pele, arrepiando-me.

Perigoso. Delicioso. Yan.

— Está dizendo que você não implorou o suficiente? Estou sendo mais brando depois que voltamos? É isso?

Coragem, Lua. Coragem!

— É.

Deu outro passo, sendo humanamente impossível eu não recuar, porque aquele homem se impôs com sua presença. Seu olhar foi tão perigoso que meu clitóris piscou em alerta, pulsando como se tivesse vida própria. Soltei a respiração. Meu corpo inteiro estava quente, com expectativa, com ansiedade e com um pouco de curiosidade sobre o que ele ia fazer.

Minhas costas e bunda tocaram a parede fria do banheiro ao mesmo tempo em que Yan, de repente, pegou a minha nuca com uma mão, me fazendo arfar pela surpresa e o calor. Seus dedos afundaram na minha pele, se enredando nos meus cabelos, erguendo o meu queixo. Ele puxou com força e doeu, mas foi tão maravilhoso, porque o pecado que havia em seus olhos era o mesmo que existia nos meus.

Eu pertencia tanto àquele homem.

— O que você quer, Lua? — sussurrou, raspando os lábios no meu queixo,

Aline Sant'Ana

me deixando ainda mais úmida, tão excitada que precisei passar uma coxa na outra.

— Eu quero você. Sua sombra, sua luz, *você* — sussurrei de volta, minhas mãos indo automaticamente para o seu peito, e Yan estalou a língua.

— Tira. — Sua voz soou bruta.

Abaixei as mãos.

Olho no olho, não pude fazer nada além de senti-lo e admirá-lo. O corpo de Yan foi se colando ao meu novamente, uma de suas pernas entre as minhas, seu abdome pegando fogo... raspando, instigando, provocando.

— Eu nunca tive medo de tocar em você e muito menos, propositalmente, peguei mais leve. Mas, tem razão — falou, a voz infinitamente mais grossa. Sua mão saiu da minha nuca e veio para o meu pescoço, sem apertar, apenas me mantendo cativa em seu olhar e no que ele queria, a posse sobre mim. — Eu também sinto falta do controle.

— Eu quero as amarras, eu quero o seu cinto na minha bunda, eu quero...

Seus dedos apertaram o meu pescoço, calando-me e causando uma sensação prazerosa pela falta de ar, misturando-se aos avisos no meu cérebro de que eu corria perigo, embora não corresse *esse* tipo de perigo.

Como se Yan entendesse mais a mim do que eu mesma, ele sorriu contra a minha boca até que seus lábios macios, subitamente, se tornaram bruscos e rígidos, se unindo aos meus. Foi tão forte que o resto do ar que eu tinha se foi. O aperto no meu pescoço se desfez e a língua de Yan entrou nos meus lábios, espaçando-os. Ele puxou o meu cabelo, seus dedos envolveram com dureza, me fazendo gemer com a língua dentro da sua boca.

Me enlouqueça, Yan.

Com uma das mãos, capturou meus pulsos, jogando meus braços para cima das nossas cabeças, me mantendo presa a ele. Sua língua circulou na minha, um sabor tão conhecido, mas diferente dessa vez. Aquilo não era um beijo comum, era um aviso. Era Yan se impondo, era ele me dizendo que o sexo seria do jeito que ele queria, do jeito que eu amava.

Sua língua tocou o céu da minha boca, girando em torno da minha, apoderando-se de tudo. Ele provocou, me beijando mais forte, me empurrando ainda mais contra seu corpo, me prensando em seus quase dois metros de altura e músculos. Não pude tocá-lo, mas sua mão livre voltou para o meu pescoço, arrancando meu ar, ao mesmo tempo em que sua língua aquecia a minha boca, deixando o beijo mais vivo. Cada vez que sua língua girava, eu me tornava mais dependente daquele beijo.

Por causa de você

Dele.

Yan agarrou minha nuca e me prendeu de forma que eu não pude fazer nada além de me render. Era exatamente *isso* que eu queria.

Eu não vou quebrar. Me aperta forte.

Desse jeitinho.

Sua mão zanzou pelo meu corpo, apertando minha cintura, o quadril, para acabar segurando minha bunda com tanta violência, que a área que ele machucou atiçou direto a minha intimidade, meus mamilos ficando pesados e excitados. *Nossa, Yan era bom.* Me esfreguei na sua coxa, gemendo quando meu clitóris foi prontamente atendido, meu quadril indo para frente e para trás, enquanto Yan se mantinha parado, como uma parede. Aquilo enviou mil fagulhas de prazer, me arrepiando a ponto de ficar lânguida. Yan não parou de me beijar, sua língua me testando em um beijo que, se não estivesse excitada, ficaria ali.

Yan não beijava, ele me consumia.

Então, o prazer foi tirado de mim. Yan se afastou de repente, dando passos para trás, sem parecer nem um pouco abalado. O único indício era o seu membro grande e largo, bem duro e delicioso, marcado pela calça. Seu peito subiu e desceu com tranquilidade e os olhos de cor cinza, naquele instante, pareciam uma combustão completa, fogo azul.

E eu fiquei ali, recostada na parede, sem forças para me mexer. Assisti, hipnotizada, seus dedos indo para o zíper. Yan abaixou a calça que não me deixou tirar, olhando-me fixamente nos olhos. Depois, as meias. Em poucos segundos, lá estava o homem que eu amava, um gigante tatuado, deliciosamente bronzeado, dono do rosto mais bonito que já conheci, do corpo mais maravilhoso que já vi, do sexo mais delicioso que provei, da minha alma e do meu coração. Aquele rockstar só de boxer preta para mim. Prendi a respiração. Seu membro era visível na peça; nem a cor escura foi capaz de camuflá-lo.

Ele se abaixou, pegou o cinto e veio a passos lentos até mim, inclinando a cabeça para o lado, analisando. Seu olhar tinha se transformado em uma nuvem negra de luxúria e poder. Yan umedeceu os lábios vermelhos pelo beijo. Sem sorrir e com o rosto impassível, apontou com o queixo para as minhas mãos.

— Estenda os braços. — Sua voz vibrou entre nós.

Fiz o que ele pediu.

Passou o cinto em torno dos meus pulsos, sem parar de me analisar, e os fechou com um aperto perfeito. Fiquei me perguntando o que Yan faria comigo, porque parecia que algo completamente novo estava prestes a acontecer.

E, ao invés de perguntar se eu iria aonde ele queria que eu fosse, Yan me

Aline Sant'Ana

puxou pelo cinto, de uma só vez, até nossos corpos colidirem. Arfei pelo susto quando bati em seu corpo, meus pulsos presos, na altura do seu peito. Seu membro ficou entre nós, a boxer sendo a única coisa que me impedia de senti-lo inteiro, alcançando a minha barriga. Yan respirou contra a minha boca. Gemi quando o senti tão pronto, tão febril...

— Você tem certeza de que me quer como eu sou? — Passeou aqueles olhos, que estavam azuis e quentes, por mim.

Assenti, convicta.

Ele se afastou e me guiou pelo cinto, por meus pulsos, por meu coração e pelo desejo realizado que senti ao enxergar o meu homem de volta.

CAPÍTULO 2

**Take over your body, control your everything
I know you wanna love me like this
I know you wanna trust me like this**

— SoMo, "Control".

YAN

Deixei Lua sentada na cama, os pulsos amarrados com o cinto. O que ela disse me fez refletir. No sexo, a gente sempre foi muito intenso, e eu comecei a pegar mais leve nas práticas que curtíamos. Lua também estava certa quando dizia que não era frágil; aquela mulher era forte o bastante e queria o homem que conheceu de volta.

Então, ela o teria. Mais maduro dessa vez. Mais experiente. Mais consciente de que, na cama, éramos uma coisa. Fora dela, éramos outra.

Nunca apliquei a técnica shibari com Lua. Essa era uma prática feita para um homem que entendia do assunto, em quem sua parceira confiava, além de oferecer muito prazer para quem se submetia. Já fiz diversas vezes quando estava solteiro, e eu era bom nisso, além de ficar tão duro com a ideia de envolver a minha noiva... Porra, se Lua queria a experiência, eu estava bem ali.

Ficou parada, sentadinha, quando peguei um dos seus prendedores de cabelo e fiz um rabo de cavalo nela. Fui até o banheiro, peguei uma toalha e umedeci com água morna. Voltei para limpar seu rosto e o resquício de molho. Fiz em poucos minutos. Lua aceitou tudo em silêncio, me observando, querendo entender o que eu faria em seguida.

Dobrei a toalha suja e a deixei no cesto. Analisei seu pulso e o aperto estava perfeito. Suas mãos não estavam frias e o cinto não continha a circulação. Com isso, já sabia exatamente a pressão que poderia aplicar no resto do seu corpo.

Preparei a luz ambiente do quarto e, em seguida, puxei uma das malas que trouxemos para a viagem; uma que eu não tinha aberto ainda. Não tirei meus olhos dos dela enquanto procurava a corda de algodão macio e a tesoura de segurança. Quando fiquei em pé, só havia a corda de oito metros nas minhas mãos. Lua escorregou seu olhar pelo meu corpo, e umedeceu a boca, sua expressão ao ver a corda me fazendo sorrir um pouco.

— Preocupada?

Aline Sant'Ana

— Nunca, amor.

— Se algo te incomodar, você vai dizer e eu vou parar.

— Tudo bem.

— Fique em pé.

Lua me obedeceu e eu caminhei devagar até ela, tendo todo o tempo do mundo para um homem com planos que nos tomaria algumas horas. Cheguei tão perto que meus lábios tocaram o topo da sua cabeça. Lua soltou a respiração quando desfiz o aperto do cinto em seus pulsos, e o joguei para longe. Levei suas mãos até a minha boca e, preso em seus olhos, comecei a descer beijos suaves por onde o cinto esteve. Lua suspirou quando passeei a ponta da língua pela sua pele. Senti o sabor doce daquela mulher, imaginando a minha boca fazendo bem desse jeitinho, mas na sua boceta.

— Você gosta disso — afirmei, admirado pela resposta em seus olhos. Lua era tão fácil de ler quando estava com tesão, e isso me matava.

Levei minhas mãos para suas costas, soltando seu sutiã, deixando-a nua da cintura para cima. *Perfeita*. Lua não disse nada enquanto meus olhos quentes viajavam por sua pele. Mas umedeceu a boca quando enganchei os dedos nas laterais de sua calcinha, e fui descendo, junto com ela, para o chão. Ela me ajudou a jogar a calcinha para o lado, com o pé. Fiquei ereto de novo, minha altura sobrepondo a sua, e respirei bem devagar para avisá-la.

— Não se mova. Eu vou te amarrar.

Antes que Lua tivesse tempo de processar, coloquei a corda entre nós, dobrando-a e fazendo um suave estalo quando a estiquei. A corda estava pronta, cheia de óleo corporal, para deslizar fácil na minha mão e na pele de Lua. Deixei as duas pontas na mão direita e fiz uma curva com a esquerda, usando meu dedo para criar uma volta.

— Abra os braços.

Ela me obedeceu e eu me aproximei, baixando o rosto, inspirando Lua e o calor de sua pele, até me render e beijar sua boca, penetrando seus lábios com a língua, tirando os pensamentos de Lua do que estava acontecendo. Eu poderia fazer aquilo de olhos fechados, amarrá-la, já conhecia cada curva do seu corpo e era bem confiante com o shibari. Então, cerrei as pálpebras, meus lábios nos seus, sua língua na minha, girando e provocando, me dizendo que estava tudo bem.

Comecei a envolver seu corpo centímetro por centímetro usando a técnica diamante, como se estivesse embrulhando um complexo presente, os pontos certos em seu tronco, acima e abaixo dos seios — nunca sobre eles —, as suas

Por causa de você

lindas costelas, simetricamente descendo até prender firme todo o seu tórax, e seus braços para trás, nas costas.

Perdida demais na minha boca para se dar conta, meus dedos trabalharam nos nós, nos elos, dando voltas e voltas, amarrando e soltando, instigando e testando a sua mente e seu corpo. O beijo foi ficando ainda mais gostoso conforme Lua experimentava a sensação de ser amarrada, da corda pressionar as partes certas, de ela sentir a adrenalina correndo nas veias.

Sorri contra seus lábios e precisei me afastar para descer mais a corda. Quando encarei seus olhos semiabertos, a rendição de uma mulher que não fazia ideia do jogo que tinha entrado comigo, meu coração acelerou, quase saltando do peito, meu pau queimando pela vontade de fodê-la.

A tortura de Lua era a minha própria.

— Estou sentindo...

— O quê? — perguntei, me ajoelhando aos seus pés, as pontas da corta em cada uma das mãos. Passei as duas pontas por sua virilha, formando um V em sua boceta, deixando-a ressaltada para mim. Lua estava tão pronta, tão úmida que me fez soltar um rosnado. Levei minha boca até onde a corda tocava, beijando-a, e não sua pele, muito menos o lugar onde ela implorava para ser chupada.

Lua arfou e tentou se mexer, me pedindo indiretamente para que eu escorregasse a boca para o lado.

Não ainda.

— Ah, Yan... — gemeu. — Sinto o prazer por todo o meu corpo. É tão...

Minha língua percorreu a sua coxa, minhas mãos foram para trás, na parte inferior da sua bunda, levantando as nádegas, amarrando-a ainda mais. Isso fez com que a pressão na virilha aumentasse, os lábios da boceta de Lua estavam inchados na medida certa, molhados. Lua gemeu e tentou unir as pernas, sem sucesso.

— As cordas estão estrategicamente posicionadas — sussurrei, vibrando a língua por sua virilha mais uma vez. Lua gritou meu nome, trêmula. — Cada centímetro pressionado e amarrado é focado no seu prazer. Você está indefesa agora e, mesmo que saiba que não há perigo, mesmo que confie em mim, o seu cérebro acha que é real. — Lambi só uma vez os lábios de sua boceta, que estavam pingando de tesão, e tirei Lua de órbita por alguns segundos. Ela tremeu com mais força, e eu soube que estava na hora de deitá-la. — Várias sensações físicas estão passando pelo seu corpo, assim como várias emoções estão sendo criadas pela sua mente.

Aline Sant'Ana

Esperei-a me olhar, tirei a boca de onde eu queria continuar e apenas sorri para ela.

— O meu verdadeiro eu, Lua Anderson.

Lua

Yan gostava de brincar com algumas coisas, mas aquilo... *aquilo* era novo. Desde o momento em que abriu a mala e tirou a corda, a tensão provocada por vê-lo tão concentrado, até o instante em que ele me beijou e começou a me amarrar, percebi que estava vivendo algo diferente. Assim que as cordas começaram a trabalhar em mim, tudo pareceu responder, tão sensível...

Era como se cada parte do meu corpo pudesse me dar prazer, e não só os pontos que eu já conhecia. Fiquei tonta de tesão quando Yan me colocou na cama, e terminou de amarrar também as minhas pernas, me deixando completamente imóvel e à mercê dele. Não era capaz de mover um músculo, mas nunca me senti tão excitada, e tudo no meu corpo vibrava. Um toque dele era quase uma amostra grátis de orgasmo...

Caramba.

Arrepios cobriram a minha pele, formigando bem no ponto entre minhas pernas, quando Yan prendeu o último nó, encerrando o seu trabalho. Ele tinha ajeitado os travesseiros nas minhas costas e me deitado. Me senti bem acomodada, ainda que meus braços estivessem para trás do corpo. Amarrou minhas pernas bem abertas, de modo que ele tinha total controle do que fazer comigo.

Suspirei fundo.

Yan me observou, abrindo um sorriso malicioso, como se entendesse tudo o que se passava na minha cabeça. Pegou alguma coisa, mas eu estava tonta demais namorando aquele homem, os músculos do seu corpo... nunca me cansaria de admirar o quanto era gostoso. Os bíceps do tamanho das minhas coxas, as mãos grandes, as veias que subiam da borda da boxer até a barriga, sob a pele bronzeada, as coxas musculosas, as tatuagens, e aquela específica da sua costela...

— Tudo bem?

— Sim... — sussurrei, meu clitóris latejando, meu corpo inteiro implorando.

Yan se aproximou. A coisa que estava em sua mão era uma venda para cobrir meus olhos. Eu quis protestar quando a escuridão me engoliu, porque vê-lo me excitava além da explicação, mas confiei nele.

Sem visão nenhuma, senti quando ele se ajoelhou na cama. A temperatura do corpo de Yan, que parecia aquecer a minha pele de alguma forma, ficou ainda mais intensa quando ele se curvou e roçou sua respiração nos meus seios. Febril, úmido, perfeito... Enlouqueci quando ele girou meu bico, provando o sabor, rodando por toda a volta.

Aquela língua.

Mordi meu lábio inferior, gemendo, enquanto Yan sugava-o para dentro de sua boca, me chupando tão gostoso que... As sensações eram multiplicadas por mil. A língua rodando o mamilo instigava pontos do meu corpo que jamais pensei sobre eles, e queimava deliciosamente, provocando o ponto úmido entre minhas pernas, como se eu estivesse mais sensível e fosse capaz de gozar só com isso...

Ele desceu os beijos, pegando a pele entre os lábios, sugando e raspando os dentes em uma mordida suave. Cada beijo parecia como se estivesse sendo tocada pela primeira vez, como se minha pele estivesse além da exposição. A temperatura subiu e uma camada de suor me cobriu, arrepiando-me quando sentia uma brisa vinda de algum lugar do quarto.

Estava perdida, entregue. Minha mente voou e precisei aproveitar o transe de uma pele tão sensível que qualquer coisa era o bastante. O clitóris, meus lábios, a minha boceta estava pingando de vontade, o prazer me queimando viva. Dolorosamente pronta, fui sentindo os lábios de Yan na minha pele, descendo... tornando tudo ainda pior. Bêbada pela experiência, ignorei a mim mesma, os gritos que eu dava, os pedidos que fazia, os impulsos insanos do meu corpo. Os beijos seguiram seu caminho, e ele não estava me tocando, era só sua boca em mim, a respiração e o calor da sua pele. Havia um cheiro de óleo de amêndoas entre nós, e o ar ficou doce.

— Oh... Yan... Deus... por... favor... — cantei quando seus lábios foram para a minha virilha, quando ele chegou no lugar em que mais sonhava em ser beijada. Então, senti seus dedos nos meus mamilos e algo mais. Não sabia o que era, tão quente, mas...

Esqueci disso.

Porque Yan sugou o ponto túrgido entre minhas pernas, de uma só vez, tomando, me engolindo, tudo ao mesmo tempo.

A força da sua boca, a língua implacável girando por toda a volta do clitóris, me desmontou. Yan me sugou para dentro de seus lábios, se fartando de mim, me provando como só ele sabia fazer, me fodendo com a sua língua para depois encontrar mil formas diferentes de me enlouquecer. O que quer que Yan tivesse

Aline Sant'Ana

passado nos meus seios começou a agir, porque de quente foi para frio, e depois para quente de novo.

Eu vou ficar louca.

Cada músculo do meu corpo estava tenso da mesma forma que sentia a tranquilidade física que as cordas proporcionavam. Ouvi meus batimentos nos tímpanos e escutei meu próprio grito quando Yan foi fundo com a língua, para depois fazer um círculo perfeito dentro de mim. Tudo vibrou, tremi dos pés à cabeça, explodindo em centenas de partículas pelos ares. Minha pele ficou ainda mais sensível, o clitóris bateu com força, pulsando cada parte da minha vagina, naquelas ondas que atingiam a minha cabeça como cinco doses de tequila.

Direto.

Sem volta.

Não sei quanto tempo a onda durou ou quantos minutos a boca de Yan ficou ali, se fartando. Arfei quando me senti aliviada e gemi quando percebi que tinha vontade de ter mais.

— Você pulsou na minha boca. — Meus tímpanos voltaram a funcionar. Yan gemeu, e subiu em cima de mim. Senti seu corpo me pressionar, e seu pau, ainda coberto pela boxer, tocar o clitóris que tinha acabado de ter um orgasmo. Não fui capaz de pensar quando senti sua boca e o meu gosto em seus lábios. — Você pulsou pra cacete.

— Yan...

Suas mãos vieram para atrás do meu corpo, e ele desamarrou meus pulsos por poucos segundos, para depois prendê-los de volta. Dessa vez, acima da minha cabeça. Senti o calor de sua pele, a respiração entrecortada, e quis ir com o quadril para cima, implorando, sem sucesso.

— Entra... em mim.

Ele soltou uma risada rouca.

— Não.

Beijou meus lábios, e seus dedos começaram a passear na minha pele tão sensível. Cada centímetro que ele percorria, vibrava. E, então, só restou uma de suas mãos livre e a sua boca no meu queixo, na mandíbula, no meu pescoço e...

— Por... — respirei — favor.

— Eu tenho uma coisa pra você — Yan sussurrou e chupou meu lóbulo.

Escutei o som ressoar pelo quarto, como um... Então, o objeto tocou minha cintura, e percebi que era um vibrador. Yan viajou com aquilo por cada pedaço meu, passando pelos pontos em que a corda não tocava. Alguma parte das

Por causa de você

costelas, do umbigo, dos meus seios... O vibrador tinha alguma coisa úmida que causava a mesma sensação quente e fria que havia em meus seios.

Ele trouxe o vibrador para a minha boca, contornando-a. Estava prestes a curtir outra onda de orgasmo, mesmo sem ser tocada na parte mais importante, quando Yan começou a escorregar o vibrador entre as minhas coxas úmidas.

— Você disse que estava com saudade de implorar pelo meu pau. Não foi isso?

Só consegui respirar bem forte quando o vibrador alcançou meus *lábios*.

— Responda.

— S-sim...

Yan subiu seu quadril, afastando-o de mim, e colocou o vibrador no meu clitóris, passeando pelos *lábios*, enquanto eu ainda sentia o gel trabalhando no meu corpo, esquentando e esfriando. Gritei de prazer quando Yan me penetrou com o vibrador, embora não fosse nada acolhedor, nada parecido com pele com pele, com Yan Sanders...

— Pede.

— Eu quero você — sussurrei e percebi que a privação da visão me deixava ainda mais excitada.

— Não ouvi.

— Eu quero você... *você*...

Yan estocou, imitando o que faria se fosse ele. Seus lábios rasparam nos meus, sua língua brincando de contornar minha boca.

— Isso você já tem.

— Yan...

Ele mordeu meu lábio inferior, com força.

— Lua — rosnou, indo e vindo com o vibrador, minhas pernas tremendo, quase a ponto de gozar de novo. Yan não parou, me fodendo tão gostoso, e o vibrador atiçando a minha vagina. A sensação pelas cordas, e por todo o cenário, me deixou maluca. Eu tremi tanto, enfraquecida e rendida por aquele tesão anormal. — Você não faz ideia de como fica gostosa amarrada. De como sua bunda empina, da forma como seus seios ficam ressaltados, como sua boceta fica inchada e molhada. Não faz ideia de como suas bochechas ficam vermelhas, como seus lábios... porra, sua boca... você é o meu sonho.

Ele me beijou, ainda me penetrando daquele jeito, estocando, consumindo-me por dentro, me fazendo pulsar por inteiro. Longos minutos passaram, talvez até horas. Eu saía de mim quando sentia o vibrador me preencher, quando

Aline Sant'Ana

sentia-o deslizar sem esforço, quando experimentava o cheiro do perfume de Yan e a temperatura da sua pele.

Mais um pouco e eu vou...

Sua boca, sem piedade, me queimou por dentro, seu beijo me levou além. Achei que o teria ali, naquele segundo. Que Yan abaixaria a cueca e me penetraria, ao invés do vibrador. Eu devo ter gritado e implorado, mas o meu noivo não quis me escutar. Quando estava a um passo de ter o orgasmo mais alucinante da minha vida, Yan se levantou, tirando-me do seu calor, da sua presença, da sua boca e do vibrador.

— Chega. — Arrancou a minha venda.

Pisquei freneticamente para vê-lo.

Seu rosto estava implacável e cheio de desejo.

Ele vai me fazer pagar.

Yan

Estava a ponto de perder a cabeça, de fodê-la com meu pau, tão deliciosamente, que Lua ia realmente me implorar.

Para ir mais forte.

Para ser mais duro.

Para fodê-la com gosto.

Só que... não.

Vamos com calma, porque é a expectativa que transforma o sexo comum no sexo de nossas vidas. É o controle que exerço em seus orgasmos que alimenta o prazer. Como era bom me sentir de volta. Como era bom ter permissão de usar o controle. Como era maravilhoso dominar Lua Anderson.

Isso fazia nós dois nos sentirmos vivos.

Lua exalou fundo e eu observei-a naquela posição. Porra, braços amarrados sobre a cabeça, pernas abertas em cada extremidade da cama, seu corpo quente e delicioso, a boceta pulsando a olho nu. Seus lábios estavam na cor de morangos e suas bochechas ardiam em febre, seus seios estavam sensíveis e eu podia ver, através deles, as batidas fortes do seu coração.

Peguei uma garrafa d'água e me aproximei dela.

— Você... vai... me bater?

Sorri e coloquei a mão atrás da sua cabeça, deixando-a mais ereta.

— Beba.

Lua tomou longos goles. Ela não fazia ideia de há quanto tempo estávamos nessa, mas havia passado precisamente trinta e um minutos, e eu não poderia prendê-la por mais de uma hora.

Deixei a garrafa vazia ao lado da cama. Meu pau estava doendo de tanto tesão, latejando por todo o comprimento, as bolas se retesando e me avisando que eu seria capaz de gozar como um adolescente se não me controlasse. Desci a mão para dentro da boxer, pegando-o com firmeza, apertando a base para conter os espasmos de tesão. Soltei um gemido do fundo da garganta, e Lua respirou mais forte, reagindo a mim. Inclinei a cabeça, entreabri os lábios, observando cada pedaço daquela mulher se render a quem eu era.

Lua, a minha futura esposa, nunca quis apagar o meu fogo, mas sim queimar comigo.

— Yan...

Ela tentou se remexer, sem sucesso. Chegou a gemer quando as cordas atiçaram algo dentro dela, e outra onda suave de orgasmo engoliu seu corpo. Fácil assim, Lua estava sensível demais. Me aproximei da cama quando a onda passou, ajoelhei entre suas pernas, observando sua boceta pulsando, latejando, louca para ser bem fodida. Meus dedos foram para a corda.

— Vou te mudar de posição.

Levou alguns minutos, mas fiz as mudanças nos nós e elos, tirando as pernas de Lua das extremidades da cama, e unindo-as entre si, bem juntas, dobrando-as um pouco para que pudesse ficar, depois, de joelhos. Lua ficou em silêncio, gemendo a cada toque, a cada respiração. Linda. *Porra...* Exalei fundo, pedindo mentalmente para o meu corpo se conter. Soltei seus braços e os prendi de novo, em uma posição diferente, com os pulsos atrás das suas costas. Subitamente, peguei-a em meus braços, inspirando o perfume dos seus cabelos.

— De joelhos na cama. — Coloquei-a na posição, deixando-a de quatro para mim. Como Lua não tinha acesso aos braços, segurei seu tronco, deitando-a lentamente. Virei seu rosto, e troquei olhares com ela. A bochecha ficou colada na cama e a bunda, bem empinada para cima. Toda amarrada, imóvel.

Fiquei um tempo observando, admirando a bunda bem ressaltada, a sua boceta rosa, àquela altura, vermelha, as coxas amarradas, suas costas projetadas para baixo, a respiração curta de uma mulher que não sabia o que esperar.

Me ajoelhei atrás dela, uma perna de cada lado, bem abertas. Segurei sua bunda com as duas mãos, amassando-a em meus dedos, afundando as unhas

Aline Sant'Ana

curtas, sentindo Lua tremer com a expectativa. Abri um sorriso de lado, e comecei a acariciar sua pele para, de repente, dar um forte tapa na sua bunda. O mais forte que já tinha dado, que chegou a arder meus dedos. Lua soltou um grito de surpresa e dor.

— Suave demais para você?

Dei outro do outro lado da sua bunda. A pele branca ficou vermelha e com uma marca. Levei uma mão para a sua boceta, tão molhada que pingava o mel em meus dedos. Fui com o corpo um pouco para trás, apenas para baixar o rosto e beijar com minha língua e lábios o ponto onde havia batido. Lua gritou meu nome quando mordi sua bunda e beijei-a de novo, toda, chupando sua boceta por fim. Um tapa forte, um beijo doce. Um tapa mais forte, a minha língua em sua pele e seu clitóris entre meus lábios. Dei mais de quinze tapas nela. O cheiro de sexo no ar me inebriava, o prazer dela na minha língua, no meu corpo, em cada parte, me tornando a cada minuto disso mais dela.

Mais um pouco seu, Gatinha.

Quando percebi que Lua estava falando coisas inteligíveis, e implorando tanto para que eu entrasse nela, que sua voz falhava, vi que aquele era o seu limite. Cheguei bem perto e abaixei a boxer, livrando apenas meu pau insuportavelmente pronto. Quando Lua sentiu-o em sua bunda, bem em cima dela, tentou se inclinar para trás, me pedindo dentro.

— O que você quer? — Minha voz saiu em um sussurro rouco.

— Yan...

— Quer esse pau dentro de você? Quer me sentir?

— S-sim...

— Deslizando e fodendo bem gostoso?

Ela estremeceu.

Peguei-o e passei a cabeça por seus *lábios*, pegando seu prazer para mim, molhando-o inteiro. Me senti pulsar em cada centímetro e, quando agarrei sua bunda mais uma vez com a mão direita, a aliança cintilou em meu anelar com a luz do abajur. Minha mente começou a processar que era a mulher que eu amava ali, amarrada, exposta para mim. A mulher que era meu passado, presente e futuro. *Eu amo você, Lua.* Me inclinei um pouco sobre ela, segurando meu pau entre os dedos, e comecei a brincar com a glande entre seus lábios, semicerrando as pálpebras que ardiam pelo calor. Suor desceu pela minha nuca, arrepiando-me.

— Só eu e você agora. Se entrega.

Entrei, sem aviso, de uma vez só, até sentir que cheguei ao fundo, em

Por causa de você

um baque. Recuei meus quadris com força, para depois ir e vir, com pressa, experimentando a sensação de Lua estar tão pronta, abraçando cada centímetro do meu comprimento. Tão deliciosamente encharcada, que rolei os olhos de tesão puro. Ela gritou, e eu deixei que gritasse, porque sabia: quando ela perdia a noção comigo, esse era o melhor elogio que eu poderia receber.

Agarrei sua bunda e mordi o lábio inferior. *Tão gostosa quando meto tão fundo, tão duro e com tanta força...* O som estalado dos nossos corpos, o bate-bate molhado do sexo e a pulsação que Lua envolvia meu membro... o céu.

Gemi quando a senti gozando depressa, me apertando internamente, em menos de dez vezes que entrei e saí dela. Gozou tão forte, gemendo tão alto... Senti seu prazer escorregar por mim, alcançando minhas bolas, me molhando todo.

— Porra... — grunhi enquanto ela gritava.

Apertando sua pele, indo e vindo só com a minha bunda, fodendo-a tão bem que quase fui capaz de colocar tudo dentro, me vi perdido por aquela mulher. Que me aceitava como eu era, que abraçava os meus pecados, que me recebia no sexo, na alma, na sua vida com a mesma intensidade, com a mesma entrega. A mulher que queria a minha luz, a minha sombra, que me trouxe a felicidade no momento em que nos perdoamos, no instante em que soube que me amava do mesmo jeito, com a mesma loucura.

E estávamos começando de novo.

Meus dedos foram para a corda, para seus nós e elos. Sem parar de ir e vir com os quadris, de fazer amor, de foder, de misturar paixão com tesão. Desfiz os laços com apenas uma das mãos, e a corda foi se desmanchando, Lua se liberando, no tronco, nas coxas, nas pernas, me deixando somente com seus pulsos presos, do mesmo jeito que a trouxe para a cama. Dei voltas e voltas com uma parte da corda na minha mão, pegando com firmeza. Com a outra, segurei seus cabelos em um suave puxão e avisei:

— Vou te subir.

— Sim...

Sem diminuir o ritmo, puxei-a pelo cabelo, e Lua subiu, batendo suas costas no meu peito com um baque suave.

Gemeu quando suguei seu pescoço salgado do suor. Arfou quando mordi sua pele. E se desmanchou, apoiando-se no meu corpo, quando percebeu que eu ainda que tinha o controle. Ficamos presos um no outro pela corda que envolvia meus dedos e o seu pulso, meus quadris, sem parar de ir e vir, meu corpo implorando para chegarmos lá. Sorri contra seu ombro quando comecei a sentir que ela estremecia, que pulsava, que estava tão perto mais uma vez...

Aline Sant'Ana

Soltei seus pulsos e joguei a corda longe.

Saí do seu corpo e, em meio segundo, peguei Lua em meus braços, girei-a e a coloquei deitada de costas na cama. Me levantei apenas para arrancar a boxer e voltei para Lua, com pressa. Eu sabia que ela estava exausta pelas cordas, pela tensão emocional e física, então, teríamos que continuar dessa maneira. Encarei seus olhos castanho-esverdeados, o brilho que havia neles, o choque por eu ter mudado radicalmente o cenário.

Peguei suas pernas e joguei-as para trás da minha cintura, ainda que Lua não tivesse muita força para mantê-las, e mergulhei em seu corpo. Lua gemeu quando entrei, eu rosnei quando deslizei até o fundo, rodando os quadris para ter mais de Lua, tudo o que quisesse oferecer. Apoiei o peso do meu corpo em um braço. Usei a mão livre para prender seus pulsos sobre a cabeça, e a impedir de me tocar. Tão pequena embaixo de mim, tão frágil, tão louca por sexo...

Alternei a atenção entre seus olhos, seus lábios, sorrindo enquanto não parava nem um segundo o ritmo maluco que criamos. Não tinha dominação agora, mas a intensidade não reduziu. Pelo contrário. Bati com tanta força nossos quadris, que o som era como se a estivesse espancando. A ideia de bater em sua bunda mais e mais vezes ativou o pior de mim e, enquanto a fodia, mostrava em meus olhos o que Lua precisava entender.

— Car...a...m...ba.

— É, né? — sussurrei, raspando nossas bocas. — Quer gozar de novo, mas não estou fazendo exatamente do jeito que te leva lá.

— Você...

— Eu? — murmurei.

— Me beija?

— Não.

— Por que você... está judiando de mim? — sussurrou.

— Porque é assim que você gosta — grunhi. — E só eu sei como te fazer gozar. Quer ver?

Ela abriu um pouco mais os olhos, encarando a minha boca, incerta do que eu faria.

Soltei seus pulsos.

Peguei seu cabelo carinhosamente entre meus dedos. Abri bem as pernas, montando em Lua, um joelho para cada lado do quarto, minha presença consumindo a sua a ponto de eu ter que me curvar um pouco para ainda continuar fodendo-a.

Por causa de você

— Você não vai me tocar — avisei. — Mantenha seus pulsos acima da cabeça.

— Yan...

— E agora... — Sorri. — E agora você vai gozar, porque eu quero que você goze. Você queria o verdadeiro Yan, então, receba ele — falei isso e meti bem fundo, provando meu ponto. — Pensa pelo lado positivo, meu amor. Eu poderia te foder a noite inteira e você só gozaria quando o sol nascesse.

— Isso não é...

— Justo? Ah, mas a justiça é amiga do Yan Suave. E ele não está aqui agora.

O carinho em seus cabelos foi substituído por um puxão forte. Mordi o lábio inferior de Lua e acelerei os quadris, girando-os e quicando em cima dela. Foi exatamente aí que Lua se entregou ao prazer. A onda veio para ela, levando-a de mim, explodindo e me sugando, apertando e soltando meu pau a cada onda que sentia, tão forte, como se quisesse me prender e me levar também.

Rendido, beijei sua boca enquanto Lua gozava comigo. Nossas línguas se envolveram, no mesmo instante em que o orgasmo consumia cada célula do meu corpo. As bolas contraindo, meu pau pulsando, ejaculando, enchendo Lua e misturando o que eu sentia ao que ela sentia.

Parei de puxar seu cabelo para segurar seu rosto, ditando um ritmo de beijo mais calmo à medida que o tempo descongelava. Beijei delicadamente seus lábios, girei a língua com cuidado dentro de sua boca, do céu... a baixo. Acariciei seu queixo e sua bochecha, segurando seu rosto sem parar de ir e vir reduzindo a força, para ir lento, até ter certeza de que nosso êxtase tinha mesmo chegado ao fim.

Tonto, pisquei e me afastei, relutantemente, de sua boca, apenas para me deparar com o sorriso mais lindo que já vi na vida. Suas mãos me tocaram pela primeira vez em mais de uma hora que estávamos nessa. Só soube o quanto estava suado quando Lua facilmente escorregou seus dedos por minhas costas.

— Foi um prazer imenso te conhecer — brincou.

Lua

Nunca havia experimentado algo assim. Era como se ele lesse a minha alma; o meu corpo estava apaixonado pelo que tinha acontecido. Jesus, foi inevitável admirar Yan com outros olhos, como se ele tivesse acabado de se tornar um homem novo para mim. O mesmo Yan intenso que conheci, mas com

Aline Sant'Ana

uma liberdade alterada, uma selvageria única, o sonho de qualquer mulher.

Ele soltou uma risada.

— Você pediu. — Deu um beijo suave em meus lábios, enquanto ainda sentia seu membro duro dentro de mim.

— Você sempre foi intenso comigo, Yan. — Suspirei. — Eu disse que estava sendo suave para ver se você se soltava, para ver se entendia que estava tudo bem comigo, conosco, que podíamos voltar para as nossas explosões... mas acreditei que seria como antes, e não *mais* ainda. E eu gosto disso. Gosto de como a gente é na cama, mil casais em um só. Adorei conhecer um lado seu que ainda não tinha me mostrado. Não, eu não *gostei*, eu acho que me *apaixonei* de novo por você.

— Eu te disse uma vez que você foi a única mulher capaz de conhecer os meus limites. — Acariciou a minha mão, encarando-me nos olhos. *Aqueles pontos cinzentos me levavam tão longe...* — Eu nunca peguei pesado, acho, porque eu não sabia se você ia curtir. Em um ano de convivência, só envolvi os chicotes e alguns brinquedos, acho que nunca me soltei de verdade porque você é especial, Lua, e porque eu te amo. Esse tipo de sexo não é uma coisa que todo mundo gosta, sabe? Aí, porra, depois que nos separamos e voltamos, depois de ter a chance de ficar com você de novo...

— O quê?

Yan saiu de cima de mim e se levantou. Sua pele brilhava de suor, o cabelo meio úmido na frente, caindo em uma franja curta sobre a testa, o olhar, ainda cheio de desejo, preguiçosamente dançando por mim. Aproveitei a deixa e encarei a tatuagem que fez para nós, o sol e a lua, bem em um lugar do seu corpo que dizia que ele pertencia a mim e a mais ninguém. Nu, todo exposto, soltei um suspiro. *Como podia ser tão lindo? Deus...* Ele abriu um sorriso quando se sentou ao meu lado. Pegou o meu braço, sem tirar os olhos dos meus, e começou a massagear o ponto onde as cordas estiveram. *O homem era bom demais*. Gemi quando seus dedos começaram a aliviar os pontos de tensão.

— Eu tinha medo de te perder mais uma vez — confessou.

— Você acha que o controle que exerce na cama comigo era um ponto negativo?

— Você não gosta de ser controlada em nada. — Sorriu de lado.

— O que fazemos entre quatro paredes é diferente. Já conversamos sobre isso.

— Tem certeza de que tá tudo bem? — Yan pegou minha mão e beijou meus dedos.

Por causa de você

Decidi sentar, por mais que meu corpo parecesse pesar toneladas. Encarei-o com um sorriso enorme no rosto. Senti o coração acelerar, admirando o homem que havia passado pelo inferno ao meu lado, e ainda estava ali, disposto a me amar.

— Estou mais do que bem. Estou satisfeita em ter um noivo maravilhoso e que sabe exatamente o que me dá prazer, ainda que eu mesma não faça ideia. — Me inclinei e dei um beijo suave em seus lábios. — Eu te disse que esse era o primeiro dia do resto de nossas vidas. Passamos por tanta coisa, Yan. Alguns dias com você no Brasil, morando com você, convivendo com você, em uma paz que nunca senti... Por favor, vamos apenas nos amar e sermos nós mesmos.

— Vamos nos amar — sussurrou, encarando meus lábios.

Sorri.

— Vamos apenas viver, Gigante.

Yan me massageou inteira, aliviando tudo, passeando seus dedos firmes com movimentos suaves. Cuidou de mim, me encheu de mimos e carícias, e, quando estava exausta demais para abrir as pálpebras, seu corpo se acomodou ao lado do meu. Yan beijou a minha têmpora, e eu me deitei em seu peito, enroscando nossas pernas. Ele puxou o lençol e nos cobriu.

— Pode dormir, linda.

— Tudo bem.

Me lembrei que, antes de Yan chegar na cozinha, ele tinha dito que saiu para a conferência.

— Fiquei pensando em uma coisa, amor. Deu certo a videoconferência? — Ergui o rosto e percorri a linha do seu maxilar com a ponta do nariz.

Senti a risada dele vibrando entre nós.

— É, mas não foi só isso que fui fazer.

Abri os olhos.

— Tá aprontando alguma, né?

— Amanhã você saberá.

— Vai continuar me surpreendendo? — sussurrei de volta.

— Até o fim de nossas vidas.

Fui envolvida por Yan, me senti acolhida e amada. Caí em um sono profundo, inspirando o perfume do homem que participava da minha realidade, assim como de todos os meus sonhos.

Aline Sant'Ana

Por causa de você

CAPÍTULO 3

You bring an energy I've never felt before
Some kind of chemical
That reaches through my core

— Galantis feat OneRepublic, "Bones".

YAN

Acordei com Lua dormindo profundamente nos meus braços. Fiquei ali, acariciando seus cabelos, inspirando seu perfume. *Caralho, o que foi tudo aquilo da noite passada*? Observei a corda no chão. Meu corpo estava em êxtase.

Sou um homem de muita sorte...

O alarme despertou-me da fantasia. Eu tinha duas horas até ter que sair, então, Lua poderia e precisava dormir mais um pouco.

Com toda a delicadeza que um cara enorme como eu pode ter, saí da cama, sem acordar Lua, e a cobri com o lençol. Distraído, vesti a boxer e comecei a caminhar pelo lugar que tinha sido o nosso lar nesse meio-tempo. O sol já estava tocando quase tudo, e o nosso bangalô era o sinônimo de paraíso.

A Pousada Maravilha era uma das melhores de Fernando de Noronha. Quando chegamos, Lua traduziu o título, e entendi o motivo de ser chamada assim. Havia uma piscina imensa, com borda infinita, que dava direto à vista do mar, em uma praia chamada Baía do Sueste. Escutamos a respeito de toda a comodidade da pousada, que ficava, aparentemente, próxima a mais duas praias famosas de Fernando de Noronha.

Peguei o telefone do hotel e pedi que, em uma hora, viessem para limpar a bagunça que Lua aprontou. Ri quando passei pela cozinha. Eu tinha conseguido ignorar aquele inferno de tomates e ido dormir, cara. Isso era uma prova de amor. Tirei uma foto do caos e mandei no grupo que tínhamos criado no WhatsApp.

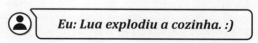

Eu: Lua explodiu a cozinha. :)

Fui dar uma checada nas mensagens anteriores.

Erin: A Argentina é um sonho!

Aline Sant'Ana

Junto à mensagem, estava uma foto dela com Carter, os dois sorrindo na varanda do hotel. Zane e Kizzie também tiraram uma foto, no prédio administrativo da The M's. Roxy tinha enviado uma mensagem, aproveitando a piscina enquanto Shane estava saindo da sessão com a psicóloga. Cada um estava ocupado, mas parecia que havia em todos a necessidade de se comunicar, especialmente depois do que aconteceu.

> Zane: Porra! Isso é tomate ou o cenário de um filme de terror?

> Eu: Foi exatamente isso que eu pensei hahaha

> Zane: E ela quer me dar moral sobre o que eu tenho na geladeira. ¬¬

> Eu: Isso ela pode fazer.

Shane ficou on-line.

> Shane: Não falem mal da Lua, caralho. Ela é das minhas. ;)

> Zane: Você não faz nem ovo mexido, cacete.

> Shane: Mano, pra que fazer ovo mexido se existe aplicativo pra pedir comida em casa? Inclusive, ovo mexido.

> Eu: Zane, me lembra de nunca deixar o Shane e a Lua usarem a minha cozinha.

> Shane: Ahá!

> Zane: hahahaha

> Eu: E aí, Shane. Como tá o tratamento?

> Shane: Indo de boa. Mais tarde te ligo.

> Eu: Tranquilo, então.

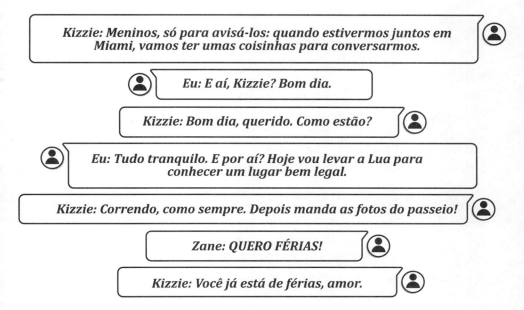

Conversei um pouco com Kizzie e Zane, mas evitamos assuntos profissionais. Carter e Erin ficaram on-line e também batemos um papo. Tudo parecia tão tranquilo que, cara, honestamente, respirei fundo várias vezes.

A vida estava ficando incrível.

Avisei-os de que precisava ir. Desliguei o celular e fui tomar um longo banho. Não era o tipo de cara que ficava cinco minutos embaixo do chuveiro, então, meia hora se foi. Passei uma pomada no cabelo quando ele secou, ajeitando os fios. Escolhi uma sunga estilo boxer, bermuda jeans e camisa polo.

Voltei para o quarto e Lua continuava dormindo. Pensei, por um segundo, que, se Lua acordasse mal humorada, eu receberia um travesseiro na cara. Então, fiz diferente, recordando nosso tempo morando juntos.

Tirei o lençol que a cobria. Lua não se mexeu. Subi pelo fim da cama e, como um gato, fui cobrindo o seu corpo com o meu. Peguei seu pescoço entre os dentes, arranhando-o devagar, apenas para ela sentir o arrepio. Seu corpo vibrou em alerta, Lua se remexeu, ainda em um sono profundo. Mordisquei seu queixo e, em seguida, sua orelha.

Ela sussurrou algo inteligível.

Desci o rosto. Meus lábios passearam por seus seios, brincando com os bicos, lambendo-os lentamente.

Foi aí que seus olhos abriram.

Aline Sant'Ana

Voltei para a sua boca e raspei nossos lábios.

— Oi — murmurei.

— Oi — ela sussurrou de volta, alterando a atenção entre meus olhos e boca.

— Bom dia. Tenho que te levar a um lugar.

— Ótimo dia! Vamos explorar?

— Chegou a hora da sua surpresa.

Ela abriu um sorriso que fez seus olhos brilharem para mim.

— Você é perfeito demais. — Deu um beijo na minha bochecha e, gentilmente, me empurrou. Saltou da cama, completamente nua. Ela ficava linda quando acabava de acordar. Suas bochechas vermelhas, os olhos castanho-esverdeados brilhando, as pálpebras estreitas pelo sono, os cabelos completamente bagunçados. — Vou tomar banho.

Ela virou as costas e observei a sua deliciosa bunda e a curva maravilhosa que tinha ali antes de chegar a ela. Deliciosa. Lua me olhou sobre o ombro.

— E, Gigante?

— Oi. — Pisquei, um pouco atordoado.

— Obrigada.

— Pelo quê?

— Por ontem. Eu me senti tão... viva.

Admirei-a, cada pedaço do seu corpo, para depois voltar para os seus olhos.

— Eu só retribuí o que você faz por mim.

Ela me lançou um olhar significativo antes de se virar e ir até o banheiro. Meu coração ainda estava acelerado quando escutei o som da água caindo do chuveiro.

Lua

Quando voltei, já de banho tomado e pronta para o meu noivo, percebi que Yan estava em uma videochamada com o Shane. Me aproximei, sem avisá-los que estava ali. Cruzei os braços na altura do peito e observei.

— Tô forte pra caralho — Shane contou, no meio da conversa.

Shane já passou pela pior fase no hospital e conosco em Miami. Agora era mais o processo psicológico.

— Você tá conseguindo seguir com tudo?

— Estou indo em todas as reuniões com a psicóloga e sendo acompanhado pelo médico. — O menino coçou a ponta do nariz bonitinho com o indicador. — O resort é lindo pra caralho e o ambiente tem me ajudado a refletir, sabe?

— Isso é ótimo.

— É. E tá mais rápido do que o esperado. A psicóloga é fodona, Yan. Não admito isso na frente dela, sei lá, ela é osso duro. — Fez uma pausa, seus olhos passeando por Yan. — Eu tô legal.

— Você tá mesmo?

— Cara — Shane suspirou —, você já viu a pior parte. Mas, sei lá, é o progresso mais real que já tive desde que comecei a usar essas merdas. Estar limpo não é fácil, mas é gratificante. Eu tô realmente desejando estar bem. Talvez essa seja a diferença.

Assisti ao meu noivo passar as mãos pelos cabelos, jogando os fios para trás. Não durou um segundo, porque o cabelo voltou para o lugar.

Resolvi aparecer.

Fui por trás dele, subindo na cama de joelhos e me apoiando em suas costas, passando os braços por cima dos ombros de Yan. Me inclinei, pareando nossos rostos.

— Oi, garoto-problema.

Shane abriu um sorriso sacana. E ele estava lindo. Não havia tantas olheiras, a pele se mantinha bronzeada e havia cor em suas bochechas. Os olhos coloridos brilharam para mim.

— E aí, fujona. Como você tá?

— Estou bem, mas quero saber de você.

Shane ergueu a sobrancelha.

— O que quer saber de mim?

— Anda se aproveitando da sua melhor amiga?

Como se fosse uma ideia absurda, ele jogou a cabeça para trás e riu.

— Você é doida, Lua.

— Continue dizendo isso para si mesmo.

Apesar da risada sumir, o sorriso ficou em seu rosto.

— Estou com saudades — admiti.

Aline Sant'Ana

— Eu também — confessou Shane, fechando as pálpebras por uns segundos. — Não vejo a hora de vocês virem me buscar.

E, assim como fiz com Yan, Roxy fez com seu amigo. Ela se jogou em suas costas, pareando os rostos dos dois, bochechas coladas. Por um tempo, fiquei admirando ambos. Os olhos destoantes de Shane, a maquiagem forte e escura ao redor dos olhos bem claros de Roxy. Os cabelos dela, loiros, quase brancos, contrastando com a pele dourada do amigo.

Eles eram lindos.

Ela deixou um sorriso estampar em seu rosto de anjo.

— Oi, Lua! Como estão?

— Bem. E você?

— Estou bem. Essa temporada no resort tem me feito muito bem. Acho que não é só o Shane que está se cuidando.

— Que bom ouvir isso — Sorri. — E, me diz, Shane tem te dado muito trabalho?

— É... um pouco — Roxy admitiu, mas sorria.

— Shane é uma criança. Só tem tamanho.

— Em todos os lugares — brincou Shane.

Ri, e Roxy rolou os olhos.

— Se cuidem, crianças — pedi. — Qualquer coisa, é só ligar.

— Logo estaremos juntos — Shane prometeu, me dando uma piscadinha.

Abri um largo sorriso.

— Logo — Yan disse.

— Cuida desse cara aí — Shane falou, apontando para Yan. — A gente se vê.

— Beijos — Roxy mandou, e Shane, brincando, soprou um beijo para a câmera e desligou a chamada.

Desviei minha atenção para Yan e o escutei exalar fundo. Beijei sua bochecha.

— Shane tá bem — Yan falou em voz alta, como se precisasse.

— Cada dia melhor. — Fui sincera, raspando meus lábios em sua barba por fazer. — Estou super orgulhosa.

— Eu também. — Senti o sorriso de Yan nos meus lábios.

Em um movimento, saí das costas dele e dei a volta. Passei as pernas em cada lado do seu corpo, me sentando em seu colo e de frente, envolvendo seus ombros com os braços.

O baterista da The M's abriu um largo sorriso. Aquele sorriso que me desestruturava e que me fazia pensar em movimentos safados e nele sem roupa. Umedecendo os lábios, as íris cinzentas cintilaram para mim. Hoje, estavam como um céu nublado. Suas mãos foram automaticamente para a minha bunda, apertando com dureza.

— E agora, o que faremos? — sussurrei, aproximando nossas bocas.

— Com você me provocando assim, meus planos vão por água abaixo. — Yan tirou as mãos da minha bunda, pegou meus braços e os tirou de seus ombros. Com um sorriso malicioso, prendeu meus pulsos nas minhas costas, com apenas uma das mãos.

Dei um selinho demorado em sua boca. Um sentimento de gratidão, por ter aquele homem na minha vida, fez meu coração acelerar.

— Vamos tomar café da manhã? — indaguei, erguendo uma sobrancelha, como Yan fazia. Ele soltou-me do aperto e minhas mãos foram para o seu peito. — Café da manhã da pousada — acrescentei.

Yan riu.

— Eu vou te levar para o restaurante do bangalô.

— Ainda não desisti de cozinhar, Gigante.

Isso o fez rir de novo. Yan se levantou, comigo em seu colo. Passei as pernas em torno dele, e suas mãos apoiaram a minha bunda. Ele foi caminhando, e eu me mantive agarrada a ele.

— Por favor, não desista.

— Você está zombando de mim? — questionei, séria.

Yan deixou os lábios em uma linha fina, o rosto impassível.

— Jamais.

— Aham. — Estreitei os olhos.

Ele soltou mais uma risada, me fazendo sorrir, e beijou minha boca.

— Vai descer comigo até o restaurante agarrada assim?

— Estamos em lua de mel antecipada.

— Isso já explica?

— *Significa* que não sou obrigada a tirar minhas mãos de você.

Yan ergueu uma sobrancelha.

Aline Sant'Ana

— Você está aprendendo a usar as palavras nas ocasiões certas. Tô orgulhoso. E, também, tô achando que isso *significa* que eu deveria esquecer a surpresa e ficar no quarto.

Pensei por um momento.

— Precisamos ser um casal normal. Não vamos ficar presos no quarto transando até o entardecer. Ou até depois disso...

Ele rosnou e apertou com força a minha bunda, rodando lentamente o nariz em volta do meu.

— Merda, Gatinha. Você tem razão, mas...

Comecei a rir e me soltei, ficando com os pés no chão antes que ele decidisse me mostrar mais um de seus brinquedos. Envolvi nossos dedos, segurando sua mão, e admirei o rosto de Yan.

— Café da manhã e surpresa — avisei.

— Sexo até o entardecer? — tentou de novo.

— Café da manhã e surpresa — repeti.

Yan se inclinou e beijou rapidamente minha testa.

— Você ganhou — sussurrou contra a minha pele. — Dessa vez.

Puxei Yan dali antes que fizéssemos a loucura de ficar.

CAPÍTULO 4

'Cause I just want to make it last
I only want to be your future
I can never ever look back
You know I want to be your future

— *Etham, "Future".*

Lua

Como a fama do Yan, poderia complicar o café da manhã com os outros hóspedes, então, desde que chegamos, foi combinado de termos uma área especial, longe do público, quando não queríamos comer no bangalô. Era uma mesa para dois a céu aberto e com a vista para o mar. Tão bonito que nenhuma foto que tirei fez jus ao que os meus olhos conseguiram capturar.

Comemos e nos esbaldamos com tantas escolhas. O café da manhã brasileiro era completamente diferente do norte-americano e, apesar de ter tudo o que nós estávamos acostumados nos Estados Unidos, eu e Yan tínhamos combinado de provar o jeito brasileiro de fazer as coisas. Já devoramos os bolos caseiros, pães de queijo, goiabada com queijo, frutas frescas, mas o nosso amor maior foi o pão francês com manteiga. E parecia tão simples e prático, mas era tão delicioso com café, que não fazíamos ideia de como iríamos viver sem isso. Desde que chegamos ao Brasil, devo ter ganhado uns cinco necessários quilos, sério. A comida desse país é insanamente boa.

Cerca de uma hora depois do generoso café da manhã, Yan já estava na recepção, pedindo um carro.

— Qual é o próximo passo?

— Vamos conhecer tartarugas-marinhas.

— É sério?

Yan sorriu e a recepcionista perdeu o fôlego.

Efeito Yan Nórdico Sanders.

— Nós vamos — garantiu, os olhos apenas em mim.

Meu coração deu um salto, mas não tive muito tempo de processar porque o carro que nos levaria logo chegou. E, mesmo sendo perto, pude aproveitar a vista. A cada curva, uma foto. Era como se tivéssemos sido jogados em uma ilha mágica, com estrutura para atender os turistas, mas, ainda assim, extremamente maravilhosa. Era quase um pecado ter construções, com tanta vida em torno de nós.

Assim que chegamos à Praia do Sancho, fomos avisados por uma equipe que prestava serviço lá a respeito de como seria feito. Precisávamos passar por uma trilha até chegarmos ao mirante e, depois, descer dois lances de escadas. Avisaram que muitas pessoas desistiam de conhecer uma praia que já foi eleita a mais linda do mundo, mas eu e Yan éramos aventureiros e sabíamos que as melhores coisas vêm seguidas de uma experiência árdua; nosso relacionamento foi a prova. Então, dissemos sim.

Fomos por uma trilha nada fácil de ser percorrida. O cansaço, principalmente por se tratar de uma subida íngreme, cobrou seu preço. No entanto, com Yan ao meu lado e a expectativa de ver a Praia de Sancho, me motivei a seguir em frente.

Um tempo depois, toquei no braço de Yan. Me senti exausta e ainda faltavam dois quilômetros.

Ele não disse uma palavra, apenas me observou e, percebendo meu esforço, colocou um braço nas minhas costas e o outro embaixo das minhas pernas, carregando-me. Arfei, surpresa.

— Isso é sério? — perguntei, aflita por ele ter que se esforçar em dobro.

Yan não pareceu cansado. Continuou a andar comigo e a equipe. Por sorte, estávamos sozinhos, no quesito turistas. Ele, daquele jeito provocativo, ergueu a sobrancelha, desafiando-me a contradizê-lo.

— Você está cansada. Principalmente depois do que fizemos ontem à noite.

— Ah, sim. Eu estou. Mas, de verdade, amor...

— Shhh, Gatinha. Aproveite o passeio.

Passei os braços em torno daquele largo pescoço, sentindo que isso era demais até para Yan Sanders, mas a exaustão era tanta que me permiti ser mimada. Ele continuou a subir, como se estivesse levando sacos de mercado e não uma mulher no colo.

Fiquei observando seu rosto, com raras gotas de suor em sua testa.

— Olhe, linda.

Desviei o foco de Yan e o que vi me fez perder de vez o ar.

Ele me colocou delicadamente em pé.

Caminhei lentamente até a ponta do mirante. De cima de uma pedra lisa e imensa, a brisa tocou cada parte da minha pele, arrepiando-me, mesmo o ar sendo quente. Daquela altura espetacular, era possível ver grandes peixes, até

Por causa de você

filhotes de tubarão, nadando na imensidão da natureza.

Isso era uma obra divina. Lágrimas desceram pelo meu rosto e eu não soube explicar o porquê. Não até o segundo seguinte.

Eu estava mesmo viva.

Eu era tão jovem, com a segunda chance abraçando-me como uma mãe faria com a filha. Eu tinha um cenário inesquecível à frente dos meus olhos, uma família — imperfeita, mas, ainda assim, uma família —, um homem maravilhoso como noivo, que era capaz de me carregar por uma trilha no colo, amigos que se preocupavam comigo, pessoas que me rodeavam e eram especiais, uma profissão que eu adorava.

Me senti abençoada.

A realidade nua e crua me preencheu de pensamentos e quase não me deixou perceber que Yan se aproximou de mim. Ele não me tocou, deu-me o tempo necessário. Eu estava emocionada demais para falar qualquer coisa.

Eu odiava chorar. Odiava me mostrar fraca. Mas aquela não era uma demonstração de fraqueza. E sim de força. De continuar respirando.

— Este seria um cenário perfeito para te pedir em casamento — Yan comentou baixinho, me arrancando um sorriso.

— Ainda gosto da ideia de *eu* ter pedido para você se casar comigo.

Yan me girou, ficando frente a frente comigo.

— Na verdade, eu também gosto da ideia de você ter pedido. — O sorriso de Yan foi completo. — Te caracteriza tanto, Lua. Sempre um passo à frente.

Coloquei uma mecha do meu cabelo atrás da orelha, e admirei seus olhos, sentindo borboletas dançarem no meu estômago.

— Um passo à frente? Ou juntos em um só passo?

— Sempre juntos, Gatinha.

Yan

Ficamos um tempo sentados na pedra, admirando a imensidão azul de perto. Porra, eu queria que nossos filhos vissem isso. O pensamento não me assustou, nem me causou pânico. A constatação de que eu queria uma vida ao lado da Lua era a mesma de quando comprei seu anel.

Observei-a. O vento batendo em seus cabelos curtos. Os olhos molhados. Sua mão esquerda agarrada à minha.

Aline Sant'Ana

— Vamos nadar com as tartarugas?

A pergunta a pegou desprevenida. Lua voltou os olhos para mim, imersa em seus pensamentos, e assentiu.

Descemos as escadas bem estreitas dentro da fenda da imensa pedra, que se chamava Mirante dos Golfinhos. Não foi fácil andar por ali, fiquei preocupado com Lua o tempo inteiro e pedi que ela descesse primeiro, de modo que pudesse vê-la. Eram mais de cento e oitenta degraus só em uma escada, além de uma pequena passarela de acesso.

Mas, cara, tudo valeu a pena porque, quando chegamos à praia, reconheci o motivo de tantas premiações. De cima, parecia uma praia bonita. De baixo, era inacreditável.

— Meu Deus, Yan...

A areia afundou sob nossos pés, com uma tonalidade um pouco mais escura que a da Praia do Sueste. A água era de uma cor turquesa, sobrenatural. Vários barcos de pescadores e visitantes estavam por toda a orla e, próximas à areia, sobre a água, pedras cobertas de musgo faziam aquilo se tornar a própria versão do que um paraíso deve ser.

— Vocês podem usar o snorkel para mergulhar. Estão prontos? — disse o guia em inglês.

Eu e Lua ainda estávamos em choque pela descoberta, ainda assim, tiramos nossas roupas e sapatos, deixando tudo dentro de um pequeno cesto para roupas, cedido pelo passeio.

De sunga estilo boxer e Lua de biquíni, recebemos o snorkel. Fomos juntos até a água, sentindo-a morna pelo calor de mais de trinta e oito graus célsius. Pude ver meus pés e todo o meu corpo sendo submerso pela transparência do mar a cada passo que dava. Vi pequenos peixes quando fomos mais para o fundo, nadando despreocupadamente entre nós. Inúmeras cores, como no aquário em que Lua me levou em Santa Bárbara.

Porra, surreal.

Lua me avisou que ia mergulhar, e assim o fez. Acompanhei-a na submersão, e apenas as bolhas foram ouvidas, assim como o movimentar dos nossos corpos sob a água. Nadamos mais fundo, parecendo que estávamos em uma piscina, ao invés do mar. Encontramos pedras mais embaixo e meus olhos imediatamente pousaram em um casal de tartarugas-marinhas.

Toquei a perna de Lua, apontando para frente, para chamar sua atenção. Ela olhou para as tartarugas e depois buscou-me. Mesmo que estivesse embaixo d'água e com o snorkel na boca, pude ver pelos seus olhos que ela sorriu.

Por causa de você

As criaturas nadavam com uma velocidade surpreendente e pareciam confortáveis em nossa presença. Não sei quanto tempo ficamos submersos, nadando com peixes, tartarugas, em contato com a natureza, sem nos cansarmos. Em algum momento, Lua tirou o snorkel e ficou acima da água. Vi, de baixo, seu corpo de costas para mim, fazendo o mar de cama; ela estava boiando. Nadei mais um pouco e voltei para Lua, repetindo o mesmo movimento que ela.

No silêncio dos nossos ouvidos surdos pela água, escutei os batimentos cardíacos e a minha respiração.

Fechei os olhos e abri-os.

O céu azul estava implacável, sem uma nuvem. O sol queimava nossos corpos, passando pela água e nos atingindo. A sensação era boa, salgada e revigorante.

Nunca me senti tão bem como naquele momento.

Dedos enrugados da água me procuraram. Entrelacei minha mão com a de Lua e passamos a dividir aquela experiência.

O silêncio.

O barulho das ondas.

De nossos corpos.

E a calmaria.

Os problemas desapareceram. O questionamento sobre ações e reações também. Meu cérebro ficou em branco por todo o tempo em que ficamos boiando, inertes à vida, sendo apenas almas livres, só o coração continuando a bater. Me provando que, quando a razão era capaz de se calar, o amor era a única coisa que prevalecia.

Lua

Yan decidiu que almoçaríamos, voltaríamos para a pousada, tomaríamos um banho e depois visitaríamos uma parte mais comercial de Fernando de Noronha. Me avisou que lá as ruas não eram perfeitas e que, claro, o melhor atrativo eram as praias, mas ele já tinha programado, pensando que faltava pouco para voltarmos para os Estados Unidos.

Horas mais tarde, chegamos à Vila dos Remédios, e vi que era uma espécie de centro histórico da cidade. Tudo parecia muito antigo, as ruas com paralelepípedo e as lojas feitas de casas antigas, além de aparentemente nem

Aline Sant'Ana

todas as ruas terem calçada. Senti-me em outra época, totalmente alheia à vida em Miami, tão moderna. *Gostei daqui*, pensei. Assim que saímos do carro, pisamos em história. O centro não estava tão cheio quanto esperávamos e aproveitamos para conhecer cada parte. A tarde se tornou noite, e as lojas que foram fechadas deram vez a barzinhos com música ao vivo. A cada lugar, uma canção diferente. Desde músicas americanas às brasileiras. Parei, quando uma música em especial atraiu Yan.

— Nossa, isso é tão diferente — Yan reparou.

Era uma música em português, com uma batida dançante, que nem eu nem ele sabíamos dançar. A música era ao vivo, três homens com vinte e poucos anos batucando e brincando com seus violões.

No momento em que vi os olhos de Yan brilharem diante da performance, sorri. Assisti-o batucar os dedos na perna, sem saber o que fazer com a vontade de dançar, e, sinceramente, não importava que não soubéssemos, eu *precisava* dançar com ele.

No meio da rua fechada, segurei sua mão e o puxei para mim. Yan ergueu a sobrancelha.

— Vamos dançar.

— Sério?

— Claro que vamos. — Colei meu corpo no dele.

Dois para lá, dois para cá. Nossos corpos pouco a pouco entraram no ritmo e Yan devolveu o meu sorriso com uma risada, sabendo que estávamos fazendo errado, mas quem se importava? Um dos homens sorriu para nós, provavelmente notando de longe que éramos de outro país, mas assentiu, nos incentivando a continuar. E o dois para lá e para cá ficou mais rápido à medida que a música se tornou mais agitada.

— Tentem ir para trás e para frente também — disse um deles, em português.

Traduzi para o Yan.

A música falava sobre samba e pagode, o que provavelmente era a mistura dos dois ritmos.

Fechei os olhos, me concentrando nela.

Yan foi se soltando, seu quadril balançando à medida que se deixava levar. Mesmo em meio à dança, fomos servidos pelos donos do bar com uma bebida em um copo transparente e cheio de limão dentro. Yan tomou, mas continuou dançando comigo.

Por causa de você

— Caipirinha? — perguntei ao homem.

— É isso aí, moça! — respondeu, em português.

Yan bebeu mais, extasiado com o sabor. Era delicioso mesmo.

Depois da terceira música, um dos meninos me chamou. Se aproximou de nós, perguntando se o meu noivo permitia que ele me ensinasse a dança e observasse, para que soubesse o que fazer.

Sorrindo, traduzi para o Yan.

Ele deu de ombros, ainda que seus olhos ficassem semicerrados. Me puxou mais perto dele e sussurrou na minha orelha:

— Você fica tão sexy falando em português.

— Ah, é?

Yan mordiscou meu lóbulo.

— Caralho, *muito* sexy. Queria te ouvir falando em português "me fode". Tenho certeza de que isso me quebraria.

Fiquei arrepiada um instante antes dele me soltar, se afastar e indicar, com a mão, que o rapaz me pegasse para dançar. Só tive tempo de pisar para trás, e fui puxada. Por trás do copo de bebida, próximo aos seus lábios, Yan abriu um sorriso de canto de boca.

Gostoso demais para o meu próprio bem.

Me obriguei a apagar o que Yan disse quando o moço começou a me puxar para lá e para cá. O rapaz era quase da minha altura e, nossa, foi difícil demais acompanhá-lo. Não consegui, pareceu impossível. Ainda assim, ele tentou. Várias vezes. Yan observou tudo, pensando a respeito do que estava vendo.

Comecei a rir quando pisei pela décima vez no pé do rapaz.

Quando a música acabou, meu noivo puxou-me para o seu corpo. Ele pareceu determinado a fazer alguma coisa direito. Não aguentei, ri de novo, porque ele era o baterista de uma banda de rock, pelo amor de Deus!

— É engraçado?

— Você está dançando direitinho!

Yan sorriu.

— Você duvidou da minha capacidade de aprender rápido, Gatinha?

Seu quadril colou mais no meu. E eu me senti uma pata, porque Yan não decepcionou. Nem no rebolar do seu quadril, nem nos passos, nem na maneira de me jogar para trás e para frente, e nos girar quando compreendia a batida da música.

Aline Sant'Ana

E lá estava Yan Sanders me surpreendendo.

— Obrigada pela surpresa, amor. Por tudo o que você fez nesse dia incrível. — Sorri. — Se eu pudesse, me casaria com você agora mesmo.

— Você faria isso? — Yan indagou, a voz sensual.

— Jogaria todos os planos para o alto e roubaria o seu sobrenome.

— Não há porque roubar o que já é seu.

Sorri, emocionada.

A sexta música virou a vigésima e nossas peles ficaram cobertas de suor. No final, lá pela quinta caipirinha, já estávamos altos da bebida, rindo à toa, perdidos na sensação de desejarmos que aquele dia nunca acabasse. Não paramos de dançar, de sentir a brisa quente de Fernando de Noronha, de nos apaixonarmos por aquele lugar e por aquelas pessoas.

Ao redor de nós, uma rodinha de turistas e moradores se formou, dançando conosco. Casais fizeram pares e tomamos conta de toda a rua, sem nos importarmos com a iluminação fraca e alaranjada. O barzinho do seu Zé estava agitado demais para pensarmos que isso tinha que ter fim.

Exaustos, eu e Yan sentamos próximos da banda, que tocava ao vivo, e assistimos aos casais que continuaram a dançar, parecendo saberem mais do que nós dois. Pedimos uma porção de bolinho de bacalhau e nos deliciamos com os sabores e temperos brasileiros. Depois, nos levantamos mais uma vez e, ao som de um samba moderno, fomos contagiados pela música, cultura e pela paixão por um Brasil que nos incendiou.

Vimos o dia amanhecer com pessoas desconhecidas, que dividiram a mesma experiência que nós. A exaustão pelo nado não foi mais forte do que a vontade de estar vivo naquele cenário, em lugar mágico e com o homem que qualquer mulher desejaria.

Envolvi meus braços em torno de Yan, enquanto o sol subia no horizonte, nos precedendo um bom dia de verão; aquele era o lugar perfeito para renascermos.

Yan raspou os lábios nos meus. Fechou as pálpebras, inspirou fundo e, como se nunca se cansasse de me sentir, seu nariz fez um círculo em torno do meu, devagarzinho, trazendo-me paz.

Meu coração deu um salto e descobri que o nosso amor estava em constante expansão. O amanhã será a imensidão do que ainda devemos sentir até o fim de nossos dias.

CAPÍTULO 5

Oh, we're in love, aren't we?
Hands in your hair
Fingers and thumbs, baby
I feel safe when you're holding me near

— Ed Sheeran, "Hearts Don't Break Around Here".

YAN

Quem diria que *passarinhos* estariam na nossa varanda às sete da manhã? Assisti-os voarem por lá, junto a um nascer do sol perfeito. Fiz questão de tirar uma foto, apenas com metade do meu corpo e o de Lua coberto, ainda dormindo, com a paisagem aos nossos pés, minha mão delicadamente em sua bunda sobre o lençol.

Postei no Instagram e, em poucos minutos, milhares de curtidas e comentários me fizeram sorrir preguiçosamente.

Meu celular apitou e apareceu uma mensagem do Zane. Ele deve ter passado a madrugada acordado, porque era muito cedo em Miami.

> Zane: Terra chamando.

Abri um sorriso.

> Eu: Bom dia pra você também, Zane.

> Zane: Me conte uma novidade boa.

> Eu: Tá atrás de fofoca?

> Zane: A gata da Kizzie que perguntou. Estão curtindo o Brasil?

> Eu: Tá tudo tão bom. Ontem, quando saímos, a gente se sentiu tão... vivo. Vimos a natureza, dançamos, vivemos. É mágico. Vocês têm que conhecer.

Zane: Ah, é? Que do caralho! Tô feliz por vocês. :D E eu tô louco com a Kizzie aqui, preparativos e ideias, você sabe.

Eu: Preciso ajudar vocês.

Zane: Oliver tá resolvendo 50% das coisas. O cara tá se esforçando pra cacete. Vamos dar uma fã pra ele de presente?

Acabei rindo.

Eu: Como assim, Zane?

Zane: Porra, a gente arruma uma fã pra ficar com ele. O cara fica sozinho...

Eu: Você é foda. Hahahaha. E, me conta, como tá a expectativa do casamento?

A sua resposta veio imediatamente. Era uma foto do Zane completamente nu. Ele não colocou uma tarja no pau, o que me fez rir pra caralho e acordar Lua.

Zane: Ah, caralho! Mandei errado. Era para a Kizzie. Mas foda-se. Serve pra te responder também. A expectativa para o casamento? Sexo todo dia.

— Bom dia, Gigante. — A voz rouca de Lua despertando levou minha atenção para ela.

Beijei seus lábios secos de sono.

— Era o Zane. Desculpa.

Ela desviou os olhos para a tela do celular.

Merda. Porra. Caralho!

Eu imediatamente o escondi.

— Uaaaaaau! — Lua bocejou. — Isso é um bom dia com nudes do Zane?

— Porra...

— Yan... — Lua, ainda deitada e preguiçosa na cama, abriu os lábios, chocada, como se descobrisse algo que a assustasse.

Por causa de você

— O quê? — murmurei.

— Eu oficialmente acabei de ver *todos vocês* pelados.

— O quê? — rosnei. — Até o Shane?

— Ele apareceu de boxer branca, não importa... eu acabei de ver todos os rockstars nus! Meu Deus, eu acho que mereço um prêmio ou algo do tipo. É como pegar todas as joias do universo e fazer aquela luva do Thanos, sabe? Eu sou a dona da porra toda!

Não aguentei, comecei a gargalhar.

— E por que vocês são bem-dotados? — Voltou aqueles olhos sonolentos para mim. — Não dá para um ser normalzinho?

Gargalhei e não senti ciúmes, apesar de ser naturalmente ciumento pra caralho.

— Vou pedir o nosso café da manhã.

— Ah, estou cheia de coisas para fazer hoje. — Seus olhos brilharam, sonolentos.

— Que tal dormir mais trinta minutos?

Eu conhecia muito bem Lua Anderson, ela não era nada matinal. Abriu um sorriso lento e assentiu, já se virando e agarrando um travesseiro para cochilar mais um pouco.

Assim que escutei a respiração profunda, digitei uma mensagem para o Zane.

 Eu: A minha noiva viu o seu pau.

O celular vibrou.

Zane: HAHAHAHAHA! CARALHO! Coisas da vida. Agora sim: Bom dia, seu fdp.

 Eu: Você é um cuzão.

Zane: Um cuzão que você ama.

 Eu: Vou ligar para a Cahya e ver como estão os planos.

Aline Sant'Ana

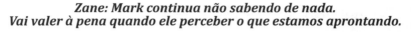

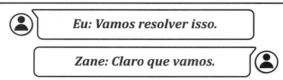

Com Lua ainda dormindo, tomei um refrescante banho gelado. Assim que me vesti, fui até a varanda, olhar a paisagem e fazer essa importante ligação.

Eu já vinha conversando com Cahya desde que descobri que Mark deixou seu amor para trás, desde que ele contou sua história para Zane e Carter, que acabou caindo nos meus ouvidos e também nos de Shane.

O telefone que Mark me deu veio a calhar. Em uma ligação, contei para Cahya que eu entendia o quanto os dois haviam importado um para o outro. Que eu estava ali, caso ela precisasse de mim. Cahya quis tirar mais informações — ela era boa nisso —, e acabei contando que Mark nos deu o prazo de um ano para pedir demissão e ir definitivamente para Jacarta.

Achei que ela iria concordar com a mudança de Mark, mas... não. Ela deixou claro que não aceitaria Mark na Indonésia, porque a família dele estava em Miami. E realmente éramos a família do cara, porra. Perdê-lo seria terrível, e Cahya viu isso.

Dias e ligações mais tarde, tanto comigo quanto com todos os nossos amigos, assistimos a uma desconhecida se transformar em uma amiga. Uma mulher que queria viver o amor no seu maior risco, que desejava ser feliz.

Eu, os caras e as meninas estávamos ali, firmes e fortes, guiando os dois para a felicidade.

Levei o celular para a orelha.

— Boa tarde, Yan! — Cahya disse, com um sotaque forte.

Sorri.

— Bom dia, aqui no Brasil.

— Ah, eu esqueço a diferença de fuso. Como você está?

— Bem, e você?

— Ansiosa. A surpresa... vai ser tão maluca.

— Eu sei. — Sorri. — Entendo a ansiedade.

Por causa de você

Ficamos mais um tempo no telefone. Cahya me contou que estava procurando alguém para alugar o seu apartamento, por mais que os papéis para a transferência dela e promoção ainda não estivessem prontos. Eu estava ansioso para conhecer pessoalmente o amor de Mark.

Todo mundo, pelo visto, estava sendo guiado para a felicidade.

Lua

Yan me acordou com beijos e café da manhã na cama. Me contou as novidades e o que seguiu disso foi um longo e deliciosamente tranquilo dia. Eu trabalhei à distância e dediquei boas horas para atender meus pacientes por videochamada, os que só precisavam de um acompanhamento e simples alteração na dieta. Minha secretária também me guiou à distância, sabendo que eu voltaria em breve e precisava fechar a agenda. Yan, por sua vez, ficou cerca de duas horas com o Oliver no telefone, dando ideias para o grande *boom* que a The M's prometeu após o *hiatus*. Depois, ele se sentou confortavelmente, e leu um livro, respeitando o meu espaço e dos meus clientes.

Minha admiração por Yan cresceu mais. Sem a exigência de eu dedicar um tempo exclusivo para ele. Yan entendia que a minha profissão era também o meu amor. E ele me roubava uns olhares, uns sorrisos, e me serviu comida quando passei da hora do almoço. Me esperou e não disse uma palavra sobre eu estar trabalhando demais.

Isso era, sinceramente, uma das maiores provas de amor que ele poderia me dar.

Assim que concluí tudo, o convidei para assistir a um filme. Merecíamos ficar juntinhos. Deitei com Yan no imenso sofá, e ele envolveu seus braços quentes em mim enquanto a abertura da Universal Channel passava na imensa tela plana. A varanda do bangalô estava aberta, e um vento surpreendentemente fresco engoliu-nos, me arrepiando. Yan inspirou o perfume do meu shampoo e sorriu contra os meus cabelos.

— Seu cheiro é de lar, Gatinha.

Subi o rosto, e meu nariz tocou seu maxilar, a barba por fazer arranhando a pontinha.

— Qualquer lugar pode ser meu lar, desde que você esteja nele. — Meu coração apertou um pouco e eu abri um sorriso. — Você está pensando na nossa volta, não tá?

— Sim, estou.

Aline Sant'Ana

— Está pensando que vai ser ruim?

Ele baixou o rosto para me encarar bem atentamente. Seus lindos olhos ficaram puxadinhos quando os semicerrou para mim.

— Pelo contrário. Estou preparado para recomeçarmos uma vida juntos. Estou pronto para isso, Lua.

Yan não fazia ideia de como suas palavras valiam ouro para mim. Minha alma sorriu.

— Nós dois estamos mais seguros agora — garanti e beijei sua bochecha.

Sua mão encontrou a minha, e Yan, distraidamente, começou a brincar com meus dedos. Por mais que o filme tivesse começado, ele não estava prestando atenção, sua mente voando a quilômetros de distância.

— Quando olho para o passado, vejo os erros que cometi...

— Correção: os erros que *nós* cometemos.

Ele abriu um sorriso e continuou:

— Sei que não vamos cometê-los nunca mais. E parece uma coisa muito dura de dizer; "nunca mais" é uma frase bem forte. — Yan balançou a cabeça em negativa. — Quando vejo por mim, sei que não sou mais o homem que você conheceu, Lua. Você me transformou. E pra melhor.

Não era mesmo, assim como eu também havia me transformado por ele. Até na cama, Yan conseguiu ser ainda melhor. A sua personalidade não havia mudado, mas eu conseguia enxergar a maturidade em seus olhos, o preparo de alguém que está decidido a passar o resto da vida ao meu lado. Tudo isso o tornava ainda mais admirável.

Deixei-o continuar a brincar com meus dedos, enquanto meu coração acelerava.

— Se o amor não merecesse uma segunda chance, qual outro sentimento mereceria? — murmurei. — Você levou meu coração, e sei que ele está aí com você, e se mantém inteiro. Eu encontrei o amor verdadeiro nos seus braços, Yan. Amo a maneira que vencemos nossos medos, amo o quanto amadurecemos, amo que possamos conversar sobre isso sem o assunto pesar entre nós, amo que somos capazes de dividir as dores e os prazeres. Eu amo quem a gente se tornou.

— Eu amo *você*. — Yan deu um beijo na ponta do meu nariz. — Profunda e eternamente.

Meu coração ia derreter e virar uma poça. Por mais que nós dois, ali, acolhidos nos braços um do outro, tentássemos focar no filme, eu estava apaixonada demais por essa fase que estávamos vivendo para prestar atenção

Por causa de você

em qualquer outra coisa.

— Depois desse filme, vou malhar um pouco e... — Yan me tirou do transe. — Eu quero que saiba que preparei algo para esta noite.

— Ah, é? — Fiquei surpresa e pisquei várias vezes. — Achei que gente não ia explorar hoje.

Ele soltou uma risada melodiosa e baixinha.

— Ah, mas vamos. São os últimos dias nesse paraíso e, por mais que eu queira voltar para casa, precisamos aproveitar ao máximo.

Segurei seu queixo com o polegar e o indicador, trazendo seus olhos para os meus. Beijei lentamente sua boca e sorri contra seus lábios.

— Você é maravilhoso.

— Por você, Lua, sempre vou ser.

Yan

Depois do filme, que passei como um adolescente beijando a minha noiva, fiz o que prometi e fui para a academia liberar energia. Os planos para esta noite seriam memoráveis e, por mais que o esforço físico geralmente limpasse a minha cabeça, eu não conseguia tirar minha noiva dos pensamentos.

Inspirei fundo e esmurrei o grande saco de areia. Mais de cento e cinquenta quilos facilmente indo e voltando para mim, o peso me fazendo ir para trás e para frente, alternando socos. Parei um pouco para tomar fôlego quando o suor ardeu meus olhos. Absorvi a visão à frente. Eu era capaz de ver a piscina sem borda e a Baía do Sueste logo atrás, as duas tonalidades de azul diferentes completando uma à outra no fim de tarde.

Voltei a socar, alternando entre o punho direito e o esquerdo. Suei como um louco, pingando tanto que arranquei a camiseta. Demorou um tempo, mas, com a temperatura do corpo mais equilibrada, bati meu punho direito com toda a força, mas algo me fez parar quando o saco retornou e eu o abracei.

Meu celular vibrou no bolso da bermuda. Tirei as luvas, peguei o aparelho e, sem antes verificar quem era, coloquei-o na orelha.

— Yan?

Fiquei surpreso por ouvir aquela voz do outro lado e por *essa* voz me chamar pelo primeiro nome, apesar de já ter feito isso. Engoli em seco, parando o movimento do saco de vez.

Aline Sant'Ana

— Senhor Anderson — respondi, a voz controlada.

— Desculpe ligar para você, mas a Lua não me atende. Sei que estão no Brasil descansando, mas... ela está bem?

— Lua ainda não conversou comigo a respeito do senhor. Mas está bem. — Eu não poderia me intrometer entre pai e filha, então, optei pelo básico.

O homem foi contra nós dois boa parte do tempo. Ele não aceitou o meu relacionamento com Lua no passado, de forma que eu não sabia como me portar agora.

— Eu sei que Lua está magoada, porque eu estaria possesso se fosse ela. Fiz todas as coisas mais horríveis e fui contra a felicidade da minha própria filha. Demorei para enxergar, mas não sou um homem que desiste das coisas, Yan. Nisso, somos parecidos. Estou fazendo o que posso para me redimir.

— O quê, por exemplo?

Ele ficou em silêncio e eu travei o maxilar.

— Se quer realmente se redimir com Lua, é melhor começar a ser honesto.

— Eu sei.

— Qual é o seu plano para conseguir o perdão dela?

— Quero que Suzanne pegue muitos anos de cadeia. Também pretendo me desculpar pessoalmente, apoiá-la. Lua nunca vai deixar de ser a minha filha.

— É, eu sei. Mas não tente dar dinheiro ou oferecer qualquer coisa assim ou Lua vai jogar isso tudo na sua cara. Não se force sobre ela. Deixe que Lua tenha seu tempo de absorver as coisas. Entende o que estou dizendo, senhor Anderson? — Respirei fundo, surpreso com meu tom de voz tão bruto. — Se machucar o coração dela mais uma vez, sou eu quem não vai perdoá-lo.

— Riordan — me interrompeu. — Me chame de Riordan.

— Como?

— Estamos formais demais — alegou o pai dela.

Lua era bem parecida com ele no humor sarcástico.

— Riordan — suspirei —, entendeu o que eu disse?

— Perfeitamente.

— Aproveitando que está na linha...

— Sim?

— Preciso saber se está tudo bem para o senhor o fato de eu ser oficialmente o seu genro. Em alguns anos, vamos nos casar, da maneira que Lua sonhou. E

Por causa de você

tenho que saber, como pai da mulher que eu amo, se nos dá sua bênção. Porque, quando eu me tornar o marido da sua filha, quando ela se tornar uma Sanders, nem a força da natureza será capaz de nos separar.

Mesmo se ele dissesse que não aprovava, eu ligaria o foda-se e me casaria com Lua. Eu era sensato, mas não a perderia mais uma vez. Riordan ficou um tempo em silêncio, e percebi que ele estava ponderando.

— Eu não apenas acho que vocês têm que viver esse romance, Yan, como autorizo que se case com ela, quando quiserem. Você não é um homem ruim, eu sou.

— Riordan...

— Não seja condescende comigo.

— Certo.

— Então, sim. Você pode se casar com ela. Vou adorar te perturbar nos jantares.

Precisei rir.

— É sério?

— Vocês se conhecem há quantos anos mesmo?

— Desde a adolescência de Lua.

— E ela namorou aquele menino, o vocalista...

— Sim, o Carter.

— Bem, ele nunca foi capaz de fazer o coração da minha filha bater mais forte. Mas você é. Ela lutou por você, então acho que isso já prova o quanto é o certo para ela.

— Obrigado, Riordan.

— E, Yan?

— Sim?

— Só faça a minha filha feliz.

Fechei as pálpebras.

— Farei. — A ligação foi encerrada.

Lua

Quando Yan voltou, eu já havia tomado banho e só estava esperando-o,

Aline Sant'Ana

falando ao telefone com a minha melhor amiga. Yan chegou todo molhado de suor, a bermuda grudada em suas coxas grossas. Selvagem, delicioso. Os cabelos bagunçados e o sorriso preguiçoso foram os responsáveis pelo frio na minha barriga. Engoli em seco. Yan se aproximou e me deu um beijo rapidinho na boca, preocupado com o suor.

— Vou tomar banho — avisou, baixinho.

Ele foi para o banheiro e eu tentei ignorar a forma como Yan mexia comigo, voltando a prestar atenção na voz da Erin. Ela estava com ciúmes das argentinas e, pela maneira que disse, sabia que estavam caindo em cima de Carter durante os eventos.

— Deixa eu falar com o Carter — pedi.

— O quê? — Erin riu. — Por quê?

— Passa o celular. Vai, vai!

Carter atendeu.

— E aí, Lua? — Pude sentir o sorriso em sua voz. — Como você tá?

— Eu estou ótima, e você, fofinho?

— Tirando o fato de você me tratar como uma criança, eu tô muito bem.

Ele me arrancou uma risada.

— Deixa eu te falar...

— Ih, vou receber uma bronca? É sério?

— Não, não vai. Na verdade, é uma dica. Leve Erin para passear, um jantar, alguma coisa bem romântica.

— Hum. — Carter pensou um pouco. — Eu já estava bolando algo, mas... francamente, te ouvir dizer pareceu ainda mais certo.

— Ela tem ciúmes de você.

Foi a vez do Carter gargalhar.

— Porra, e eu morro por ela. Mas não se preocupe, Lua. Erin é o ar que eu respiro.

— Eu sei disso. — Senti meu coração acelerar de felicidade. Erin merecia um príncipe, e realmente conseguiu isso. — Cuida dela, tá?

— Pode deixar. Mas só se você prometer uma coisa. — A voz dele ficou mais suave, embora o tom ainda fosse grave, como o fantástico vocalista de uma banda de rock precisa ter.

— O quê?

Por causa de você

Achei que ele pediria para eu cuidar do Yan, mas Carter me surpreendeu quando disse:

— Se cuida, tá?

— Ah, querido. Eu estou fazendo isso.

— Qualquer coisa que você precisar, a qualquer momento, eu estou a uma ligação. É sério.

— Eu sei.

Carter respirou fundo e, parecendo satisfeito, ficou em silêncio.

— Se você precisar de mim também, estou por aqui — prometi.

— Sempre — garantiu.

Como era bom ter uma família que não era do mesmo sangue que o meu, mas me fazia sentir como se fosse. A chamada foi encerrada e, um tempo depois, Yan saiu do banho. Ele arrancou a toalha na minha frente, a intimidade entre nós me fazendo sorrir como uma adolescente idiota.

Meu Deus, como ele conseguia ficar mais bonito sem fazer nada de extraordinário?

Colocou a boxer, depois vestiu uma bermuda branca, abotoando-a. Transpassou um cinto de couro nude pelo passador, fechando-o. Optou por uma camisa social azul-clara de manga curta, que parava no cotovelo. A camisa ficou aberta, revelando o torço nu e bronzeado, além das tatuagens agarradas em sua pele, como se amassem estar ali. Ele foi fechando os botões, casa por casa, até me deixar ter só um vislumbre do seu peito, com três botões abertos abaixo do pescoço.

Jesus. Começou lentamente. O sorriso. Puxou para a direita enquanto Yan ia dos meus pés descalços até as coxas. Depois, elevou o canto esquerdo, permitindo que sorrisse completamente. Quando chegou ao decote do meu vestido, as pálpebras dele ficaram pesadas e a respiração se perdeu um pouco.

Os olhos nublados encontraram os meus.

— Não tive a chance de dizer quando entrei, mas... você está muito linda.

— E você... ah, Yan.

Ele deu uma piscadinha pra mim.

— Vamos? — Estendeu a mão.

Naquele momento, olhando-o, percebi que ninguém se comparava a Yan Sanders. Ele era a beleza, a inteligência, o amor, a determinação. Ele era todas as coisas boas, mas também era a melhor parte de mim.

Aline Sant'Ana

Por causa de você

CAPÍTULO 6

Demorei muito pra te encontrar
Agora eu quero só você
Teu jeito todo especial de ser
Eu fico louco com você.

— *Fábio Jr., "Só Você".*

YAN

Caminhei com Lua de mãos dadas pela areia da Baía do Sueste. Ela não fazia ideia do que um homem determinado e apaixonado era capaz de fazer com algumas ligações e a internet. Continuei a andar pela areia. Ela estava admirando o sol se pôr, tão lentamente que parecia ter medo de nos dar adeus, enquanto a lua, já ansiosa, vinha na outra extremidade, ansiosa pelo anoitecer, rodeada de estrelas. Em toda a praia, tochas de fogo estavam acesas, para que os turistas pudessem passear sem ficarem totalmente no escuro à noite. A brisa do mar, o cheiro do oceano, somado ao perfume de Lua, porra, era indescritível.

Estava absolutamente linda com o cabelo curto bagunçado pelo vento, o vestido branco solto e um biquíni rosa embaixo. Lua sabia da minha fraqueza quando usava essa cor.

Porra, mexia demais comigo.

Por planejamento meu, não havia ninguém ali além de nós. Deixei um bom dinheiro para que a praia particular do resort fosse fechada. Em algumas horas, eles montaram todo o cenário que eu precisava. Continuei a caminhar com Lua, as luzes aumentando conforme chegávamos a uma das surpresas da noite. Assim que chegamos, espiei a reação dela. Sua boca aberta, os olhos brilhando, as bochechas coradas.

Ela levou as mãos à boca e me procurou com os olhos.

— Meu Deus! — gritou. E aquela foi a garantia de que eu estava no caminho certo.

— Gostou?

— Isso é... o que eu estou pensando que é?

— Não sei. Por que não me conta o que está pensando?

Havia uma porção de velas espalhadas na areia. Não formando um caminho,

Aline Sant'Ana

mas estrategicamente colocadas para iluminar o cenário. A parte mais bonita? Um coqueiro que literalmente se curvava, se mantendo assim, dobrado, com as folhas verdes quase tocando a beira do mar. Ele estava repleto de luzes em volta, todo decorado, com lâmpadas suficientes para transformar a noite em dia. Em sua ponta, perto das folhas e próximo ao mar, havia um balanço comum com duas cordas e uma tábua de madeira para sentar. Dessa vez, a intenção não era sexual.

Era outra coisa.

Lua tinha uma pequena cicatriz nas costas porque, quando criança, antes de conseguir chegar à metade de um coqueiro, ela caiu. Ficou com medo depois disso, e nunca mais subiu em árvores. Como enfrentamos todos os nossos medos do passado, fiquei me perguntando o que faltava. Também estava pensando que, se Lua enfrentasse esse medo, ela se sentiria segura para fazer qualquer outra coisa. Para ir à consulta de acompanhamento e continuar batalhando por sua saúde, se sentiria segura para morar comigo, se sentiria segura para entender que, às vezes, há beleza no medo, se observarmos por outro ângulo, se entendermos que o medo só existe porque ainda estamos vivos.

Eu sabia que ela estava pronta para Miami, mas precisava que ela visse que poderia enfrentar o mundo ao meu lado.

Levei a mão aos cabelos, passando os dedos pelos fios, enquanto Lua já havia soltado minha mão e observava o cenário com fascínio. Lágrimas escorreram pelo seu rosto quando ela tocou no coqueiro, quando analisou as luzes e viu o balanço. Lua me buscou com o olhar, parecendo chocada demais para falar. Então, piscou e respirou fundo.

— Você se lembra da história do coqueiro. Da cicatriz nas minhas costas — comentou baixinho, sua mão indo para atrás do corpo, bem na altura de onde havia se machucado.

— Nós não somos o tipo de casal que sabe o superficial, Lua. Sabemos das profundezas. E, sim, como eu me esqueceria?

Sem tirar os olhos dos meus, Lua pegou um impulso, se apoiou nas cordas do balanço e se sentou. Ela soltou um grito agudo de surpresa e, por mais que eu quisesse alcançá-la, fiquei parado, de braços cruzados, deixando-a enfrentar seu medo sozinha. Quando me quisesse, eu estaria lá.

Ela começou a rir, se balançando, o vento tocando seus cabelos, arrepiando sua pele. Como uma criança que vê um brinquedo novo. Apesar de toda a iluminação em sua volta, vi que a verdadeira luz veio de dentro de Lua. No agradecimento que seu sorriso me ofereceu.

— Vem me balançar.

Por causa de você

Agora sim, caminhei até ela, o coração acelerado. Fui até suas costas e encostei meu nariz em sua orelha. Minhas mãos foram para sua cintura e Lua estremeceu sentindo meus dedos em sua pele.

— Pronta? — questionei baixinho.

Ela assentiu.

E, com a força certa, empurrei Lua, fazendo-a voar naquela praia só nossa, no meio daquelas luzes, rindo quando ela vinha e me pedia para empurrá-la mais uma vez. A risada dela foi música para os meus ouvidos.

Aquela era a mulher que eu queria passar o resto dos meus dias.

Não sei quanto tempo balancei Lua, não sei quantas risadas arranquei dela. Mas, quando saí de suas costas e fui para sua frente, parando o balanço e encarando seus olhos, vi o quanto ela estava apaixonada. Baixei o rosto lentamente, trocando meu ar com o dela.

— Você é incomparável — sussurrou.

Raspei nossas bocas.

— Nós.

Como se fosse um sim de alguma parte do mundo, um vento forte nos atingiu no segundo em que seus lábios frios tocaram os meus, tão quentes. Lua me recepcionou com um beijo apaixonado, a boca aberta esperando minha língua provar a sua. Rodei ali, no seu sabor tão gostoso, sentindo meu corpo responder à forma que sua língua provava a minha e me arrancava da porra da órbita, apenas para me tomar novamente e começar tudo de novo.

Seus dedos agarraram meus cabelos, meu corpo foi para a frente e o balanço, para trás. Lua, esperta, envolveu as pernas em torno de mim, querendo me parar no lugar, e eu sorri contra sua boca, apenas para tomá-la de novo, sentindo seus lábios molhados deslizarem pelos meus. Porra, foi um beijo tão apaixonado que senti meu coração bater duro no peito, querendo pular para Lua, que era o seu lar.

O ritmo desacelerou, suas mãos escorregaram para o meu peito, sentindo os batimentos frenéticos e a respiração trôpega. Lua agarrou minha blusa, amassando o tecido enquanto exalava fundo, se contendo. Abriu os olhos depois de mim, e sorriu. Circulou seu nariz em torno do meu, e sua boca se abriu inúmeras vezes, como se quisesse dizer mais, e não fosse capaz.

Beijei sua testa delicadamente.

— Fique aqui. Eu já volto.

Aline Sant'Ana

Lua

Yan estava certo. Sabíamos as profundezas um do outro. Não que fosse um fato novo, mas foi além eu perceber que ele lembrava de *tudo* o que dividi ao seu lado no ano que estivemos juntos.

Estava distraída com os pensamentos até ver uma coisa que me fez voltar a ser adolescente.

— Yan! Não acredito nisso! — Ri.

Ele abriu um sorriso malicioso, de canto de boca, e passou a mão pelos cabelos quando ficou ereto. Seus olhos cinzentos brilharam para mim, e eu morri, naquele segundo, apenas para continuar vivendo.

— Acredite.

Yan conseguiu um banco, um teclado, que trouxe para o meio da praia, um microfone sem fio acoplado ao teclado e um amplificador. Começou a conectar os fios, enquanto eu viajava na época em que o ouvi cantando sozinho na sala, sem Carter e Zane. Talvez, isso fosse outra coisa que ele quisesse trazer para mim. Um verdadeiro show só seu, que tanto quis escutar anos atrás, e, honestamente, estava louca para ouvi-lo agora. A sua voz, que vivia escondida, era magnífica.

Ele se ajeitou, sentando-se no banquinho, enquanto eu agarrava as cordas do balanço com mais força, com medo de derreter naquela areia.

— Oi, Gatinha. — Sua voz saiu agradável pelo amplificador, o timbre rouco e grave, no volume certo, que sobrepunha tudo o que eu já tinha escutado na vida. Ele ligou o teclado e testou algumas notas. Seus olhos vieram para os meus. — Faz tempo que não toco. O Zane sabe mais ou menos e me ensinou algumas coisas. Vamos ver se aprendi direito.

— Ah, Yan...

Ele alargou o sorriso.

— Um medo por outro, certo? — Piscou para mim. — Quando estávamos no carro, logo depois de Nova York, você me disse que, quando cantei na sua adolescência, tudo o que sentiu era que havia um homem que sabia do que era capaz e simplesmente não tinha medo. Você disse que eu não me soltava, porque não queria que as pessoas me vissem. Você estava certa. — Yan fez uma pausa. — Agora, eu quero que você me veja.

Prendi a respiração.

Por causa de você

— Está pronta?

Não percebi que mais lágrimas estavam descendo por meu rosto até senti-las caindo no meu peito. Assenti, mordendo o lábio inferior.

As notas da música soaram por toda a praia. Em mim, vibravam por dentro, atingindo direto o coração. Yan era modesto, ele sabia tocar lindamente o teclado. Os músculos de seus braços brigavam com a camisa, enquanto seus dedos corriam e pausavam quando necessário. Absorvi a visão daquele homem, querendo guardar para sempre na memória. Yan jogou a cabeça para trás, se livrando do cabelo que havia escorregado. Então, sorriu para mim, sem parar os dedos, e seus lábios rasparam no microfone.

Nem a voz do Bryan Adams chegou aos pés do timbre de Yan quando ele iniciou *Heaven*.

— *Oh! Pensando em nossos tempos de juventude. Só existia eu e você. Nós éramos jovens, selvagens e livres...*

Fiquei arrepiada. A emoção me engoliu por inteiro. A voz de Yan era absolutamente perfeita; grave como um trovão. Se Erin visse como eu estava, diria que não nos diferenciávamos das fãs. Aquele homem, bem ali, tinha toda a minha histeria e sonhos adolescentes.

Seus olhos não saíram dos meus, o sorriso não morreu em sua boca, ele cantou alto quando chegou no refrão. Sua voz tomou conta, acariciando-me. Ele fechou as pálpebras e as abriu alguns segundos depois.

— *Meu bem, você é tudo o que eu quero. Quando você está aqui deitada em meus braços. Eu acho isso difícil de acreditar. Estamos no paraíso.*

Sua boca colada ao microfone me fez ter inveja. E os dedos de Yan, trabalhando no teclado, me deixaram encantada. Cometi o erro de encará-lo mais uma vez. A beleza em seu rosto quando ele cantava, quando se abria... Deus.

— *Oh, uma vez na vida você encontra alguém. Que vira a sua vida de ponta-cabeça. Que te anima quando você está mal. Agora nada poderia mudar o que você significa pra mim. Há muita coisa a dizer. Mas apenas me abrace agora. Pois nosso amor irá iluminar o caminho.*

O refrão voltou e sua voz atingiu notas além das que Bryan Adams conseguia. Eu fiquei magnetizada pela forma que o baterista da The M's fechava os olhos e sentia a música, e os abria para cantar mais alto, para se provar, para enfrentar seu medo.

— *Eu esperei tanto tempo. Para que algo acontecesse. Para o amor chegar. Agora nossos sonhos se tornam reais. Na felicidade e na tristeza. Eu estarei lá com você.*

Aline Sant'Ana

Cantou até o fim, e eu me dei conta do quanto precisava disso pelo resto dos meus dias. Yan se levantou, as bochechas mais coradas, como se estivesse envergonhado de ter se exposto. Eu abri um sorriso imenso para ele, que se aproximou de mim.

— Você gostou?

— Eu sempre te vi, Yan. Mas, quando canta, você simplesmente... brilha. Você é mesmo o meu sol.

Ele veio. Nossas lágrimas se misturaram com nossos lábios quando nos beijamos. O sabor salgado pareceu mar, e a língua de Yan pediu espaço na minha boca quando ele quis aprofundar o beijo.

Me perdi ali.

No meio das tochas quentes, do seu beijo emocionado e coberto de promessas. Agarrei Yan mais forte, passeando com a mão com o anel por seu coração, por seu torço, pela barriga malhada e ondulada de músculos, sobre o tecido da camisa. Ele grunhiu, descendo as mãos da cintura para a minha bunda, apertando com bastante força, moendo-me contra ele. A língua se tornou mais ávida, mais desesperada. Ele levou uma das mãos da minha bunda para a lateral do rosto, passeando por toda a pele no caminho, apertando e testando o quanto eu fervia.

Sempre ferveria por Yan Sanders.

Aquele beijo era mais uma garantia de que sempre teríamos química, de que a vida poderia nos virar do avesso, mas nosso amor era inabalável. Faça chuva, faça sol. Tenha mar ou deserto. Ainda assim, sussurrei que o amava enquanto desviava de sua boca para a pontinha da orelha. Yan soltou um gemido, seu aperto ficou mais forte, e ele se afastou apenas para dizer, encarando-me nos olhos:

— O mar espera por nós.

Yan

Para ficarmos com alguém, precisamos ser transparentes.

Despreocupado, porque a pousada tomaria conta do que havia na praia, caminhei com Lua por toda a orla até chegarmos à área onde o iate estava parado. A chave já estava comigo; estava preparando esta noite há um tempo.

— Yan... *uau*... isso é... Ok, você ganhou. Conseguiu arrancar todas as palavras que poderiam existir no meu cérebro.

Por causa de você

Sorri.

— É sério que temos esse iate só para nós? — acrescentou.

— Muito sério. Só preciso tirá-lo da costa.

— E você sabe dirigir essa coisa?

Sorrindo, subi as escadas.

— O que eu não sei, Gatinha?

Lua gargalhou.

— Não sei por que ainda me surpreendo.

Ela se sentou ao meu lado quando peguei o timão. A noite já havia chegado e eu não queria ir muito longe da costa, apenas o suficiente para termos ainda mais privacidade. Dirigi pouco e deixei o iate navegar livremente pelas ondas.

— Vamos ficar até o amanhecer? — Lua observou o horizonte.

O céu estava estrelado, sem nuvens, e a lua estava clara o suficiente para não precisarmos das luzes acesas. Observei os traços de Lua sob a parca iluminação, o azul da noite pintando seu rosto e o cabelo loiro quase em um tom prata azulado. Ela parou de admirar o céu e virou o rosto para mim.

— Se quiser, podemos passar a noite aqui.

— Você preparou ainda mais coisa, né?

— Sou tão previsível?

A risada de Lua foi doce.

— Não, mas você nunca foi um homem de metade. Então, isso tudo tem um propósito, além de me deixar ainda mais apaixonada. Não é apenas ver estrelas no céu, não é apenas navegar sem rumo no mar, é mais. — Lua fez uma pausa para tomar fôlego e seus olhos sorriram antes que ela pudesse fazê-lo com a boca. — É sempre mais com você.

Lua não me cativou apenas pelo seu corpo perfeito, pela boca atrevida, por sua personalidade destoante. Era a inteligência e a alma dela, tudo o que Lua representava. A luta pelo seu lugar ao mundo, a excêntrica maneira de pensar, de enxergar a vida e de entendê-la. Eu era apaixonado por suas curvas da mesma maneira que era apaixonado por sua mente. E era apaixonado por ela me ler entre as linhas, porque Lua Anderson era a única capaz de ver a essência.

— Vamos para dentro?

Ela estremeceu um pouco quando beijei sua testa.

— Tem vinho lá?

Aline Sant'Ana

Sorri.

— Tem algo muito melhor.

Se tudo estivesse nos conformes, eu teria uma reação mais do que especial dela. Então, descemos as pequenas escadas, indo para dentro do iate. Abri a porta e esperei.

Os olhos de Lua passearam pelo local.

— Você é o noivo mais gostoso, criativo, maravilhoso e sexy do planeta.

Ela beijou a minha boca com um misto de tesão e felicidade.

Era toda a confirmação que eu precisava.

Lua

Com o coração acelerado, notei que era um quarto com cama de casal, frigobar, mesa lateral e abajur. Tinha tudo para ser comum, mas não era. As luzes estavam baixas e em um tom exótico de vermelho, me lembrando do nosso quarto na noite da festa Sensações, no Heart On Fire. Passeei meus olhos por mais, percebendo que havia um móvel coberto por um lençol e a mala de coisas pecaminosas de Yan sobre ele. Deus, meu sangue acelerou em expectativa. Yan percebeu a mudança da minha respiração, e não disse nada. Ele me deixou circular pelo quarto e tocar na cama repleta de pétalas de rosas vermelhas que preparou para mim. Algo brilhou no meio das pétalas, me parando: uma caixa pequena com um laço no topo e um grande L dependurado. Levei a mão ao coração como se eu pudesse freá-lo.

— É pequeno o suficiente para trazê-lo escondido em uma mala — a voz rouca de Yan ecoou pelo quarto.

— O que é?

— Acho que você vai ter que olhar para saber. — Ele sorriu.

Fui até a cama, me sentei na beirada, sem ter ideia do que era aquilo. Uma joia? Não, Yan não seria tão óbvio e, se estava certa, tudo aquilo tinha um propósito... Com as mãos trêmulas, abri o embrulho, sentindo o coração bater nos tímpanos. Uma chave brilhou, em vermelho, devido à luz do quarto. Uma chave que eu reconheci. Todas as lágrimas que saíram antes, na praia, ameaçarem vir mais uma vez.

Yan se sentou ao meu lado.

— Te levei no coqueiro para que enfrentasse um medo. Em troca, enfrentei outro. Essa chave envolve um receio de ambas as partes. Não dizemos em voz alta, mas eu sei que é um passo longo, Gatinha. Quero dizer que... essa chave não representa um pedido para morar comigo logo de cara, não quero atropelar nada. Sei que já estamos noivos e isso foi um pulo e tanto. Mas quero que saiba que você pode continuar a morar no seu próprio lar, como também quero que saiba que o meu apartamento estará sempre disponível para você. Eu só quero que saiba disso, Lua. É o que representa a chave. Fique comigo quando quiser ficar.

Seu apartamento era o lugar onde sempre pertenci. Fotos nossas estavam espalhadas por cada canto; as minhas almofadas, um pedaço meu. Havia coisas ali que representavam o que vivemos juntos.

— Eu quero.

— O quê? — perguntou Yan suavemente.

— Morar de novo com você, descobrir como podemos ser juntos. Não tivemos tempo para isso, Yan. Quer dizer, tivemos um ano, mas em alguns meses eu descobri o câncer e... — Parei de falar, precisando respirar fundo. — Eu não tive o que eu merecia ter com você. Eu não vivi com você, não como fizemos naquela cabana. E quero a chance de acordar e ver o seu rosto amassado, que continua sendo o de um deus nórdico, por sinal, mas...

Yan soltou uma risada.

— Não precisa tomar essa decisão agora, linda.

— Eu quero cafés da manhã com você — continuei. — Quero filmes no sofá. Eu quero que me pegue de surpresa no chuveiro. Eu quero redecorar os nossos quadros com fotos novas. Eu quero *você*, Yan. Por isso te pedi em casamento. Não sou moderna o suficiente para cada um dormir em uma casa. E o nosso noivado pode ser um longo test drive.

Yan sorriu. De verdade. Aquele sorriso que ilumina seus olhos e o meu coração. Suas mãos pegaram as minhas, ele colocou a chave na palma, e fechou com seus dedos quentes. Demonstrou toda a emoção em suas íris cinzentas, que brilhavam em vermelho. Yan me tocou naquela admiração que desceu por mim, naquele calor que subiu pelo meu pescoço quando encarou meus lábios.

— Eu te quero por perto — murmurou. — Sempre.

— Meu travesseiro ainda está lá?

— Como poderia não estar?

— Então, eu acho que posso voltar para a sua casa.

Ele riu e se aproximou de mim, dando um beijo suave na minha boca. Se

Aline Sant'Ana

afastou, mas não muito, só o suficiente para raspar seus lábios nos meus.

— *Nossa* casa. E, me diz, você está com fome? — perguntou.

— Um pouco.

— Espere aqui.

Yan se levantou e levou um tempinho na cozinha do iate, mas voltou com uma tábua de frios, pãezinhos recheados, doces e frutas. Deixei a chave sobre o criado-mudo, namorando-a, sabendo o que significava. Yan, sempre atento a cada reação minha, abriu um sorriso de canto de boca.

Não demoramos e começamos a comer. A gente se divertiu lembrando das bagunças que fiz em seu apartamento. Entre risadas, Yan me deu um beijo suave, calando a diversão e transformando-a em outra coisa. Eu vi, em seus olhos, a promessa de que essa noite seria ainda mais especial.

Ajudei-o a guardar as coisas quando terminamos. Assim que voltamos para o quarto, ele tinha um semblante perigoso, uma boca úmida pela ponta da língua e um sorriso de lado.

— Vamos comemorar que vamos morar juntos com cordas? — perguntei.

Yan soltou uma risada baixa e grave. Deu um passo à frente e pegou o controle de alguma coisa que eu não sabia para que era. Yan apontou para o teto e, de repente, as caixinhas de som, que deviam estar embutidas no iate, começaram a vibrar.

Uma música começou a tocar.

Em seguida, Yan baixou mais as luzes, o vermelho ficando em um tom mais escuro e misterioso.

— Se lembra disso? — questionou.

Era uma balada leve, suave, sensual e a voz do homem ao fundo foi o suficiente para que arrepiasse os pelos do meu corpo.

Não deveria me surpreender, não depois de tudo o que Yan fez, mas meu queixo foi caindo mesmo assim.

— É a música que tocou no nosso quarto, na festa Sensações.

Yan assentiu.

— E você lembra o que eu fiz com você naquela festa?

Como me esqueceria? Ele me amarrou! Estremeci com a ideia de Yan tentar me fazer reviver aquela experiência. Foi como ele me mostrou o controle que exercia na cama, foi quando eu me perdi em seu corpo e descobri mais sobre mim mesma do que jamais faria sozinha.

Por causa de você

— Cada minuto. Você vai me fazer reviver?

Ele estalou a língua, em negativa.

— Eu vou fazer o que não pude naquela noite. O que sabia que exigiria sua confiança total em mim. Peguei leve te prendendo daquele jeito. Agora, depois do shibari, sei que está pronta.

Senti um arrepio subir da base da coluna até a nuca. Se aquilo era melhor do que as cordas... Meu corpo começou a responder à ideia. Arrepios me engoliram inteira, minha calcinha ficou molhada só de ver a forma que Yan estava me admirando.

— Você vai me deixar louca — afirmei, soltando uma respiração curta.

— Como nunca fiz antes.

Aline Sant'Ana

Por causa de você

CAPÍTULO 7

I'm needing you tonight, my sweet angel
All my life
I need your comfort and your touch
I need you here

— *Tcvvx, "Tonight".*

Yan

Com um telefonema, eu tinha deixado o ambiente pronto para nós; uma loja especializada que instalou, discretamente, tudo o que eu havia pedido. O dono do iate jamais saberia, tudo estava preparado para virem retirar no dia seguinte às oito da manhã.

Alcancei a mala e, encarando Lua, abri o zíper. A expectativa gerou ansiedade na minha noiva, querendo descobrir o que eu tiraria de dentro. Puxei duas máscaras de fantasia, como as da área BDSM da festa Sensações, cobrindo do nariz à testa. A minha era azul e preta, a da Lua, vermelha e branca. Éramos opostos em nossos papéis nessa dança que duraria a noite inteira. Lua, esperta, leu as entrelinhas quando pegou a máscara. Não me perguntou se deveria colocá-la, apenas seguiu o meu movimento, cobrindo metade do rosto, ainda sem amarrar.

— Você se sente confortável com a máscara? — perguntei, rouco.

Lua passeou a ponta da língua pelos lábios.

— Você está tão gostoso de máscara... — Senti um arrepio com o elogio e Lua continuou: — Imagino que seja para lembrarmos daquela noite.

— É para focarmos nos nossos corpos, e não em nossas identidades. Para o sexo ir além de quem somos, sem deixar de sermos nós.

— Eu adoro isso.

Sorri e mordi o lábio inferior.

— Sabia que ia gostar.

Amarrei a máscara atrás, dando um nó duplo. Abri a mala e peguei um estimulador clitoriano, para eu provocar o seu clitóris enquanto meteria bem fundo. Expirei, ar quente saindo pela boca. O tesão começou a se formar e, assim como Lua tinha suas expectativas, eu tinha as minhas. Estalei o pescoço de um

Aline Sant'Ana

lado para o outro, me desconectando da vontade de fodê-la antes de fazer tudo que pretendia.

Deixei o estimulador sobre a pequena mesa e peguei alguns itens, deixando-os à minha disposição. Lua analisou-os. Algumas coisas ela conhecia. Outras, não. Assim que estava satisfeito, me aproximei da minha noiva. Ela continuava sentada e eu, em pé. Engoli em seco ao analisar o seu corpo gostoso no vestido branco.

Fiquei bem perto, minhas pernas encaixando-se entre as suas, abrindo-as para mim. Lua me encarou com a máscara parcialmente cobrindo-a. Segurei seu queixo, guiando seu rosto mais para cima, e me curvei o suficiente para raspar nossas bocas. Lua arfou contra meus lábios assim que a pontinha da minha língua percorreu seu lábio superior, quase como se quisesse pegar um resquício do sabor.

— Levanta — ordenei.

Dei espaço e Lua ficou em pé, seu corpo se colando ao meu. A temperatura subiu e senti uma gota de suor escorregar da nuca. Lua ficou com as mãos paradas, sabendo que não poderia me tocar. Meu corpo fez uma onda, provocando, o quadril esfregando nela, enquanto sua respiração se atrapalhava, me sentindo. Caralho... o sangue foi direto para o meu pau, deixando-o tão pesado e pronto, como se tivesse acabado de acionar um botão. Sem beijá-la, só com a aceitação em seu olhar e a confiança no homem diante dela. Minha respiração ficou suspensa e, embora o desejo queimasse em mim, segui o jogo.

Passeei os nós dos dedos por seu peito, arrepiando, sua respiração cada vez mais curta. Fui descendo em direção ao vale dos seios, em uma compulsão erótica por senti-la. Mordi meu lábio inferior quando cheguei bem naquele ponto em que os peitos se uniam. Uma onda fervente cresceu em mim quando levei outra mão até o seu pescoço, fechando-o em meus dedos. Sem sufocá-la, apenas mantendo-a naquele aperto, olho no olho. Lua abriu a boca, o calor molhado implorando pela minha língua.

Eu só a beijaria quando merecesse.

O toque, de gentil, se tornou bruto quando as mãos foram para o seu decote, destruindo a costura, rasgando o vestido de uma só vez, que caiu silenciosamente no chão. Meus olhos pacientes escorregaram por sua pele, a cor mais bronzeada pelo sol, os seios volumosos, a cintura estreita, o quadril gostoso, implorando uma mordida bem na carne. Lua me analisou, pedindo secretamente para ser tocada.

— Tire o biquíni. — Me afastei.

— O que disse? — perguntou, trôpega pela minha súbita ausência.

Por causa de você

— Quero você nua.

Obediente, ela desfez o laço central do biquíni, abrindo-o para mim. Seus seios ficaram visíveis, as auréolas arrepiadas, os bicos durinhos, querendo a umidade da minha boca. Já imaginei como seria chupá-los quando estivessem do jeito que eu queria.

Naquela noite, colocaria Lua todinha na boca.

Meu pau queimou, irritado com a bermuda e a cueca. Respirei fundo, assistindo ao pequeno show de Lua Anderson.

Enganchou os polegares na parte de baixo do biquíni rosa, quebrando o quadril de um lado para o outro, para sair mais fácil. *Quer me deixar maluco, porra...* Apertei as mãos em punhos, me afastando mais dois passos, assim que a última peça saiu. Pude vê-la *brilhando* para mim, bem ali. Sua boceta rosada encharcada, os *lábios* já inchados. No olhar faiscante, um pedido silencioso que eu não demorasse a colocar minhas mãos nela.

Me aproximei devagar, até o seu calor tocar-me além da roupa. Levei uma das mãos até o seu cabelo e puxei com força. Lua gritou, e nossas máscaras se tocaram quando colei nossas testas. A dela fervendo. A minha já suada. Passei a língua entre meus lábios.

— Nós vamos de *bondage* hoje. Bem mais hardcore do que já fizemos antes. Se for demais, me deixe saber.

Pus a boca em sua orelha, pegando o lóbulo entre os dentes, sugando-o para dentro do calor molhado. Lua se dobrou para mim, a coluna formando um arco, e eu ri baixinho na sua orelha.

— Responda — exigi.

— Eu quero tudo, Yan.

Ela tremeu quando desci a língua, beijando como fazia com sua boca, para consumir seu pescoço, marcando sua pele com um chupão. Meus dentes rasparam e desci para o ombro, dando uma mordida ali, para depois aplacá-la com a língua. Subitamente, levei a mão livre para o meio de nós dois, alcançando sua boceta sem aviso prévio. Lua tremeu quando meus dedos escorregaram por sua umidade. Seus *lábios* me engoliram, seu calor me domou. Cerrei as pálpebras com força quando rodei com o polegar seu clitóris durinho, gostoso pra caralho. *Tão pronta.* Deslizei o dedo para dentro mais uma vez, provando aquela mulher, recordando como era quando meu pau entrava naquele espaço quente. Estoquei uma, duas vezes, o suficiente para senti-la pulsar em volta do meu dedo. Lua gemeu na terceira vez e, quando viu que não daria nada além disso, choramingou para mim.

Aline Sant'Ana

— Yan...
— Não.

Lua

Afastado de mim, para o meu tormento, Yan começou a desabotoar a camisa. Seus olhos estudavam o sobe e desce do meu peito, analisando como minha boca tremia na expectativa de beijá-lo, como eu, ansiosamente, esfregava uma coxa na outra. Ele arrancou a camisa sem cerimônia. Ainda com os olhos fixos nos meus, se livrou do cinto. Depois, a bermuda escorregou por seus quadris. Yan ficou apenas de boxer azul-clara, o membro tão grande que parecia querer escapar por sua coxa. *Que homem, puta merda!* Estremeci. Yan abriu um sorriso, enfiou a mão dentro da boxer e ajeitou seu membro para o lugar certo, jogando-o para a direita.

— Você tem certeza? — perguntou, e sua mão foi para o móvel coberto com um lençol.

— Sim.

Yan arrancou o lençol, jogando-o no chão, e o que vi... não parecia *nada* com um móvel. Ele pegou uma das coisas que havia colocado sobre a mesa, um óleo corporal, e em alguns minutos passou sobre o banco de couro, como se quisesse deixá-lo... escorregadio. O cheiro de amêndoas veio deliciosamente para mim. Parei de prestar atenção em Yan, em como era sexy ele com aquele óleo, para admirar novamente o brinquedo.

— Essa tábua é aquela coisa medieval que os antigos prendiam os ladrões para ficarem horas ajoelhados em praça pública? — questionei, não escondendo a surpresa na minha voz, e a curiosidade também. Caminhei, passando a ponta dos dedos pela madeira e pela estrutura.

Havia uma tábua na extremidade direita, com três furos, um maior no meio e dois menores de cada lado. No centro, havia um banco com um encosto inclinando, que supus ser onde me encaixaria. Na extremidade esquerda, havia cordas e buracos para poder passar a corda por eles. Tudo se encaixava como se fosse um daqueles aparelhos de academia.

— Tem vários nomes. Mas *pillory* para BDSM é o que serve para mim. — Yan deu um passo para o lado, me deixando dar uma volta completa. Lancei um olhar sobre o ombro. A máscara o tornava um pecado encarnado, a verdadeira essência e o mistério de um homem que me tinha nas mãos. Ele limpou o óleo das mãos em uma toalha pequena. Depois, se aproximou, e sua respiração veio na minha nuca, arrepiando-me. — Esse *pillory* não vai sufocar você, eu quero que saiba disso. Só vai te imobilizar. Ele não aperta o seu pescoço, nem seus pulsos. Eu jamais te colocaria em uma posição tão desconfortável. Não quero nada além de te manter parada. Mas preciso saber se, em algum momento do processo, isso passa do seu limite. Preciso que seja sincera comigo.

Se era *bondage*, não era tão *hardcore* assim. Uma parte do meu cérebro avisou que sempre tive algum movimento, certa liberdade, até agora. Daquele jeito, eu não teria. Virei o rosto, encontrando os olhos de Yan. A minha vontade de experimentar e a confiança que havia entre nós dois não me fizeram ter dúvidas.

— Prometo que vou dizer se for demais — murmurei. — Eu quero, Yan.

Escutei o gemido vindo do fundo da garganta dele, como se o meu sim o enchesse de tesão. *Até parece que eu iria escapar dessa versão pecaminosa do baterista da The M's.* Me girou, de repente, suas mãos nos meus quadris. Ele me pegou no colo e, em um segundo, eu estava sentada no surpreendentemente confortável banco. O chão ficou incerto, balançando um pouco por estarmos no iate.

Sem suavidade, seu corpo se colou no meu.

— As coisas que eu quero fazer com você... — grunhiu.

— Faça.

— Porra.

Yan, para brincar com a minha sanidade, passou a ponta da língua no meu lábio inferior. Em seguida, uma de suas mãos veio para a minha nuca, afundando a ponta dos dedos na pele. Aquele homem estava tão cheiroso... *as amêndoas do óleo e o sândalo do seu perfume*... Gemi, abrindo as pernas, o clitóris formigando de vontade quando Yan se encaixou, mas sem me deixar sentir o seu membro. Ele me ofereceu sua boca, e sua língua separou meus lábios.

Eu mereci.

Contendo minhas mãos, que sonhavam em sentir sua pele quente e suada, segurei no banco, e me embeveci com aquela boca, com a língua dele, com a força de um beijo quente. A língua passava entre os lábios cada vez que ele virava o rosto para me tomar mais profundamente, quebrando e construindo o beijo.

E ele ia fundo, querendo tudo.

Deu uma volta lenta em torno da minha língua, no mesmo segundo em que meu corpo respondeu à sua boca como se ele estivesse me chupando em outro lugar. Perdida, comecei a me esfregar no banco de couro, indo e vindo, sentindo a delícia de ser tocada no clitóris e agradecendo mentalmente por aquele óleo

Aline Sant'Ana

que me permitia deslizar. Yan deixou, me ajudando a ir para frente e para trás quando sua mão desceu para o início da minha bunda. A outra mão, ocupada com a minha nuca, puxou meu cabelo com vontade, em uma força oposta à suavidade de sua língua. Tremi em todas as partes certas, o clitóris piscou em aviso, e os seios começaram a pesar; eu estava molhando todo o couro, e não me importava.

Para me torturar, Yan deixou o beijo mais lento, a língua sem pressa desvendando a minha. Meu corpo respondeu de imediato, meu quadril começou a ir e vir com mais calma, e os dedos de Yan ficaram mais fortes em mim. No aperto do cabelo, na carne da minha bunda. Ele me marcou ali, a dor subindo direto para onde me beijava, descendo para o ponto que latejava. A cada batida do coração, o sangue circulava mais depressa, tornando tudo líquido demais. Comecei a suar quando o som estalado do beijo se misturou à respiração ofegante de Yan, aquela boca que não parava de trabalhar na minha, as mãos que estavam nos lugares certos. Minhas pernas espaçaram, para meus *lábios* e clitóris sentirem a fricção do couro. Gemi dentro de sua boca, imersa em um beijo que parecia sexo. Sem fim, sem começo, só nossas bocas provocando uma à outra.

Balancei meus quadris, a cada segundo mais perto de gozar, tremendo e suando, o clitóris palpitando como se houvesse um coração ali. A fricção estava gostosa, o beijo de Yan, mais lento, suas mãos mais firmes. Acelerei, quase quicando no banco, querendo sentir algo sólido bater bem naquele ponto exigente. Meus seios balançaram, e o peso me deixou mais excitada.

Eu estou enlouquecendo.

Yan continuou a me beijar, mas suas mãos vieram para as minhas coxas, me prendendo e parando. Não consegui ir e vir com o quadril. Choraminguei com a minha língua na sua quando percebi que Yan me segurou bem no início das coxas, perto demais da minha virilha. Ele resvalou os polegares naquele calor úmido, espalhando, porém longe demais de onde gostaria de ser tocada. Sem parar de rotacionar os polegares, sorriu, interrompendo o beijo, soltou apenas uma mão da minha coxa, e levou seu dedo para os meus *lábios* molhados, percorrendo de cima a baixo, como se fosse um teste.

— Você se molhou toda — falou, a voz nada além de um sussurro entrecortado e grave.

Yan levou um dos polegares que tinha passado por mim à boca, chupando o meu sabor. Meu centro se fechou e se abriu em resposta, tamanho o tesão que aquilo me deu.

— Eu... eu... — Não consegui falar.

Por causa de você

— Vai ter o que precisa — concluiu por mim.

Então, Yan me girou, como se eu fosse uma boneca em suas mãos. Nas minhas costas, a tábua de madeira. Nas pernas, as cordas e os ganchos. Yan abriu a madeira, dividindo-a em dois, como os mágicos faziam. Ele umedeceu os lábios e indicou, com os olhos, os três buracos.

— Deite, amor.

Yan

Ela não duvidou de mim quando suas costas relaxaram no encosto, nem quando deitou a nuca na circunferência acolchoada. Não questionou quando ergui suas mãos, dobrando seus braços, encaixando seus pulsos nos círculos menores.

— Eu vou fechar agora — avisei-a, louco por ver a submissão em seu olhar.

Lua balançou a cabeça, concordando.

Fechei a tábua de madeira, prendendo Lua daquela maneira. O pescoço ficou imóvel, seus pulsos também. Ela não conseguiria se mexer. Por sorte, esse *pillory* não deixava Lua completamente deitada, e sim um pouco sentada. Para uma primeira vez, seria interessante ela conseguir ver o que eu estava fazendo. Lua escorregou o olhar por meu corpo, as tatuagens e as veias saltadas pelo sangue, que circulava mais depressa sob a pele, descendo a atenção para o meu pau, que, só com sua admiração, pulsou em resposta.

Peguei as cordas, espalhando o óleo que já havia nelas, o calor subindo quando vi Lua deitada daquele jeito, as pernas para lá e para cá, sem saberem o que fazer com o desejo insuportável. Iniciei, então, as voltas em suas coxas, cintura, para depois ir descendo de novo. Unindo as panturrilhas na parte de trás das coxas, os joelhos apontados para as extremidades, seu calcanhar quase tocando sua bunda.

— Essas cordas... — gemeu. — Trabalham tão bem em mim.

— Tá sentindo o efeito?

Ela arfou e aquele foi o meu sim.

Sorrindo, assisti ao brilho em seu olhar, a boca vermelha dos meus beijos, o suor em seu corpo. Sem tirar meus olhos dos dela, analisei a respiração fazendo seus seios balançarem, os batimentos cardíacos fortes vibrando seus mamilos para mim. *Porra, deliciosa demais.* Desci a atenção, sem nunca parar de amarrá-la, o cheiro de amêndoas do óleo preenchendo o quarto, enfiando as sobras

Aline Sant'Ana

nos passadores e ganchos, envolvendo sua cintura, suas coxas. A boceta estava pulsando a olho nu, toda inchada e vermelha, ansiosa. Lambi os lábios, querendo chupá-la.

— Tenta se mexer para mim. — Abaixei as mãos quando dei a última volta.

Ela tentou, sem sucesso.

— Desconfortável?

— Surpreendentemente, não. Só não consigo me mexer, mas não me aperta.

— Então, está certo. Vou te dar cinco minutos para se acostumar, para as cordas te provocarem. Enquanto isso... — rosnei, observando Lua toda exposta para mim, com as pernas bem abertas. A boceta rosada brilhando, os bicos dos seios pontudos, os arrepios que iam e vinham, como a brisa do mar. — Eu vou te beijar.

— Na boca? — arfou.

— Eu vou te beijar toda.

Saí dos seus pés e fui para sua cabeça. Seus cabelos tocaram minha barriga e eu me abaixei, encarando-a nos olhos e guiei minha boca até a sua, de ponta-cabeça. Minha língua pediu a sua. E o beijo se tornou fogo. Ela chupou, sugando-me entre seus lábios, dando uma mordida, me fazendo gemer. Me perdi naquele beijo com gosto de sexo, me deixando ainda mais louco pela visão de Lua e pelo toque molhado nos meus lábios.

Os ganchos fizeram um som quando Lua tentou se mexer, e ela gemeu pela prisão das cordas e do *pillory*, me querendo ainda mais em sua boca. Disposto a enlouquecê-la, continuei beijando-a. Minhas mãos foram para frente, envolvendo os seios de uma só vez, os apertando suavemente em meus dedos, aplicando a pressão certa que a deixaria mais molhada, atiçando com meus dedos os bicos, durinhos na aspereza na minha pele. As reações de Lua foram me quebrando, seus gemidos, seus pedidos de por favor, o cheiro da excitação dela, a maneira que implorava para fodê-la quando nossos lábios se separaram.

Saí de sua cabeça e fui para o seu corpo.

Lua, me assistindo, incapaz de fazer nada além disso, gemeu quando meus lábios tomaram um de seus mamilos, depois o outro, chupando gostoso, molhando sua pele e tornando-a cada vez mais agitada. Mordi delicadamente seu bico direito, depois chupei-o com toda a calma de um homem que tinha a noite inteira, do mesmo jeito que fiz no Heart On Fire.

Lua estava gemendo alto, suas pernas inquietas, conseguindo balançar alguns milímetros do afrouxamento das cordas. Ela se remexeu o máximo que conseguiu quando engoli seus seios, escorregando meus lábios quentes para

Por causa de você

seu estômago, lambendo tudo, mordendo devagar, chegando ao umbigo com morosidade.

Sua pele tremeu contra minha boca e eu sorri, seus gemidos se transformando em gritos. Levei uma mão para a sua coxa e a outra para um dos seios. Com a mesma força, apertei os dois ao mesmo tempo, instigando Lua.

Ela vibrou, cara. Porra, vibrou embaixo de mim! Não aguentei, fui mais forte, com minha boca, com as mãos, escorregando a que estava embaixo para sua boceta deliciosa. Lua soltou um grito quando o clitóris foi meu alvo, quando o circulei várias vezes, rodando o ponto molhado, sentindo-a se contrair embaixo dos meus calejados dedos. Minhas bolas queimaram, meu pau estava rígido como ferro. Acelerei a fricção escorregadia pelo seu prazer, observando Lua morder o lábio inferior e, sem nunca tirar os olhos de mim e do que estava fazendo com ela, explodir em um orgasmo que arrepiou toda a sua pele.

Longo, mas longe do que eu queria oferecer naquela noite.

— Yan... — sussurrou, a boca aberta pelo choque e as brilhantes íris entregando sua constatação.

— Nunca foi assim, né?

— Yan... eu quero...

— É, eu vou te dar tudo.

Aline Sant'Ana

Por causa de você

CAPÍTULO 8

We're covered in sweat
You tell me you're wet
You open your legs up

— *SoMo, "Neck".*

Lua

Estremeci quando Yan foi para os meus pés e agarrou as partes de trás das minhas coxas, apenas para se apoiar. Seus olhos colaram nos meus e seu rosto mascarado foi descendo. Tão lascivo, tão proibido, admirei seu corpo suado, o tesão na tensão dos músculos. Mas não tive muito tempo para aproveitar porque, em seguida, sua boca completou o espaço que faltava, sua língua passeou pelos *lábios*, chegando até o clitóris, misturando tudo com o calor de sua boca.

— Oh, Yan...

E era isso, ele meteu aquela língua talentosa em mim, enquanto eu não podia fazer nada além de recebê-lo. A excitação, a adrenalina por estar presa e rendida àquele homem...

Quando ele circulava em torno... Bem ali.

Arfei tão alto que meus pulmões queimaram.

— Ya-n.

Perdi a voz, o senso e o rumo.

Gritei quando a onda de prazer me atingiu e me fez pulsar inteira. A língua de Yan fez círculos delicados por toda a volta, tremendo de propósito. Yan me chupou enquanto eu gozava e gritava seu nome, colocando tudo na boca, até que eu sentisse sua língua mais uma vez dentro de mim.

O orgasmo arrancou minha energia, fazendo meus músculos doerem porque minhas pernas brigaram com as cordas, tamanho o impulso do tremor. Como se fogo queimasse as veias, murmurei seu nome uma última vez, assim que Yan tocou um ponto *que*...

Ele acelerou, me quebrando inteira. Correu com sua língua implacável, me fazendo pulsar do clitóris até bem fundo da minha vagina de novo. Pinguei, contraí e relaxei inúmeras vezes enquanto ele me dominava por completo. Sangue pulsou nos meus tímpanos, o balanço do mar e a língua de Yan...

Aline Sant'Ana

— Olhe para mim — sua voz de trovão soou.

Encarei-o, umedecendo a minha boca, subitamente seca.

Yan abaixou a boxer de uma só vez, e chutou-a para longe. Seu membro ereto e pesado, rosado de vontade, com as veias o abraçando, com as bolas se contraindo, era a coisa mais erótica que já vi na vida.

Me remexi, querendo-o tanto dentro de mim, em qualquer parte minha, que Yan abriu um sorriso.

— Tudo bem?

— Uh... um — murmurei.

Uma de suas mãos veio para o meio das minhas pernas, lubrificando quatro dedos, pegando tudo. Yan alargou o sorriso, seus olhos semicerraram e, com a mão que não tinha me tocado, levantou seu pau, bem na cabeça. Com a outra, acariciou seu membro, da base à ponta, que soltou de uma vez na mão que o lubrificou, fechando-o num aperto.

Passando-me por ele, como se estivesse... Se marcando *de mim*.

Grunhiu quando seus dedos envolveram, quando subiram e desceram, molhando todo o seu comprimento. Ele chiou quando gemi só de olhá-lo. Sexo para Yan ia muito além de prender a mulher em um negócio diferente. Era a entrega. O pertencimento. Quase primitivo, quase como se me falasse: esse pau é só seu. E você é só minha.

A possessividade gritou quando Yan veio para mim, quando se inclinou no meu corpo molhado, sua boca em meus seios, me deixando lânguida, suas mãos na minha pele, experimentando tudo.

— Vou te foder com tanta força e tão gostoso — gemeu contra um dos seios, raspando a boca no mamilo. — Quero tudo em mim dentro de você.

— Eu quero...

Nossas respirações preencheram o quarto, e minha mente nem estava mais assimilando a música ao fundo, apenas Yan. Aquele homem com sua presença, o seu cheiro e desejo. Eu o queria tanto que partes minhas doeram por dentro, como se eu só fosse capaz de me sentir saciada quando entrasse em mim.

Meu noivo se curvou mais, pegou seu sexo, e passou-o do alto a baixo da fenda, pegando mais da minha umidade para si.

Me encarou, esticou a mão livre e arrancou a minha máscara.

Respirei fundo quando o baterista da The M's arrancou a dele antes que pudesse se enterrar em mim. Sua expressão me deixou além de excitada, me deixou completamente louca. As bochechas vermelhas, a boca inchada, as

Por causa de você

narinas dilatando pela respiração longa, o olhar pesado, as íris brilhando em vermelho pelas luzes.

O tesão em um homem que, ao meu lado, não tinha medo de ser ele mesmo.

Eu te amo como você é.

E Yan leu meu pensamento porque um gemido surgiu do fundo da sua garganta, o pomo de adão subiu e desceu, no mesmo instante em que se afundou de uma só vez. Rápido, mas pude sentir desde a cabeça túrgida e quente deslizar para dentro de mim, até todo o seu comprimento grosso.

Eu devo ter gemido muito alto, finalmente preenchida, e ele gritou quando me sentiu pulsar em volta dele. Me contorci naqueles apertos, as cordas fazendo de cada centímetro da minha pele um ponto de prazer. Quando Yan afundou seus dedos nas minhas coxas, ficando ereto e não curvado, completamente em pé e enterrado dentro de mim, eu soube, pelas reações do meu corpo, que iria perder a conta de quantos orgasmos teria.

Yan recuou o quadril, uma só vez, abrindo um sorriso safado para mim, me fazendo assistir ao seu tórax definido, as escritas em sua costela, a barriga completamente trincada e com gomos deliciosos, o vão profundo do seu corpo e a tatuagem na virilha. Ele me fez ver o primeiro movimento e depois começou a sequência mais forte e deliciosa que já tivemos. Se moveu para dentro, parou um segundo, recuou e arrematou de novo para dentro de mim.

— Caralho, você tá tão molhada. Eu deslizo tão fácil e sua boceta me engole todo. Estava com vontade de ser bem fodida?

— Sim...

— Sim?

— Eu quero ser bem fodida, Yan. — E adicionei, em português: — Me fode.

Ah, o perigo em seus olhos, o sexo dentro de mim e suas mãos que começaram a passear por minhas coxas... eu realmente o tinha quebrado um pouco. Naquele peculiar segundo em que seus olhos escorregaram por meu corpo, apenas para ele se afundar em mim e rolar o quadril com seu membro quase todo dentro, eu soube que ele tinha acabado de se desafiar para cumprir o que eu havia pedido.

Bem fodida, eu disse.

E aquele homem não era de decepcionar.

Aline Sant'Ana

Yan

Ditei um ritmo tão duro, que o *pillory* começou a balançar. A força do meu quadril bateu contra ela, sentindo-a me receber, me deixando deslizar e recuar gostoso no seu calor.

Fervendo.

Fui e voltei, experimentando a sensação da sua boceta latejar em volta de mim e de me sugar todo. Grunhi alto, gemendo com ela, nossos sons tão fortes quanto o choque de nossas peles. Meu pau estava queimando de tesão, tão inchado, que cada vez que metia, o desejo queria se transformar num orgasmo. Mentalmente, me obriguei a ter controle, só que... *porra*... era Lua ali. O seu corpo, a sua barriga plana, os quadris, as pernas tão abertas, os seios molhados da minha língua, o suor em sua pele. Levei uma das mãos até o seu quadril, me apoiando, afundando o polegar no seu vente, assistindo-a se perder quando levantava o quadril e, em seguida, fodia ela.

Gostoso.

Sem dó.

Apenas para senti-la pulsar no meu pau.

Sem sair de dentro dela, estiquei o braço e peguei o estimulador de clitóris. Lua piscou rapidinho e mordeu o lábio inferior, gemendo assim que o liguei. Ela já conhecia, usamos no Heart On Fire, e, quando o adicionava no sexo, os orgasmos que tinha... eu perdia a porra da conta.

— Vem se perder comigo dentro de você.

Coloquei-o, delicadamente, bem no ponto túrgido e pedinte. Lua gritou, enquanto eu testava, vibrando seu clitóris, molhando todo o estimulador coberto pela camisinha. Assim que ela começou a gemer com força, fui e voltei com meu pau. Quanto mais devagar eu ia, mais retardava o seu prazer. Fiz isso por tempo demais, levando a sanidade de Lua embora, enquanto meu pau mesmo sentia a vibração do brinquedo, querendo chegar lá. Respirei fundo, controlando-me. Ergui a sobrancelha quando sua voz ficou mais alta, quando seus pedidos de por favor ecoaram no meu peito, quando Lua começou a se contorcer e tremer.

— Por favor...

— Mais rápido, né? — indaguei, gemendo do fundo da garganta.

— Eu preciso...

— Chegar lá?

— Hum...

Com uma das mãos segurando o estimulador e a outra afundando os dedos no seu quadril, me inclinei para cima de Lua, metendo duro. Contraí todos os músculos do meu corpo naquele ritmo, meu suor pingando nela, escorrendo por sua pele. Lua vibrou, não havia outra palavra para descrever. Congelei quando ela gozou, chegando lá em um pico completamente novo, tremendo da cabeça aos pés. E, ainda assim, eu consegui ver em seus olhos que ela não estava satisfeita.

Eu sabia que poderia dar mais do que aquilo.

Fui e voltei com o quadril, minha bunda se contraindo conforme observava cada traço daquela mulher tão molhada, que o seu tesão descia por minhas bolas, me deliciando todo. Lua gemeu quando o sexo ficou mais lento, quando percebeu que o seu próximo orgasmo só viria quando eu quisesse.

Abandonei o estimulador, porque queria dar um orgasmo para ela o suficiente para saciá-la.

Suas pernas começaram a tremer e segurei a parte de trás das suas coxas, por mais que Lua não precisasse de suporte. Encarando seus olhos, escorregando a atenção para sua boca, fui descendo até ver o exato ponto em que nos conectávamos. Tudo úmido e escorregadio. Seus lábios rosados engolindo cada centímetro do meu pau quando ia. Quando voltava, eles me agarravam como se não quisessem me deixar ir. O choramingo de Lua me fez voltar a atenção para seus olhos, as pálpebras semicerradas, os lábios abertos.

Foi quase como se eu lesse sua mente, sem parar de fodê-la, o quanto aquele sexo estava sendo diferente de todos os outros. Uma conexão que a gente criou, além de todas as outras transas. Uma coisa nossa, e que descobrimos juntos. Seus músculos começaram a se contrair, me alertando de que Lua estava perto, e me arrancando da hipnose que suas íris castanho-esverdeadas me levavam. Reduzi ainda mais o ritmo. Em uma batida do coração, eu entrava, em outra, eu saía. Lua começou a tremer de novo e eu tirei meu pau de dentro dela, com tudo.

— Não! Volta...

— Shhh.

Com pressa, comecei a desfazer os nós de suas pernas, livrando Lua. Assisti ao coração bater forte em seu peito, o calor de nossos corpos transformando o ambiente em uma sauna. Desfiz tudo com uma rapidez recorde e fui para o *pillory* em seu pescoço e pulsos, soltando-a.

— Mas estava tão bom...

— Quem disse que terminou? — indaguei, me abaixando e dando um beijo suave em sua boca.

Erro meu.

O beijo se transformou quando Lua fez sua língua separar meus lábios.

Aline Sant'Ana

Virei fogo por aquela mulher, sem ela me tocar, só com seu beijo, que me deixou tonto pra caralho. Com o pau latejando e as bolas endurecendo, querendo gozar, grunhi em sua boca e, subitamente, a peguei no colo, como uma noiva, roubando as cordas de forma um pouco atrapalhada antes de irmos para a cama cheia de pétalas de rosas.

Para me distrair, reparei no vai e vem do iate, o som do mar, o vento batendo lá fora. O cenário era indescritível. Inclusive, havia uma imensa parte do iate em vidro, que sequer notei, enquanto estava ocupado com Lua. Era possível ver o céu estrelado, a noite infinita e a lua imensa, mas nada disso parecia mais bonito do que ver a *minha* Lua corada, com um sorriso, aceitando ser colocada sobre o colchão.

Nua, entregue e ansiosa.

— Essa corda...

Comecei a dar voltas e voltas na corda, dobrando-a em partes.

— Seus pulsos e tornozelos — respondi, quando a corda estava pronta.

— Ah, Yan... — gemeu, com expectativa.

Me ajoelhei sobre o colchão e Lua abriu as pernas como se fosse me receber; e fiquei entre elas. Joguei a corda dobrada na minha nuca, pegando cada ponta que havia sobrado, sabendo que eu teria o comprimento necessário.

Mordi o lábio quando percebi que, esse tempo todo, Lua estava me analisando completamente nu e pronto para ela.

— Tá vendo o meu peito? — questionei, rouco.

— Aham. — Ela me secou.

— Apoie seus pés aqui.

— Tudo bem.

Ela fez o que pedi, as plantas dos seus pés no meu peito, as pernas flexionadas, fazendo seu quadril sair um pouco da cama.

— Ótimo, amor.

Peguei as pontas das cordas e comecei a amarrar seus tornozelos, o suficiente para mantê-la assim. Me inclinei um pouco, o suficiente para o meu pau raspar em sua boceta molhada. Gememos juntos e, quase sem voz, pedi:

— Coloque as mãos nos joelhos.

Ela ofegou quando deslizei um pouco em sua boceta, no mesmo momento em que me obedeceu. Dei voltas no joelho dela e nos pulsos, prendendo-a assim. Pouco também, mas suficiente. Quando ela estava pronta, o resto da corda

Por causa de você

continuou atrás do meu pescoço e, então...

Fui fundo.

Lua gemeu, tentando se mexer, e eu agarrei seus pés, me inclinando ainda mais, enquanto ia e vinha, devagar, tão lento... porra.

Olhei para baixo, vendo o que essa posição fez com Lua. Uma investida e ela já estava gemendo profundamente, a boca aberta... e eu sabia que assim eu a tocava exatamente no lugar certo.

Seu olhar encontrou o meu e aí...

Porra.

Eu só...

Acelerei muito, batendo carne com carne, ecoando o meu gemido com o dela. Ficava tão apertada, me recebendo tão bem, balançando o quadril e subindo-o, me querendo mais fundo, tudo o que poderia dar. Apertei seus pés com mais força, à medida que a cama tremia, que o iate balançava, que Lua se transformava em uma bagunça boa, do jeitinho que eu gostava.

Meu membro estava inchado ao máximo, correndo para dentro e para fora, ansiando por entrar e sair. Na fricção perfeita que fazia toda a minha barriga formigar e as bolas congelarem. Lua, fixando a atenção em meus olhos, por mais que quase não fosse capaz de me enxergar pela intensidade que estava sendo dominada ali e... bem fodida, como havia pedido.

O suor voltou a escorrer por nós. O calor se tornou insuportável. Respirar pelo nariz era impossível. Eu era só movimento, só instinto, fodendo-a como um animal faria com sua fêmea, batendo tão duro para chegarmos lá juntos que não havia mais nada em minha mente. A dominação, as cordas, apenas os gritos, gemidos e a respiração de Lua sendo capazes de me guiar. Um termômetro do prazer que aceitei de olhos fechados, só embalando gostoso e duro, do jeitinho que Lua deveria ser amada.

E foi assim que ela explodiu em volta de mim, gozando tanto que me molhou todo, apertando todo o meu comprimento e se alongando para me receber. Foi se contorcendo nas cordas, experimentando a respiração que não veio e a maneira que meu pau não se cansava de fodê-la. O orgasmo que ela sentiu era o único que a saciava, era diferente. Seu corpo inteiro sentia, eu via os arrepios loucos, os espasmos, a sua boceta me recebendo num nirvana. Nós, ali, não fomos Lua e Yan, fomos algo além, que eu não sabia determinar, mas não me importava porque...

Desfiz os nós, joguei a corda para longe e peguei Lua na cama, montando sobre ela, e me deitando quando Lua escorregou as pernas do meu peito para os

Aline Sant'Ana

lados, se agarrando na minha bunda. E eu, suado, sem parar de foder, ardendo com a vontade de gozar, com a mente fraca demais, só grunhi em sua boca e pedi:

— Me toca.

Suas mãos vieram para mim e eu me senti em carne viva. Suas unhas me arranhando, a carícia de seus dedos, para depois a brutalidade dos mesmos, agarrando minha bunda com toda a força. A dor foi ignorada, porque sua língua me invadiu, e Lua era uma felina na cama quando eu a deixava me tocar. Ela queria me engolir inteiro, me consumir, tirar meus pedaços, me *ter*. Seu beijo foi profundo, mas ela não apenas me beijou. Meu pescoço foi seu alvo, meu ombro recebeu uma mordida, para depois ela subir de novo e sugar o meu lóbulo, me deixando louco. Quando voltou para a minha boca, Lua mordeu meu lábio inferior, arrancando de mim o resto de humanidade que eu tinha.

— Eu quero sentir o seu gosto... — gemeu.

E, depois, me beijou de novo, o tesão varrendo a minha coluna como se um pico máximo me exigisse chegar lá.

— O quê? Você quer... — Raspei a boca na dela depois de um beijo que me ferrou. Me ferrou porque... eu estava...

— Eu quero.

Saí de dentro de Lua de uma só vez. Ela, sabendo bem o que havia pedido, se sentou na cama e segurou meu pau na sua pequena mão, não conseguindo fechá-lo em seus dedos. Estava vermelho, inchado, queimando. Começou a manuseá-lo como se fosse a única capaz de tê-lo assim, tão louco que...

Lua era mesmo a única.

Ela lambeu o nosso sabor, pegando da base até a cabecinha, me fazendo grunhir. Então, subiu com seu corpo, ficando de joelhos pouco a pouco, me lambendo desde a pélvis até o meu peito, enfiando tudo na boca, beijando com carinho as tatuagens. Meu quadril foi para frente, quase como se implorasse. Lua sorriu contra o meu peito, encarou meus olhos, e foi descendo. Sem tempo para respirar, ela enfiou meu pau de uma vez em sua boca, seus olhos brilhando com o desejo realizado, e o senti latejar dentro daquele calor molhado, em seus lábios, em sua língua.

— L-ua... *porra*... caralho...

Ela me manteve ali, mesmo eu avisando, mesmo minha voz quebrada querendo alertá-la. Segurei seus cabelos, fechando-os em um punho, não me controlando mais porque, em seus olhos...

Eu te amo do jeito que você é, ela me dizia.

Por causa de você

Enquanto me chupava, o orgasmo pulsou das bolas até se transformar em um jato gostoso que deixou meus olhos na escuridão. O ápice veio, enquanto eu segurava seus fios bem forte, guiando meu pau para dentro de sua boca sem dó, meus quadris embalando um ritmo, com Lua me consumindo inteiro. Foram tantos minutos que eu só fodi a sua boca, sem que pudesse me conter, derramando-me todo até a última gota. A sensação entorpecente do orgasmo me deixou letárgico.

Vi Lua lamber os lábios quando tirei-o de lá e só percebi que esse foi o orgasmo mais forte da minha vida quando perdi a força dos joelhos e me sentei na cama, com as pernas ainda dobradas.

Pisquei, tentando focar a visão, mas não consegui.

— Cacete, eu...

Tonto, senti as mãos de Lua em mim. No meu rosto, nos meus cabelos, no peito, escorregando para a minha barriga, descendo e pairando nas minhas coxas. Ela se inclinou para mim e beijou suavemente meus lábios, minhas bochechas e minha testa. Sua respiração ainda arfava, o cheiro de sexo forte no ar, e ela também não tinha forças, mas quis cuidar de mim.

Abri as pálpebras, que nem percebi que tinha fechado. Foquei meus olhos em Lua, no seu sorriso. Linda demais. Cara, ela ficava incrível depois do sexo.

— Quando vamos repetir?

Ri e, logo em seguida, levantei uma sobrancelha. Segurei seu rosto, admirei bem seus olhos e a beijei na boca. Um beijo profundo. Meu coração ainda batia bruscamente no peito quando me afastei.

— Vamos ter uma jornada inteira pela frente.

— Quando? — Umedeceu os lábios.

Sorri.

— Sempre.

Aline Sant'Ana

Por causa de você

CAPÍTULO 9

**Quando descobri que é sempre só você
Que me entende do início ao fim**

— *Legião Urbana, "Índios".*

Lua

Acordei com a sensação de que não havia dormido o suficiente. Beijos em todo o meu rosto e corpo me despertaram. Sorri, me sentindo maravilhosa.

— Isso significa que eu não vou ganhar um travesseiro na cara? — Yan indagou, divertido, a boca colada no meu queixo. O hálito mentolado me disse que ele já havia se levantado há algum tempo. Sua roupa e os cabelos pingando também.

— Isso significa que você me acordou do jeito certo, e que ontem...

— Foi surreal — ele completou por mim.

Fechei os olhos.

— Vamos lá para cima? O dia logo vai amanhecer e eu quero ver o nascer do sol contigo. Precisamos fazer nossas malas e curtirmos o nosso último passeio.

— Você me acordou antes de amanhecer? — gritei.

Ele riu.

— Vai valer a pena, eu prometo.

Yan me mostrou onde era o banheiro, e eu tomei banho. Dentro do pequeno espelho, havia escovas de dentes descartáveis. Yan, esperto pra caramba, tinha colocado um vestido meu e roupas íntimas naquela mala pecaminosa dele. Me vesti, peguei a chave da nossa casa em cima da cômoda e também guardei dentro da caixinha e da mala. Saí antes que o sol realmente nascesse.

— Vem. — Estendeu a mão para mim.

Subimos até a parte que nos dava a visão completa do mar e da imensidão. O céu estava pintado de um azul-escuro, onde ainda havia estrelas, porém estas sumiam quando o dégradé azul-claro surgia, onde o sol apareceria. Yan se sentou e eu também, nós dois com os pés para fora e apoiados sobre a espécie de murada metálica que cercava todo o iate.

Suspirei e Yan bocejou.

Aline Sant'Ana

Olhei para ele.

— Obrigada por fazer isso tudo, Yan.

— Por que está me agradecendo? É a minha função te fazer feliz. — O braço forte passou em torno dos meus ombros e me trouxe para perto. Seu perfume, apesar do banho recente, ainda estava na pele.

— Você me faz. E ainda sinto que não te tenho o suficiente. Que não matei toda a saudade.

— Eu acordo todos os dias mais cedo que você, desde que voltamos, só para ter certeza de que ainda está ao meu lado. Eu entendo o que é ainda sentir sua falta, tendo você tão perto.

Um arrepio forte me cobriu e Yan me apertou com força. Senti os olhos ficarem molhados, o que não permiti, não quando seus lábios doces cobriram os meus; não quando ele disse, naquele beijo, que estava seguro de nós dois. Yan aprofundou o contato, sua cabeça angulando a minha, me dando uma onda de prazer imensa... mas o baterista mudou de ideia quando o primeiro raio de sol refletiu em nossos rostos, sinal de que ele estava nascendo.

Com relutância, nos afastamos.

E valeu muito a pena.

Porque o sol apontou na água, surgindo lentamente, refletindo toda a luz dourada no oceano. Prendi a respiração, e Yan entrelaçou nossos dedos, segurando minha mão. Pela visão periférica, vi que ele sorria, talvez pensando o mesmo que eu. Mais um dia se iniciava. Para toda noite, havia um amanhã.

Vimos o sol nascer com imponência e ficamos em silêncio.

Ao menos, até um pingo aleatório cair sobre o meu nariz.

Olhei para o céu. O sol estava distante e, onde ele se encontrava, não havia nuvens, mas, sobre nossas cabeças, elas estavam bem carregadas. O verão no Brasil era extremamente mutável, e uma segunda gota caiu sobre nós.

O sol já tinha nascido.

— Vamos voltar para dentro, vai chover.

— Você sabe se a música do iate pode ser ouvida aqui fora? — Eu tive uma ideia.

Outro pingo, dessa vez mais grosso e seguido de vários. A chuva estava se formando e Yan me olhou.

— Dá sim, mas...

— Coloque uma música para nós e volte aqui.

Por causa de você

— Sério?

— Sim.

Yan me deu um beijo nos lábios e rapidamente foi para dentro ligar o som. Estávamos no meio do nada, embora fosse possível ver a orla da praia a certa distância. Fiquei um tempo sozinha e a chuva apertou. Estava gelada e contradizia totalmente o céu à frente do iate com um céu límpido e o sol a pino, que tocava a minha pele, apesar da distância, e iluminava o dia.

A música soou. Alta, retumbante, maravilhosa.

Fechei os olhos, me levantei e comecei a dançar.

A música ficou mais alta e eu sorri porque Yan sabia exatamente do que eu precisava, ainda que não entendesse. Me assustei boa parte do nosso relacionamento com essa conexão, e tinha medo de me entregar a ela, mas agora era como ter asas e voar pela primeira vez em liberdade.

Então, dancei. Sob a chuva. Livre. Viva. Com o sol.

YAN

Eu não esperava encontrar aquilo quando voltei.

O vestido verde-claro de Lua estava quase transparente em seu corpo, cobrindo-a e mostrando a lingerie de tecido fino embaixo. Eu pude ver toda a pele, os bicos duros pelo frio da chuva, os braços arrepiados, o cabelo encharcado, o formato da bunda e o v entre suas pernas e, cara, era uma cena erótica pra cacete, porém não foi isso que chamou a minha atenção.

Seus olhos estavam fechados, seu corpo balançava ao som da música, e a letra cabia exatamente naquilo. Ela estava linda, parecendo uma divindade, e eu queria mergulhar nela inteira. Muito além do erotismo, de Lua ser a mulher mais sexy que já tive sob e sobre mim, ela era perfeita.

"Embaixo dos céus pesados de chuva. Você está dançando com seus pés descalços. Como se estivéssemos em um filme. Pegue minha mão e perseguiremos a chuva. Eu pego você olhando de novo pra mim. Correndo por uma nuvem de vapor. Posso parar o fluxo do tempo? Posso nadar na sua divindade? Porque eu não acho que deveria deixar este lugar."

Meu coração parou de bater.

Ela me olhou, como se sentisse a minha presença, e eu dei um passo à frente, o que foi o suficiente para me deixar molhado em segundos. A chuva estava forte, e Lua ainda dançava. Fui até ela, sua cintura ficou sob as minhas mãos, sua respiração completou a minha e dançamos, enquanto minha mente passava um filme de tudo o que vivemos e de toda a perspectiva do que poderíamos viver. Lua encostou sua cabeça no meu peito encharcado da chuva e ouviu o coração bater com força ali.

— Eu queria poder te prometer que esse momento vai durar para sempre, mas o máximo que posso fazer é dançar com você até a chuva acabar.

— Então faça isso. — A voz dela saiu em um sussurro.

Minhas mãos ficaram mais firmes em sua cintura e ela estremeceu em meus braços. Os fios do meu cabelo estavam sobre a testa e eu me tornei consciente de todo o corpo dela se moendo no meu. O cheiro de chuva e sol que tomou os cabelos dela, a maneira que sua pele estava gelada pelo frio, ao modo como ela respirava e inspirava bem fundo.

Dançamos quando a música repetiu e ficamos ali até eu cumprir a promessa. A chuva passageira e forte foi embora e o sol subiu até estar bem à vista. Espantou as nuvens escuras e aqueceu nossas peles.

Ainda molhados, ficamos um tempo entorpecidos e perdidos nos olhos um do outro. Lua abriu um sorriso para mim, me dando mais calor que o dia, e eu guiei as mãos dos quadris para sua linda bunda, pegando-a no meu colo.

— Enquanto respirar, eu vou te amar. Sabe disso, né?

— Sei — garantiu. — Porque enquanto meu coração bater, ele o fará por você, Yan.

E isso era o significado de tudo.

Lua

Yan dirigiu até a orla da praia, mas, antes de entregar o iate, uma equipe tirou o *pillory*. Só depois disso Yan o devolveu para o responsável. Voltamos muito antes da hora do almoço e tomamos outro banho para tirar a friagem da chuva, dessa vez juntos e na banheira. Deitamos um pouco e dormimos até uma da tarde, porque mal tínhamos descansado na noite anterior.

Depois de acordar com Yan enroscado em mim e eu nele, almoçamos risoto e casquinha de siri. Postei foto nas redes sociais de um milhão de *selfies* que fiz ao lado de Yan e também as enviei para mamãe. Ela estava tão feliz por eu estar conseguindo viver esse amor que eu sentia a cada áudio que me enviava, a cada ligação, a cada mensagem. Eu morria de orgulho dela.

Um tempo depois, chegou a hora de começarmos a fazer nossas malas. Viajaríamos no dia seguinte muito cedo e ainda tínhamos um passeio para fazer. Estava atenta à forma como Yan dobrava suas camisas, tão diferente da maneira que eu fazia com as minhas... Saí do foco quando meu celular começou a tocar em cima da cama.

Papai.

Apertei rapidamente o botão que recusaria a chamada e continuei a cuidar das minhas roupas. Senti os olhos de Yan em mim e coloquei a última blusinha na mala.

— Você quer me dizer algo?

Yan respirou fundo.

— Sim.

— Sobre o quê? — indaguei, curiosa, fechando a mala.

Yan também fechou a sua.

— Senta aqui. — Ele pegou a minha mão e sentamos juntos na cama. Pisquei, atenta à expressão de Yan. Ele queria dizer algo... e não sabia como fazer isso.

— Gigante, o que houve?

— É sobre o seu pai.

Meu sangue congelou e eu me desfiz do assunto, abrindo um sorriso, como se não me importasse.

— Não temos que conversar sobre isso, amor.

— Na verdade, temos. — Seus olhos cinzentos me analisaram, se estreitando para mim. A mão que ele tinha me oferecido estava brincando com meus dedos. — Ele me ligou. Está preocupado com você. Queria ter notícias. Sei que o odeia pelo que ele fez com a sua mãe e...

— Não é pelo que ele fez *somente* com a minha mãe, mas comigo também, Yan. — Minha voz se tornou menos doce e franzi o cenho. — O que ele fez com nós dois, especialmente na minha ausência. O caso que ele teve que Suzanne trouxe essa pessoa de zero nível de confiança para nossas vidas. Shane teve uma overdose, pelo amor de Deus!

— Não foi *ele* quem colocou a droga no suco do Shane, Lua. Muito menos quem cortou o freio do seu carro. Não estou dizendo que ele é um santo, mas o seu pai sempre foi carinhoso com você. Riordan teve uma fase ruim, foi contra a sua felicidade, a da sua família, e eu entendo a raiva que sente dele por isso...

Aline Sant'Ana

Balancei a cabeça, negando aquela conversa.

— Se entende, não me peça para perdoá-lo.

Yan respirou fundo.

— Eu fiquei desesperado quando não pude ouvir sua voz. — Seus olhos me imploraram. — Se ele te ama, está sofrendo.

— *Eu* não sofri?

— Riordan é seu pai.

— Ele deveria ter pensado nisso antes.

Só percebi que estava chorando quando as mãos de Yan vieram para o meu rosto, seus polegares secando minhas lágrimas. O carinho em sua voz me quebrou.

— Ele pensava que estava fazendo o certo para você ao te afastar de mim. E Riordan também teve suas concessões para fazer, como, por exemplo, me aceitar. Ele me culpa por você não ter feito o tratamento em Miami, mas, ainda assim, colocou isso de lado e foi educado na ligação que me fez. Entende o que estou dizendo? Em parte, todos nós carregamos nossas culpas, Lua. Todos nós temos os nossos próprios pecados e feridas para lidar. Mas, entenda, nós nos demos uma segunda chance para vivermos isso. Agora, eu estou aqui com você, segurando seu rosto e te amando, sabendo que teremos o resto das nossas vidas para isso. Você não acha que o seu pai, *o seu pai* — frisou — não merece uma segunda chance?

— Você nunca me machucou... assim...

Seus braços me rodearam, me puxando para ele. Me afundei no pescoço daquele homem que era o meu porto seguro e, por mais que grande parte minha soubesse que Yan estava certo, havia uma parcela que estava ferida demais para atender uma ligação do meu pai. Solucei em seu ombro, não sei por quanto tempo, só sei que aquele abraço durou até o fim das minhas lágrimas. Eu havia lidado com todos os meus maiores problemas, mas ainda havia... esse.

— Eu posso pensar sobre isso?

— Você deve. — Seu carinho se tornou acolhedor. Uma mão na minha nuca, os dedos acariciando meus cabelos. A outra subindo e descendo por minhas costas. Protegida, amada e compreendida.

— Tudo bem — murmurei. — Agora, nós temos que sair ou vamos perder o passeio.

— Sim, amor. — Yan se afastou, segurou meu rosto e me deu um beijo doce na boca.

Por causa de você

Yan

A angústia ao reconhecer que a viagem estava acabando tinha a ver com uma coisa: o desconhecido recomeço. Eu era um cara avesso a mudanças, a não ser que eu as organizasse e me planejasse a respeito delas. No caso, o futuro... não vem como uma planilha que dá para fazer projeções. Muito menos a vida a dois não vem com um manual de instruções, com etapas a serem cumpridas e metas a serem batidas. É uma junção de variáveis, de porquês e sentimentos, além de barreiras que são colocadas sobre dois seres humanos, que não torna tudo mais fácil com um "eu te amo".

E eu era um cara pragmático.

Queria saber todas as variáveis. Queria ver o futuro e saber os passos que daríamos adiante. Apesar de estar pronto para qualquer coisa, eu queria *saber*... entende?

— Sua mente vai a lugares que eu desconheço, Yan. E eu preciso estar nela, para estar com você. O que está pensando? — A voz de Lua me despertou dos pensamentos e me trouxe ao passeio que estávamos fazendo. Caminhávamos a pé, perto da área de preservação ambiental, no nosso último passeio no Brasil, naquela tarde calorosa de Fernando de Noronha.

Com uma pesquisa, acabei descobrindo tudo o que precisávamos para nos despedirmos desse paraíso particular.

— Eu queria ver o futuro, Lua — falei, porque era verdade.

Seus dedos estavam entrelaçados nos meus. Estávamos junto com uma equipe do projeto TAMAR, além de mais alguns turistas, boa parte brasileiros, que tinham um único objetivo: ver o nascimento das tartarugas. Assim que soube do que se tratava, doei seis lindos dígitos de dólares para o projeto e torci para que fizesse alguma diferença.

— Ver o futuro? Como?

— Queria saber o que vai acontecer conosco quando voltarmos para Miami. Se a vida vai pregar mais peças, se a gente vai ter medo mais uma vez. Eu não sou um cara que dá para trás em desafios, porém queria saber o que vamos enfrentar.

Lua riu suavemente. Uma típica risada doce e materna, a mesma que minha mãe dava quando eu era criança.

— A graça da vida é justamente não sabermos o que vai acontecer com ela.

Aline Sant'Ana

É passarmos pelos obstáculos como se eles fossem desafios e dizer: "Tá bom, vida. Você me mandou isso, e eu vou resolver! Tá feliz agora?".

Ri alto.

— É essa a graça?

— É a resiliência, Yan. A capacidade de sair de situações e não perder o seu coração, a positividade e a certeza da pessoa incrível que você é. Confesso que o câncer me fez balançar bastante, mas, depois dele, me sinto tão invencível. — Ela fez uma pausa, e não esperou eu responder para dar continuidade. — E acho que você deveria se sentir assim. Observe todos os obstáculos que enfrentou, desde o começo até agora. Seus pais relapsos, sua irmã rebelde, você precisando ser um homem e perder a própria infância. As dívidas com a banda, quando você nem tinha certeza se daria certo...

— Eu tinha certeza — precisei interrompê-la.

— Tinha?

— Carter tem uma voz magnífica. Não existe ninguém como ele. Zane é o melhor guitarrista que esse mundo já teve. Ele é um mago da música com uma boca suja e um sotaque britânico. E eu me esforcei como um filho da puta para conseguir tocar aquela bateria com a alma. Estudei partituras para aprender a criar melodias para as canções que apenas o Carter era capaz de fazer, outro ponto dele que ninguém tem na banda. Somos gênios, cada um à sua maneira. Ia dar certo, Lua. E agora? Bem, vamos decolar, porque Shane... porra, aquele menino é um talento personificado.

— Sua voz também é linda.

Sorri, sentindo a areia nos pés.

— Obrigado.

— Então, tudo bem, você investiu e viu que daria certo. No entanto, quantas adversidades tiveram nesses anos todos? Vocês tinham um empresário horrível até Kizzie aparecer. Nós nos separamos. Eu passei pelo câncer. Você enfrentou uma pessoa do seu passado que era maluca. Ainda assim, estamos aqui, de mãos dadas, prestes a ver uma vida nova surgir. Teria graça se você soubesse de tudo, controlasse tudo? Porque eu acho que te torna um ser humano ainda mais maravilhoso o fato de ter tido uma vida tão turbulenta e, ainda assim, ser capaz de continuar lutando.

Levou um tempo para eu processar tudo o que Lua disse. Quando o fiz, meu coração ficou aliviado demais.

— Você está certa, Gatinha. Como sempre.

— Eu sei. — Ela riu. — Quero que você entenda que eu vejo, Yan. Vejo seus pensamentos, vejo o homem que você é, vejo suas preocupações. Acima de tudo, vejo o amor que você coloca em todas as coisas que faz, porque é isso que te move a ser tão organizado e metódico.

Seus olhos encontraram os meus.

— São paredes que você cria porque, no fundo, quer colocar todos numa bolha, protegendo-os do mal da vida, se protegendo, até. Acontece, meu amor, que o segredo é você boiar. Chega das braçadas rápidas, chega de lutar contra a água, aproveite o passeio. A vida não é a linha de chegada, é o caminho até ela.

— Um caminho que eu quero percorrer com você. — Minha voz saiu tão rouca que mal a reconheci.

As pupilas de Lua brilharam.

— Por isso eu te pedi em casamento. Você vai ver, quando chegarmos, que tudo vai ser ainda mais fácil do que prevíamos.

— É, Gatinha.

— Só precisamos de um pouco de fé nos seres humanos maravilhosos que nós somos.

Segurei sua mão com mais força e chegamos a uma área na praia que estava cercada por uma fita. Os biólogos e especialistas passaram além dela, e eu contemplei o cenário quando eles começaram a falar e passar informações. O sol estava mais alaranjado pela tarde estar chegando ao fim. O céu azul, sem nuvens, abraçava o verão. O mar estava calmo, quase como se soubesse o que estava prestes a acontecer e só esperasse. A areia mais dourada e grossa, remexida nos pontos estratégicos, estava apta a receber o nascimento.

Lua continuou com os dedos entrelaçados nos meus, mas pegou o celular para gravar a experiência. Ela estava alheia a mim, atenta à cena, porém meus olhos, quando foram para ela, não ousaram sair.

Aquela mulher fazia toda a força que eu acreditava que tinha ser um ponto no infinito. Ela era espetacular por tudo o que enfrentou, por ser simplesmente quem era, por não deixar a vida bater em seu rosto sem revidar.

A vida de ninguém era a mesma depois de passar pelo furacão Lua Anderson.

Lua

— Não fazemos apenas o nascimento das tartarugas aqui, mas também

Aline Sant'Ana

a captura e a recaptura das espécies quando mergulhamos e as encontramos. Já chegamos até a constatar que algumas de nossas tartarugas, que nasceram no Brasil, foram parar na África. Agora vocês vão acompanhar o nascimento da espécie Tartaruga Verde, de mais de cem ovos colocados e que foram monitorados pela nossa equipe dia e noite, buscando a melhor chance desses seres marinhos sobreviverem ao nascimento — o homem disse em português, continuando a explicação. Eu traduzi tudo baixinho para Yan e vi o quanto ele estava apaixonado por esse projeto.

Foi uma surpresa para mim quando Yan me levou ao TAMAR. A surpresa dele foi que, no mesmo dia, teríamos a chance de ver o nascimento dos bebês tartaruga. Esse passeio, para nós dois, significava o amor. Eu estava emocionada. Segurei a câmera e dei um zoom quando eles começaram a tirar ainda mais a areia dos buracos.

— As tartarugas não conseguem sozinhas, será? — perguntei a Yan.

— Eles estão tirando para que as tartarugas tenham mais chance. É muita areia, os ninhos são fundos.

O silêncio tomou conta enquanto o ninho era descoberto. De repente, uma coisinha surgiu. Era tão pequena. Tiraram mais areia de cima e elas foram nascendo em uma velocidade lenta.

— São pequenas e frágeis — sussurrei.

Com aquele braço forte que movimentava baquetas em uma velocidade absurda, fui envolvida em um meio abraço, deixando-nos colados corpo a corpo, enquanto ainda gravava as tartarugas, atenta ao movimento delas. Continuamos a receber informações, porém olhá-las era impactante demais, e eu não conseguia parar de sentir o coração apertado por elas.

O tempo passou e a minha angústia pareceu ser refletida por todas as pessoas, que começaram a perguntar se elas ficariam bem.

— Só nos resta torcer muito por elas, mas as ajudamos e as colocamos aqui, estão vendo? — o biólogo informou, mostrando uma superfície retangular branca e não muito funda, onde eles separavam tartaruguinha por tartaruguinha para livrá-las no ninho. — Vamos juntar todas e depois colocá-las na areia.

Traduzi para Yan, que estava atento e apreensivo, e ele assentiu uma única vez.

Não aguentei e perguntei logo em seguida:

— Elas caminham sozinhas?

— Não caminham sozinhas, mas sim juntas e mergulham também. Vão todas na mesma direção. É instintivo e há muito mais chance de sobreviverem

Por causa de você

no mar se derem o primeiro passo ao lado dos irmãos.

Falei para Yan, que parecia quase pronto para pular o limite e ajudar os biólogos.

— Elas vão ficar bem — garanti para ele.

Nossos corações ficaram leves à medida que todas elas se juntavam e a agitação das nadadeiras diminuía. Vê-las tão pequenas e inofensivas... me fez sentir grata por existir um projeto como esse, que podia apoiá-las em todas as fases de suas vidas, inclusive nesta.

Com todas as tartaruguinhas prontas, Yan e eu observamos os responsáveis pelo projeto colocarem uma a uma na areia. E toda a agitação dos bebês se tornou uma corrida árdua até o primeiro indício de água que poderiam encontrar. Uma atropelando a outra, com pressa, querendo ir na frente e o mais rápido possível; o que foi doce porque elas eram bem lentinhas.

— Não sei por que, mas as mais impulsivas me lembram o Zane e o Shane. — Sorri.

Yan riu.

— Me manda o vídeo depois que vou enviar para o grupo.

— Tá bom.

E elas fizeram o seu processo, em uma fila quase indiana, embora um pouco desordenada. Observei a primeira, a que estava mais perto da glória, e ela me surpreendeu quando parou.

Quase como se realmente não quisesse enfrentar aquilo sozinha.

— Olha, Gigante, a primeira.

— Estou com os olhos nela.

Encostei a cabeça no peito de Yan, dei mais zoom e foquei só naquele serzinho tão pequeno, que aguardava os outros. Virei-me e apoiei o queixo no tórax firme de Yan. Ele olhou para baixo, emocionado.

Quem diria que um roqueiro se emocionaria com o nascimento das tartarugas?

— Assim como elas, Yan, nós somos pequenos seres indefesos, e o mar é a vida, contudo, isso não significa que tenhamos que enfrentá-la sozinha. Podemos esperar ter alguém em quem confiar e irmos juntos.

— Eu já encontrei — sussurrou, e eu fiquei na meia-ponta dos pés para beijá-lo rapidinho nos lábios. — Só não conta que eu me emocionei vendo as tartarugas, tá?

Ri e me virei novamente para olhá-las. Yan me abraçou por trás, e apoiou

Aline Sant'Ana

o queixo no topo da minha cabeça. Uma onda cobriu boa parte delas. E foram sumindo, juntas, na imensidão azulada.

— Só vou contar se eu precisar provar algum dia que você tem esse coração lindo.

Yan me apertou mais em seus braços. Ficamos observando o mar levar as tartarugas enquanto uma centena delas buscava sobreviver.

— Não vai precisar provar isso nunca. — Sua voz saiu doce e melodiosa. — Se alguém duvidar, é só observar a maneira que eu te olho, Lua. Todo o meu coração está nisso.

Yan Sanders era muito maior do que ele pensava. Aquele homem era um coração imenso batendo com dois metros de altura e um ilimitado poder de amar.

Yan

Deixamos tudo pronto para voltarmos. Tentei ligar para Carter, querendo avisá-lo, porém não obtive sucesso. Consegui conversar com Zane e Mark, dizendo que precisávamos comemorar o meu retorno e, por último, decidi que seria bom Shane saber que eu estava em Miami e, se precisasse de mim, bem, eu poderia vê-lo.

— Eu logo mais tô saindo daqui, e vocês podem vir me buscar — Shane me avisou.

— Logo a gente vai encher a porra do teu saco.

— Cara, eu tô ansioso por isso. E a sua noiva, como está?

— Estou aqui! — Lua gritou e pulou em mim, querendo aparecer na câmera. Eu rapidamente a peguei no colo com um braço só e com o outro mantive o celular mais afastado para focar nos dois.

— Oi, fujona.

— Oi, garoto-problema.

— Vocês conseguiram falar com o titio Carter? Tô tentando, mas o celular dele dá fora de área. — Shane passou os dedos pelo cabelo que havia crescido.

Franzi o cenho.

— Titio Carter? — questionei, rindo.

— Ele parece meu tio, cara. Ele e a ruiva. Me passando mil recomendações e pedindo para eu não fazer arte. Amo os dois, mas são meus pais tipo... de segundo grau, sei lá.

A minha gargalhada foi mais alta dessa vez.

— Porra, o Carter vai odiar esse apelido.

Shane abriu um sorriso endiabrado.

— Acredite em mim, ele odeia.

— Bem, sobre o celular do Carter, está fora de área, mas conversei com a Erin. Ela me disse que está tudo bem — Lua avisou.

— E como estão as coisas, Shane?

— Roxy tá enchendo a porra do meu saco para eu parar de comer ovos que nem maluco, mas estou treinando aqui e preciso de proteína.

— Frango, peixe, carne... por que vocês são os loucos do ovo e do bacon? E o médico não te passou uma dieta razoável aí? — Lua quis saber, leve como uma pena no meu colo, ainda que eu estivesse em pé.

Seus braços passaram em torno dos meus ombros e ela apertou mais forte as coxas na minha cintura.

— Você quer me passar uma nova rotina, Lua? — Shane indagou, claramente vendo um duplo sentido que Lua não tinha percebido ainda.

— É o ideal, já que você está em fase de recuperação.

— E essa nova rotina inclui atividades físicas?

— Shane, veja bem o que você vai falar em seguida — avisei-o.

O D'Auvray gargalhou e Roxanne apareceu na tela.

— Com o tempo, você aprende que ignorar as gracinhas dele é mais fácil do que brigar, Hércules. — Ela riu. — Oi, Lua!

— Oi, querida.

— Estou ansiosa para vocês ficarem responsáveis pelo Shane. Posso entregar por correspondência? Esse menino vai me deixar maluca.

Shane riu mais uma vez.

— Maluca de tesão, você fala?

Roxanne nem se dignou a responder e revirou os olhos. Mandou beijos na câmera e se retirou.

— Não vai conquistar ela assim, cara.

Ele pareceu surpreso.

Aline Sant'Ana

— E quem disse que eu quero conquistá-la?

— Ah, pelo amor de Deus... — Lua resmungou.

Shane só gargalhou e disse que tinha um compromisso com o médico e precisava desligar.

Assim que encerramos a chamada, fiquei um tempo pensando sozinho no quarto, porque Lua foi buscar algo para comermos. Caminhei descalço e sem camisa até a varanda e enfiei as mãos nos bolsos da bermuda, observando a praia, o sol, a natureza e a incredulidade de tudo o que passamos e tudo o que nos tornamos.

Inspirei fundo, o cheiro salgado do mar vindo forte, e pensei mais um pouco.

É claro que íamos resolver tudo. Sabe por quê?

Lembrei das tartarugas e sorri.

Porque tínhamos uns aos outros.

Por causa de você

CAPÍTULO 10

When you want me, fold me up like origami
Into the shape that you want me
Come do what you want, come do what you want.
— Era Istrefi feat. DJ Maphorisa, "Origami".

Miami, Estados Unidos

Lua

Assim que chegamos em Miami, fomos recepcionados por uma comoção enorme dos nossos amigos em uma parte privada do aeroporto. Lágrimas, saudade e muita bagunça; grande parte organizada por Zane, controlada por Mark e a equipe de segurança que ele administrava. Erin me abraçou apertado e senti imediatamente um alívio no coração. Kizzie foi linda, me deu dois beijos no rosto e um abraço que dizia mais do que qualquer palavra. Nós três viemos conversando por todo o caminho, matando a saudade e fofocando sobre o que aconteceu no tempo que estivemos separadas. Yan também fez o mesmo, rindo e conversando com Carter, Mark e Zane, me roubando uns olhares ocasionais. Depois da emoção de rever tanta gente, chegamos no prédio dos meninos. Mais especificamente, no meu apartamento com o Yan.

— Zane e Carter! — gritei, assim que as portas do elevador se abriram. — Isso é coisa de vocês, né?

Zane soltou uma gargalhada.

— Sejam bem-vindos, porra! Yan queria uma festa, então, a gente deu.

— É, conseguimos umas coisas. — Carter sorriu preguiçosamente.

— Vocês são terríveis — acusei.

Yan riu, segurando a minha cintura. Deus, como eu amava o som da risada dele. Caminhou lado a lado, e jogou a sua chave em cima da mesa. Ainda era dia, mas não parecia porque estava tudo escuro e luzes muito loucas e verdes dominavam a sala. ETs finalmente vieram nos levar? Não. Os meninos organizaram mesmo uma festa de arromba. E com música de balada. Assim que Zane entrou, me puxou pela mão para dançar, por mais que não fôssemos bons nisso. Zane colocou as mãos na minha cintura e piscou para mim.

— Devolva ela inteira! — Yan gritou sobre a música.

Aline Sant'Ana

— Sei não — Zane brincou. Kizzie se aproximou de nós dois e me deu um beijo na bochecha, me olhando com carinho.

— É muito maravilhoso tê-la de volta.

— Não vem flertar com ela, não. Essa dança é minha. Depois você vai pegar a Lua e assediar que nem fez com a Erin naquele pub de Londres.

— Uau, o que eu perdi nessa turnê? — perguntei.

— Não dê bola. Ele só tem inveja porque eu e Erin sabemos rebolar.

Kizzie deu um tapa no ombro do noivo, e se afastou para ajudar os meninos na cozinha. Roubei um olhar para Yan. Ele já tinha uma cerveja aberta... e seus olhos quentes estavam em mim. Senti calor subir pelas minhas bochechas enquanto Yan trocava aquele olhar comigo. Erin veio, puxando o cabelo do Zane para atentá-lo.

— Estou tentando me concentrar aqui, ruiva.

— Você não sabe dançar — Erin falou alto enquanto já caminhava para a cozinha.

— Um dia, eu vou aprender essa merda! — Zane gritou de volta, olhando o espaço entre nós dois. Na verdade, aquela música específica não se dançava assim, era mais como... Decidi deixar Zane me levar para um lado e para o outro, totalmente fora de ritmo, e sorri para ele.

— Se bem me lembro, você tem um irmão que poderia te ensinar — joguei.

— Esse é o seu jeito de perguntar se estou bem, né?

— Sempre tivemos uma conexão estranha, Zane.

— É. Eu tenho umas conexões com as pessoas. É o meu sex appeal, não posso evitar.

Acabei rindo.

— Shane está bem melhor. — Zane soltou a respiração, ainda tentando dançar comigo. — Isso me tranquiliza pra caralho. Ouvir a voz dele, vê-lo por videochamadas todos os dias. É como... sei lá, como ver a recuperação dele diária. Sei o quanto Shane está se esforçando e prometi para mim mesmo que seria um irmão melhor.

— Você já é um irmão incrível. E sabe por que eu sei disso?

Zane piscou e parou de dançar.

— Porque você disse que faria o mundo girar ao contrário por mim. O que você faria por Shane, Zane?

— Porra...

Por causa de você

— Logo o Shane estará de volta — prometi e beijei seu rosto. — Agora, vamos beber alguma coisa, que eu tô seca dessa viagem.

YAN

— Cada segundo foi incrível. — Carter puxou Erin e beijou sua boca. A Fada do meu amigo abriu um sorriso contra os lábios do vocalista. — Espero que vocês também tenham curtido, Yan. — Os olhos verdes de Carter focaram em mim.

— Foi... — Olhei para Lua à distância, que já tinha vindo na cozinha, pegado um drink sem álcool e voltado para a pista de dança. Dessa vez, com Kizzie. — Posso dizer que nos permitimos sermos nós mesmos.

— E vocês estão pensando em oficializar as coisas em breve, que nem Zane e Kizzie? — Carter questionou.

— Erin deve saber, mas Lua sonha com uma coisa grande. E com um noivado mais longo. Eu acho isso ótimo porque dá tempo de sobra para organizarmos nossas agendas. E, sei lá, eu quero uma lua de mel longa com a Lua. Então, vamos ter que encaixar tudo para dar certo, lá no futuro. Tanto na agenda da The M's, quanto na dela.

— É verdade. — Erin sorriu. — No quesito casamento, Lua quer o épico.

Abri um sorriso, só de imaginar Lua vindo como uma princesa para os meus braços.

— Vou esperar o tempo que for.

Senti a mão de Carter no meu ombro, o que atraiu minha atenção para os seus olhos. Um dos meus melhores amigos, meu parceiro de infância, estava sorrindo para mim com seu coração.

— Não faz ideia de como te ver assim me alegra, cara.

— Eu também, Carter. Também estou feliz pra caralho por você.

— E tem Zane... — Erin pontuou. Ele estava do outro lado da sala, vendo Kizzie dançar com Lua, na companhia de Mark. Zane acenou com a cabeça quando nos viu, nos pedindo lá, ao mesmo tempo que Lua soltou um grito:

— Erin, vem rebolar essa bunda agora! Olha a música!

— Minha deixa. — Carinhosa como Erin era, deu um beijo na boca do Carter e me deu um beijo suave na bochecha, precisando ficar na meia-ponta dos pés para me alcançar. Ela sorriu e foi para a pista de dança improvisada na minha sala.

— Zane chamou a gente — Carter me lembrou.

— Vamos.

Lua

Eu estava cansada do jet lag? Sim. Da viagem? Morta. De todas as coisas pecaminosas que Yan fez com o meu corpo? Sem dúvida. Mas eu não negava uma pista de dança com as minhas amigas. E, por mais que eu tivesse vontade de apertar as bochechas de Erin pela saudade que sentia, além de combinarmos de maratonar uns filmes de terror, a minha atenção ficou na noiva do Zane D'Auvray.

Kizzie estava tão leve, dançando com a gente, que nem parecia que tinha algo para contar. Mas eu conseguia ler as pessoas, e sabia que aquela pequena tensão que Kizzie emanava não tinha nada a ver com Zane; já havia sondado e estava tudo ótimo entre eles. Provavelmente era alguma coisa sobre o trabalho dos meninos. Mas Kizzie tentou não estragar isso, nos chamando para conversar. Ela literalmente deixou o trabalho de lado enquanto dançava conosco, e eu gostei muito de vê-la assim, tão livre.

— Precisamos fazer uma noite das meninas — falei para as duas.

— Sim! — Erin concordou. — Por favor.

— Filmes de terror, besteiras para comer e vamos falar mal dos homens.

— Perfeito. — Kizzie riu.

— Nesse final de semana? — Erin ofereceu.

— Combinado — eu e Kizzie dissemos juntas.

Procurei Yan e os meninos. Eles estavam com Mark, sentados em um canto, e conversando. Mark estava... sorrindo. Só aqueles homens mesmo para o fazerem sorrir. O que me trouxe Cahya à cabeça. Ela não tinha ligado para Yan, então, as coisas ainda deveriam estar em andamento.

A porta do elevador abriu, tirando minha atenção dos meninos. Então, surgiu Oliver, o novo empresário da The M's, lindíssimo em um terno de três peças. Kizzie nos pediu licença e se aproximou do amigo, engatando um papo com ele. Em seguida, mais alguém saiu do elevador e...

— Andrew! — Corri para alcançá-lo. Ele riu quando o abracei, quase sufocando-o. Me afastei para ver se ele estava bem. Os cabelos continuavam bagunçados e o bom humor se mantinha em seu rosto. — Caramba, você mal falou comigo enquanto eu estava no Brasil.

— *Non volevo intromettermi nella tua privacy con il tuo fidanzato* — falou, em italiano, que não quis invadir a minha privacidade com meu noivo. — O seu noivo *gostoso*, por sinal.

Ergui uma sobrancelha.

— Não seja ciumenta, Lua. Eu tô fora de homens por um tempo. — Seus olhos me mediram. — Você parece tão saudável. Como é bom te ver assim.

Sorri e bagunceí seus cabelos castanho-caramelados.

— Yan Sanders cuidou bem de mim.

— Me elogiando, Gatinha? — A voz de Yan soou antes da sua mão, que acariciou lentamente as minhas costas. — Andrew, fico feliz que aceitou o convite.

— Foi você quem o convidou?

— Oliver estava vindo, e pedi para ele passar e buscar o Andrew. — Yan me deu um beijo na bochecha.

— Obrigada. — Acariciei seu rosto, e a barba curtíssima fez cócegas na palma da minha mão.

— Andrew. — Yan focou no meu amigo. — Eu sinto muito por tudo que te fiz passar, especialmente enquanto eu estava na Europa. Você é o amigo da minha noiva, e quero que se sinta inserido na minha família. — Yan estendeu a mão para Andrew, que olhou entre mim e Yan com fascínio e gratidão.

— Não precisa se desculpar. Sinceramente, se fosse comigo, eu também piraria. Enfim, vamos deixar o passado onde ele deve estar, atrás de nós. — Andrew apertou firmemente a mão do meu noivo, e Yan sorriu para ele.

— Fique à vontade, por favor.

— Ficarei — Andrew prometeu.

— Vou deixar vocês. — Yan me deu um beijo na têmpora e se afastou, me dando espaço.

Fiquei um pouco atordoada quando me vi sem ele. Virei o rosto para trás, apenas para acompanhar Yan caminhando em direção ao sofá que Mark, Zane e Carter estavam. Yan se sentou, abriu um botão da camisa social, e voltou a conversar, completamente alheio ao que fez com o meu coração. A confiança que demonstrou, a maturidade. Eu acho que me apaixonei ainda mais por Yan. Bem ali, naquela sala, com as luzes verdes muito loucas, com ele sorrindo para os amigos.

Aline Sant'Ana

Como se soubesse que estava sendo observado, Yan virou o rosto para mim. Foi questão de segundos, porém... senti como se tivesse passado horas. Ele abriu um sorriso lindo, umedeceu a boca, suas costas se acomodaram confortavelmente no sofá, os braços abriram e ele os apoiou no encosto. Um gigante... que me tinha dos pés à cabeça.

Suspirei fundo e, com muita relutância, virei-me para Andrew.

— Escuta aqui, bonitinho. Que coisa foi aquela que você disse que não quer saber de homens por um tempo?

— Eu terminei o meu relacionamento.

— O quê? — praticamente gritei.

Erin e Kizzie se aproximaram e eu puxei os três para o sofá, enquanto descobria como tinham partido o coração do meu amigo.

— Me conta tudo e já me fala em quem eu tenho que bater — pedi para Andrew.

YAN

Um bom tempo depois, a festa ainda estava rolando. Kizzie se retirou para resolver algumas coisas com Oliver, e Erin também saiu para um compromisso na sua agência, que Carter a lembrou. As horas passaram e eu e os caras engatamos uma conversa a respeito de tudo. Mark me surpreendeu quando nos chamou pelos nomes. Embora tenha prometido que em ambiente de trabalho continuaria nos tratando mais formal, especialmente perto de estranhos; emocionava o fato de que, em casa, o cara era ele mesmo.

— Mark, agora conta a parte interessante. Vocês transaram gostoso? Aquele tipo de sexo que faz as coxas falharem? Se for menos que isso, eu vou socar a sua cara — Zane brincou, piscando para o amigo, continuando a conversa.

Mark semicerrou os olhos.

— Por que tem curiosidade sobre como nós transamos, Zane?

— Porque sexo é... o ar que o homem respira.

— Coloca isso numa música, Carter — zombei.

Carter gargalhou. Nesse momento, senti duas mãos passearem por meus ombros e descerem para o meu peito. O cheiro de pêssegos de Lua veio antes do seu rosto se colar no meu.

— Vocês estão fazendo o clube dos menininhos. É isso mesmo?

Por causa de você

— Mais ou menos, Lua. — Mark sorriu.

Senti-a congelar atrás de mim.

— Sem senhorita Anderson?

Mark passou a mão na cabeça, o cabelo em corte militar.

— Sem senhorita Anderson.

— Adorei!

Ele assentiu e Lua passou por mim, tirando as minhas mãos do colo e se sentando onde elas estavam. Meu corpo começou a responder ao seu peso, ideais mirabolantes de Lua Anderson sentada em cima de mim, quicando, rebolando, nua, toda suada... *porra*. Ela envolveu meus ombros com os braços e ergueu a sobrancelha. Sem dúvida, sentiu o meu corpo respondendo ao que tinha acabado de fazer. Engoli em seco e ela beijou suavemente a ponta do meu nariz.

— Amor, eu recebi uma mensagem da minha secretária. Tenho muitos pacientes novos que querem marcar consulta. Eu até fiquei surpresa. E todo o atendimento que fiz à distância não foi eficaz, você sabe como funciona. Precisa ser presencial. Andrew já estava de saída, vou pegar carona com ele até onde está o meu carro, e depois vou dirigir até o consultório e...

— Gatinha — interrompi, percebendo a ansiedade dela. Levei uma das mãos para o seu rosto, acariciando sua bochecha com o polegar, percebendo o brilho em seus olhos e a surpresa. — Não precisa me explicar dessa maneira. Eu entendo que você precisa ir. Então, vá para o seu consultório.

— O quê? — questionou em um sussurro. Depois, esboçou um sorriso. — Sem um: poxa, linda...

— Sem nada disso — garanti, com meu coração tranquilo. — Eu sei o quanto o trabalho é importante para você. Porra, eu respiro a minha bateria. Demorou muito para eu entender que a nutrição está nas suas veias da mesma maneira. Sério, a única coisa que me preocupa é se está bem para ver isso agora. O jet lag e a viagem...

— Juro que estou bem. — Lua mordeu o lábio inferior. — Você tem certeza de que posso abandonar a nossa festa de boas-vindas no meio?

— Tenho.

Ela me beijou ali, sem vergonha nenhuma. Sua língua pediu espaço, que concordei com toda vontade, rodando daquele jeito gostoso que Lua me beijava. Suas unhas invadiram a minha nuca, tomando meus fios entre seus dedos, angulando meu rosto para que me tivesse mais profundamente. Da mesma maneira que eu fazia no sexo, aquele beijo merecido, senti Lua me agradecer

Aline Sant'Ana

enquanto sua língua girava na minha, enquanto seus lábios se encaixavam entre os meus. Experimentei, em seu sabor, o quanto ela estava orgulhosa de mim. E tudo em um beijo que, caralho, me deixou mais duro do que cinco minutos atrás, quando sua linda bunda sentou no meu pau. Arfamos quando nos afastamos, até percebemos que os três tinham caído fora e só restavam nós dois.

Passei o polegar por seu lábio inferior, tentando ajeitar o batom dela, que havia borrado.

— É, não consigo consertar isso. Só passa no banheiro antes de sair de casa.

— Casa — ela murmurou, olhando para o meu apartamento, as luzes verdes, a escuridão atípica da festa. — Eu amo como isso soa.

— Eu te amo.

— Eu também te amo.

Ela se levantou, me dando um beijo estalado na boca antes de ir ao banheiro.

Respirei fundo e bebi um gole da cerveja, notando que não estava tão gelada quanto antes.

É, talvez o beijo não tenha durado apenas cinco minutos.

CAPÍTULO 11

**Because I built this bed for two
I'm just waiting on your answer
I built this bed for me and you**

— *Sam Smith, "Life Support".*

Lua

— Amber, eu não canso de olhar para essa lista. Você já organizou os horários?

Minha secretária sorriu para mim.

— Sim, estou colocando oito atendimentos por dia, a partir dessa semana, para você dar conta dessa quantidade nova de pacientes. Lua, sua agenda já era muito cheia, mas agora... simplesmente bombou. Desde que anunciou através do Instagram que é focada em dietas *low carb* e no método do jejum intermitente, Miami enlouqueceu! Você sabe que essa dieta é a moda agora.

— É saúde, não moda. A redução dos carboidratos é a chave para o emagrecimento, desde que seja feito com consciência. E a *low carb* defende que seja priorizado o consumo de carboidratos de baixo índice glicêmico. Mas você sabe que eu não posso fazer um plano alimentar baseado em *low carb* para todo mundo. Enquanto não fizer a anamnese nutricional do paciente...

— Lua.

— Oi.

— Você está falando como uma nutricionista.

— Desculpa. Mas é que estou tão empolgada!

Senti um aperto no peito porque sabia que tinha sido negligente com o meu trabalho depois que descobri a doença. Eu tinha me afastado da clínica e tirado férias para cuidar da minha saúde. Não foi errado, mas também não foi certo. Tudo bem que eu tentei lidar com algumas coisas à distância, mas não foi possível. Só conseguiria atendê-los com precisão se estivesse presente. Eu tinha um elo com meus pacientes, e não queria que eles se sentissem prejudicados por terem uma nutricionista ausente.

Fui até o guarda-roupa discreto do consultório e peguei o meu jaleco branco. O nome bordado Lua Cruz Anderson, em rosa, me fez sorrir.

Aline Sant'Ana

— Eu vou trabalhar, Amber. Se tiver algum paciente que queira encaixar para hoje, estarei disponível.

— Você acabou de voltar de viagem, Lua. Tem certeza?

Vesti o jaleco.

— Preciso fazer isso. Aliás, estou dobrando o seu salário a partir desse mês. Você trabalhou demais. Manteve tudo organizado, limpo e perfeito. Sou eternamente grata a você.

Ela abriu um largo sorriso.

— Eu vou aceitar o salário gordo, mas saiba que eu não poderia ter feito menos que isso. — Vi a sinceridade em seus olhos castanhos.

— Então, vamos arregaçar as mangas. Ligue para os pacientes que têm consulta essa semana e pergunte se há interesse num encaixe. Enquanto você faz isso, vou estudar o plano nutricional para pacientes com dependência química. Tenho uns artigos e uns livros no meu consultório.

— Dependência química? — Amber questionou, curiosa. — Por quê?

— Porque eu tenho um menino na faixa dos vinte anos que está numa espécie de clínica de reabilitação, e eu não sei se estão cuidando dele direito nesse aspecto. Eu quero ligar para o médico responsável, pedir os exames que ele tem, e o plano nutricional do Shane durante essa fase.

— O irmão do Zane? — Amber perguntou, um pouco perdida.

— Sim.

— Mas ele é o seu paciente?

Sorri.

— Agora, ele é.

Yan

— Me deem só um minuto — pedi para os caras quando vi o nome de Lua na tela do celular. Fui para a varanda e atendi. — Oi, Gatinha.

— Oi, amor. — Sua voz doce soou do outro lado. — Preciso te contar várias coisas!

Ouvir a voz dela, tão animada, falando dos pacientes novos, foi foda. Parabenizei a mulher da minha vida, que me avisou que ia trabalhar um pouco hoje. Sério, eu estava feliz por ela.

Saí da varanda quando a ligação finalizou e voltei para a sala, com uma ideia.

— A festa acabou. Vamos organizar isso aqui e trazer algumas coisas da Lua para o meu apartamento?

Zane, Carter e Mark ficaram atônitos.

— O quê? — perguntou Zane.

— É. — Pisquei para os caras. — Lua vai morar comigo, e eu quero surpreendê-la, já deixando esse apartamento com a cara dela. Vocês me ajudam?

— Claro — Carter falou.

— Agora — Zane prometeu.

— Posso pedir para alguns seguranças da equipe virem? Teremos uns dez homens a mais, se eu pegar os que estão escalados para hoje.

— Parece ótimo. — Uma energia tomou conta de mim, e fiquei ansioso. — Temos muito o que fazer.

— Então é melhor nos apressarmos. — Mark se levantou.

Não sei dizer quanto tempo passamos arrumando meu apartamento. Mark ligou para uma equipe de limpeza, que viria depois que já colocássemos os itens da Lua, incluindo roupas e decoração, no lugar. Carter passou na agência da Erin, e pediu a cópia da chave que ela tinha do antigo lar da amiga. Pedi que Carter trouxesse o essencial. Zane também saiu, a pedido meu, levando o meu celular e um segurança a tiracolo, para revelar algumas fotos da minha viagem com a Lua no Brasil e achar alguns quadros para adicionarmos à parede onde havia nossas imagens antigas. Mark ficou comigo, arrumando cada parte.

Já eram seis da tarde quando a equipe de limpeza chegou. E, cara, ficou tudo tão bonito. Nossas fotos no Brasil completaram as nossas antigas, em uma parede que ficou só para nós, com imagens antigas em preto e branco e as novas coloridas. Os vasos de Lua foram espalhados pela sala. Um novo tapete de Lua veio, que coloquei em nosso quarto. As fotos que havia em cima do piano também receberem um detalhe especial: os enfeites de Lua. Pouco a pouco, o meu apartamento virou... nosso. Meu closet também foi dividido ao meio para compartilharmos o espaço, assim como as minhas gavetas. Claro que essa parte eu que organizei. Porra, não queria ninguém vendo as calcinhas da minha mulher.

Mas, sério... a emoção de ver todo o cenário foi tão forte que precisei respirar fundo várias vezes. Quando já estava tudo finalizado, liguei para uma floricultura e pedi vários arranjos, sem saber as flores certas. Acho que a mulher me entendeu, de alguma maneira, porque chegaram na portaria mais de sete

Aline Sant'Ana

arranjos lindos pra caralho... de flores que eu não sabia o nome. Zane começou a rir quando me viu acomodando bem as flores.

— Quem diria que você, um rockstar da The M's, que quase destrói a bateria com suas baquetas, ia pegar flores e colocar tão delicadamente dentro de um vaso.

— Você tem uma gata que vive migrando pro seu apartamento, Zane.

— É verdade — Zane concordou. — Eu ainda coloco leite no pires para a Miska, embora a Kizzie não saiba. Shhh. Não contem.

— E eu tenho araras de roupas em todo o meu apartamento — Carter falou.

— Loucuras que fazemos por nossas mulheres — resumi.

— O apartamento está ótimo, Yan — Mark elogiou.

— Obrigado, cara. De verdade.

— Vamos comer alguma coisa? — Carter perguntou.

— Sua geladeira foi abastecida pela Kizzie antes de você voltar, cara — Zane avisou.

— Vamos cozinhar? — Carter convidou Mark.

— Vou só lavar as mãos.

— Querem ajuda? — perguntei.

— Só relaxa, baterista. — Carter sorriu.

Me sentei no sofá com o Zane e imediatamente o celular dele tocou. Eram seus pais, e ele atendeu com um sorriso. Quase como se fosse combinado, o meu também tocou. Para não atrapalhar a conversa do Zane, fui até o meu quarto atender.

— Oi, amor.

— Oi, mas acho que não sou o seu amor. — O sotaque era nítido, seguido de uma risada feminina.

— Cahya — falei baixo e encostei a porta. — Desculpa.

— Não, tudo bem. Eu estou... droga. Eu queria fazer toda a cena de: como você está? Mas estou tão empolgada que mal posso respirar. Então, eu vou só dizer. O papel está a caminho. Stone, o meu chefe, já conseguiu a autorização. E... Yan? Eu vou ser mesmo promovida!

— Então, você vem para Miami? — Comecei a rir, de felicidade mesmo.

— Eu vou. Meu apartamento já está alugado e eu me mudei para um hotel hoje. Está acontecendo!

Por causa de você

— Caralho... — Suspirei. — Eu estava preocupado.

— Eu também. Não posso viver sem o seu segurança.

— Eu faço uma ideia. Me avise quando comprar as passagens, tá bem?

— Eu vou ligar para os outros discretamente.

— E, garota da aliança?

— Oi?

Um sorriso naturalmente se abriu na minha boca.

— Seja bem-vinda à família.

Ela ficou muda por um tempo, assimilando o que eu disse.

— Eu que agradeço por vocês me acolherem, querido.

O mundo estava entrando nos eixos.

Lua

Depois das consultas, passei para ver minha mãe e minha babá, Nina. Foi maravilhoso encontrar mamãe tão bem. Ficamos mais de duas horas só conversando e matando a saudade. Nós três no sofá, confabulando sobre a vida e compartilhando novidades. Nina me serviu o meu bolo caseiro favorito e mamãe me pediu para levar Yan assim que estivéssemos livres. Durante o tempo que passei no consultório e com a minha mãe, recebi ligações do meu pai. Pensei em atendê-las, especialmente depois da conversa que tive com Yan, mas ainda não me sentia pronta. Era como se algo entre nós tivesse quebrado, e eu não soubesse como consertar.

Disposta a me livrar dessa sensação e ficar ao lado de quem realmente fazia eu me sentir bem, cheguei ao apartamento. Assim que as portas do elevador se abriram, um cheiro maravilhoso de comida recém-feita me atingiu como se eu tivesse acabado de chegar em um restaurante. E, apesar de o meu estômago ter roncado, e eu também estar cansada das consultas, da viagem, de tudo que se seguiu... eu simplesmente congelei quando reconheci uma peça específica.

— Isso é o meu vaso? — perguntei e senti olhos em mim. Desviei a atenção do vaso e foquei em... Yan. Sorrindo, de banho tomado e cabelo ainda molhado, com uma camisa social branca e bem passada, aberta em três botões e uma calça de alfaiataria cinza, de cinto, mas ainda descalço.

— É o seu vaso.

Aline Sant'Ana

Fiquei gelada e comecei a prestar atenção em outras coisas.

Nossas coisas.

— Ah, Yan... — A emoção subiu da garganta para os meus olhos, que começaram a lacrimejar. Vi as fotos novas na parede, meus outros vasos com flores naturais, meus bibelôs sobre o piano. — Você é... o amor da minha vida mesmo.

Ele caminhou até mim, e suas mãos foram para a minha cintura, o calor do seu contato ultrapassando minhas roupas. Seu nariz circulou o meu quando baixou a cabeça e seus lábios rasparam na minha boca. Yan beijou-me, daquele jeito suave, que não prometia nada em seguida, que só dizia: eu quero te beijar com carinho. Sua língua espaçou meus lábios e tocou a minha, rodando gostoso. Por mais que ele estivesse sendo romântico naquele beijo, meu corpo começou a responder, a química entre nós criando faíscas embaixo da minha pele. Me senti perdida quando ele encerrou o beijo e colou a testa na minha.

— Você gostou?

— Se eu gostei? Yan, estou apaixonada pelo nosso apartamento. Eu sempre me senti em casa aqui, mas agora sinto como se fizesse parte de você. Vai muito além de ter uma aliança com o seu nome gravado, Gigante. É pertencer à sua vida e você, à minha.

— Somos um do outro.

O sorriso dele contra os meus lábios me fez vibrar de alegria, e ouvi meu coração bater mais forte. Me lembrei de como o amor libera inúmeras substâncias químicas na gente. De como essa excitação, felicidade... é tudo uma questão química do cérebro. Mas Yan era o único homem que conseguia me fazer produzir adrenalina, noradrenalina, feniletilamina, dopamina, oxitocina, a serotonina e as endorfinas, tudo ao mesmo tempo. E eu era completamente viciada no amor que sentia por ele, e em como tudo em mim parecia se transformar em energia.

— Obrigada.

— E eu queria muito comemorar a sua mudança para cá. — Yan desviou os lábios dos meus e foi até a minha orelha, sussurrando: — Te amarrando e te fodendo bem gostoso, mas... a nossa família está aqui.

Me estiquei e espiei além do ombro de Yan, vendo que Mark, Carter, Zane, Kizzie e Erin estavam organizando a mesa do jantar. Voltei meus olhos para Yan e roubei um beijo da sua boca.

— Você vai poder me amarrar de madrugada.

Yan ergueu uma sobrancelha.

Por causa de você

— Você sabe que minha mala voltou comigo, né? E que tem mais coisas nesse apartamento?

— Adoro o fundo falso do seu closet.

Yan riu e meu estômago, indiscreto e no timing errado, fez um barulho alto.

— Vamos te alimentar, Gatinha.

Yan

— Claro, Lua. Vou te encaminhar no nosso grupo do WhatsApp — Kizzie garantiu.

Lua explicou sobre o estudo que começou a respeito do tratamento, na nutrição, de pacientes com dependência química. O jantar foi guiado para isso, com todos em silêncio enquanto Lua contava sobre suas descobertas e garantia que ia se aprofundar no assunto. Após explicar, pediu o contato do médico responsável pelo Shane, que Kizzie prometeu dar. Orgulhoso da minha noiva, segurei sua mão embaixo da mesa e vi, nos olhos de Zane, uma gratidão que nem as palavras que seguiram conseguiram descrever.

— Eu te amo, Lua. Porra, obrigado por fazer isso pelo Shane.

— Não me agradeça. Eu amo aquele menino da mesma maneira que amo você. E sei que os alimentos certos vão ajudá-lo de dentro para fora.

— É um planejamento ótimo, amiga — Erin opinou. — Shane precisa de toda a ajuda que conseguirmos reunir. Especialmente quando voltar.

— Nós vamos cuidar desse garoto — Kizzie garantiu ao noivo.

— Vocês são foda. — Zane balançou a cabeça. — Queria que estivessem nas nossas vidas antes.

— Tudo acontece no momento certo — Mark pontuou.

— Eu acho isso incrível — Carter falou. — Porra, como conseguimos passar por tantas coisas e...

— Simplesmente nos fortalecermos — completei.

Ficamos em silêncio por um tempo, apenas nos observando. Peguei uma taça de vinho e ergui sobre a mesa.

— À nossa força.

Taças bateram suavemente umas nas outras, enquanto sorríamos e garantíamos a nós mesmos que esse ano seria do caralho. Comemos e

Aline Sant'Ana

conversamos sobre assuntos mais leves, como minha viagem com a Lua, as viagens da Erin com Carter, o planejamento do casamento de Zane e Kizzie. O que levou o final do jantar e o início da sobremesa que eu saí para comprar logo depois da ligação da Cahya. Uma torta de maçã caseira, mas de baixa caloria e feita de farinha de aveia. Eu sabia que era a favorita de Lua.

— Gostou da torta, Zane? — Lua perguntou.

— Porra! — Riu. — Yan, coloca mais um pedaço aí pra mim.

Servi-o, e Zane, em uma garfada, comeu um terço da fatia generosa. Quando ia dar a segunda garfada, Lua murmurou:

— Hum, que bom saber que você *gostou*.

Desconfiado, Zane parou o garfo no ar.

— Por quê?

— Porque é de farinha de aveia. — Lua abriu um sorriso tão largo, que me lembrou o quanto ela gostava de provocar o Zane. — Farinha de aveia, Zane!

— Ah, caralho. — Ele franziu a testa e enrugou o nariz. — Nem percebi. — Ele abandonou o garfo no prato.

— Ser saudável é ruim. Blá-blá-blá — Lua provocou, fazendo todo mundo rir. — Ser saudável é comer *mato*.

— Se eu soubesse que era farinha de aveia, não teria comido mesmo. — Zane olhou para a torta de um jeito estranho. — Ah, foda-se. Tá deliciosa.

— Eu ainda vou mudar os hábitos alimentares de vocês.

— Por favor, faça isso — Kizzie implorou.

Zane piscou para a Lua.

— Tem ovo e bacon na minha geladeira.

Ela franziu o nariz.

— E tem adoçante ao invés de açúcar nessa maçã aí.

Zane ficou vermelho.

— Adoçante? Cacete!

Todo mundo riu alto. Apesar de tudo, Zane continuou comendo.

— Meninos — Kizzie murmurou. — Eu preciso do Shane para realmente conversarmos sobre trabalho, mas... tenho algumas coisas para falar com vocês. Será que podemos?

Me recostei mais confortavelmente na cadeira e foi a vez de Lua pegar a minha mão, entrelaçando nossos dedos, por baixo da mesa.

Por causa de você

— Prometi para os fãs que, após o *hiatus* da The M's, viríamos com alguma coisa incrível. Precisamos começar a trabalhar na estratégia que estou montando com o Oliver. Não é para agora, mas quero preparar vocês. Dependemos também do Shane, e não quero alardear e deixá-los ansiosos, sem ter tudo pronto. Mas já adianto que, se isso funcionar, vocês vão fazer a melhor sequência de shows das suas vidas.

— Uma nova turnê? — perguntei.

Kizzie abriu um sorriso.

— É. Mas, para isso, precisamos retomar o CD. Também preciso ouvir as músicas, saber o que está na cabeça de vocês.

— O que entra num assunto que eu queria conversar e não tivemos tempo. Kizzie, o CD que estávamos bolando... eu não sei. Existem algumas músicas ali que não sinto que sejam... *isso* — Carter pontuou. — Passamos por tantas coisas, não somos mais as mesmas pessoas que criaram aquelas letras e melodias.

— É, eu tô ligado — Zane pensou alto. — As faixas cinco, treze, quinze até a vinte...

— Mais do mesmo — concordei.

— Certo, eu não vou ser aquela empresária cruel que diz que vocês têm que lançar qualquer coisa. Se estão insatisfeitos, cancelamos a criação do CD antigo e damos vez ao novo. — Ela batucou os dedos na mesa. Quase pude ver as engrenagens rodando em sua cabeça. — O que vocês pensam para esse novo CD? O que querem mostrar para os fãs?

— A nossa força — eu disse.

— Como podemos ser criativos — Carter adicionou.

— Como podemos surpreender eles — Zane concluiu.

— Força, criatividade e sair da zona de conforto. — Kizzie pareceu anotar mentalmente as ideias. — Carter, você tem alguma canção pronta que se encaixa nisso?

— Não. — Carter foi honesto. — Temos músicas mais dramáticas e sentimentais. Nada além do padrão The M's. Tenho algumas canções que nunca lançamos, que eu fiz na época que conheci a Erin... podemos vê-las.

Eu e Zane assentimos.

— Vou deixá-los lidarem com isso no tempo de vocês. É criatividade, não se controla. E, se sentem que são pessoas novas, que querem mostrar o diferente, não vejo músicas antigas conseguindo se encaixar nessa premissa. Teriam que ser compostas no eu atual de vocês. Mas quero ver com o Oliver essas que você disse, Carter. Por vocês, pode ser?

— Pode — nós três dissemos juntos.

— A maior sequência de shows das nossas vidas... — Zane repetiu o que Kizzie disse. — Mulher, por que você não me falou antes?

Kizzie deu um beijo na bochecha do noivo.

— Porque eu só falo sobre a banda The M's quando a *banda* The M's está presente. Aproveitando, vou me retirar um segundinho para falar disso com Oliver em uma videochamada. Querem me acompanhar?

— Sim. — Levantei e dei um beijo na testa da Lua. — Já volto.

— Eu e Erin vamos arrumar tudo aqui e depois vamos ver um filme. Se reúnam pelo tempo que precisarem.

— Obrigado.

Ela sorriu para mim e nós fomos fazer a reunião em um pequeno escritório que eu tinha. Antes de fechar a porta, vi Erin em pé abraçando a amiga, e recebendo um beijo na bochecha de Lua. Elas riram de alguma piada particular e começaram a reunir as sobras da mesa.

— Vamos colocar tudo na minha cozinha — pediu à amiga.

Meu coração sorriu porque... Lua se sentia mesmo em casa.

CAPÍTULO 12

**No big plans just you and me
Sharing a simple love.**

— *Luke Picket, "Simple Love".*

Uma semana depois...

Lua

Yan e eu arregaçamos as mangas e começamos a trabalhar em nossos projetos. O consultório e os pacientes estavam recebendo toda a minha atenção. Quando chegava em casa, depois da loucura do dia, recebia o amor do meu noivo, seu carinho, sua atenção e sua dominação na cama.

Não vou mentir, era delicioso! A rotina que temíamos? Se tornou a melhor parte de nós.

Yan estava se dedicando à criação do novo CD da banda, e esse processo de inspiração às vezes exigia demais dos meninos. Era a melodia que não encaixava, um refrão que não parecia certo. Com isso, nós dois aprendemos a fazer concessões até chegarmos a um fator comum. Yan respeitava o meu espaço, até quando eu tinha que trabalhar em casa nos planos alimentares, assim como eu respeitava o seu quando ele precisava ficar horas com fones de ouvido, reescrevendo notas musicais. Era tão bonito vê-lo trabalhando que muitas vezes eu me desconcentrava do que quer que estivesse fazendo só para admirá-lo.

Meu celular tocou no bolso da calça, tirando-me das lembranças e me avisando que eram sete horas da manhã de um novo dia. Faltava apenas uma hora para eu ir para o consultório.

Nem preciso dizer que o alarme era coisa do Yan.

Sorrindo, abri a geladeira, já pensando no que faríamos para o café da manhã quando ele saísse do banho. Tirei algumas coisas, incerta do que Yan queria preparar. Assim que fechei a porta, meus olhos passearam pelo cronograma mensal de ímã que Yan colocou na geladeira, com a letra masculina marcando os dias em que tínhamos compromissos, nas datas certinhas, com horários e dias da semana.

Toda vez que eu precisava ir ao médico, seguindo o acompanhamento, a agenda de Yan estava livre para ir comigo. Nós já tínhamos ido à primeira consulta em Miami, pegamos novas receitas dos medicamentos, e fomos indicados a passarmos por algum psicólogo caso quiséssemos. Eu e Yan tivemos uma conversa sobre isso, e começamos terapia com uma pessoa da confiança do meu médico. Em uma semana, fizemos três sessões. Íamos juntos e separados. Cada um com suas cicatrizes para curar, mas, quando sentamos naquele sofá como casal, eu vi no brilho dos olhos do psicólogo, mostrando que estávamos bem.

No cronograma da geladeira, também estavam os planos futuros. Como as minhas saidinhas com Andrew, Erin e Kizzie no dia seguinte. Assim como os dias de Yan sair com Carter, Zane e Mark. Haveria dias que ele sairia sozinho com as minhas amigas. Dias que sairíamos todos como um grupo. Essa ideia de colocar em uma agenda os compromissos que eu marquei com meus amigos era o seu modo de dizer que eu tinha o meu espaço, e que ele estava respeitando isso.

Valia mais do que um eu te amo.

— Bom dia, Gatinha. Estava pensando em mim? — a voz masculina e sedutora soou ao pé do meu ouvido. Suas mãos envolveram minha cintura. E, Deus, o cheiro de Yan veio tão maravilhoso que eu me aconcheguei no seu calor.

— Bom dia, amor. Como sabe?

— Te ouvi suspirando enquanto olhava para uma agenda. — Seu tom foi provocativo.

Soltei uma risada.

— É, em *quem* mais eu estaria pensando?

— Não faria sentido. A agenda te entregou.

— E o suspiro.

— Isso também — Yan riu e me deu um beijo na bochecha, saiu das minhas costas e veio para o meu lado. — O que você quer de café da manhã?

Assim que reparei nele, esqueci de respondê-lo porque seus cabelos estavam molhados ainda do banho, jogados para trás, arrumados, e Yan já estava seco, mas seu tórax estava de fora, aquele peitoral maravilhoso, as auréolas rosadinhas, a saliência muscular inacreditável, as tatuagens perfeitas em sua pele mais bronzeada. Desci a atenção, e aquele V profundo estava disponível para eu cobiçar. A toalha branca presa bem baixa, na altura do seu quadril, denunciou que Yan ainda tinha tempo antes de sair. Umedeci os lábios e senti seus olhos em mim.

— Tô curioso para saber o que tem na toalha. — Sua voz soou rouca, apesar da brincadeira.

Respirei fundo.

— Eu vou passar o resto da minha vida com você e acho que sempre vou te olhar como se fosse a primeira vez. Deus, Yan. Você não tem piedade, não?

A risada dele me tirou do prumo, mas suas mãos terminaram de me arrancar da órbita assim que seguraram as laterais do meu rosto. Yan me virou para ele, sua colônia pós-barba me tirou o ar, e seus olhos cinzentos passearam por meu rosto, até caírem nos meus lábios.

— Piedade? — indagou, umedecendo sua boca. — Eu tenho. Muita.

Seu rosto desceu em direção ao meu, e eu inspirei uma última vez o seu cheiro antes de sua boca se colar na minha. Aqueles lábios se encaixando em mim, o calor, a umidade, a maneira que Yan sabia exatamente que tipo de beijo me dar na hora perfeita... Yan separou meus lábios e exigiu a minha língua quando invadiu, e eu cedi. Por mais que no sexo ele não gostasse de ser tocado até segunda ordem, no beijo... Yan muitas vezes se entregava.

Aproveitando, deslizei as mãos por seu peito, sentindo seu coração acelerado, descendo até os mamilos duros, ouvindo o gemido de Yan, que engoli no beijo. Nossas línguas curtiram uma à outra, nossos lábios num ritmo maravilhoso, a imponência de Yan me consumindo toda.

Suas mãos se mantiveram no meu rosto. Seus polegares acariciaram minhas bochechas no mesmo ritmo das nossas línguas. Ousei, descendo, pairando em sua barriga, sentindo na ponta dos dedos a sua pele quente e seus músculos, até experimentar aquela linha de pelos que descia do umbigo para a toalha. Yan rosnou e mordeu meu lábio inferior, me punindo.

O desejo foi se convertendo em um tesão irrefreável. Eu já estava uma bagunça só com aquele beijo, e sabia que teria que tomar outro banho antes de ir trabalhar. O anjo sobre meu ombro disse que eu precisava parar por ali, mas o diabo sobre o outro me mandou ficar de joelhos.

— Hum... — gemi contra a boca de Yan quando ele pegou a minha língua em um movimento e raspou seus dentes nela, capturando-a, para depois chupá-la. Eu ficava completamente louca quando ele fazia isso.

Desculpa, anjo.

Meu indicador se encaixou entre a pele fervente de Yan e o algodão. Com um simples puxão, a peça caiu. No mesmo instante, fiquei de joelhos. Yan respirou fundo quando me viu ali, aos seus pés. Ele umedeceu a boca, inchada do beijo longo que demos.

— Eu deixei?

— Não ouvi uma negativa — falei, inocente.

Aline Sant'Ana

Seu pau, já ereto, raspou na minha boca e eu, bem provocadora, passei a ponta da língua por toda a glande, umedecendo a cabeça rosada. Vi o membro dar um espasmo, as veias pulsando, todo lindo e gostoso me esperando.

— Porra... — Yan arfou. E agarrou meus cabelos com uma das mãos, fechando-os naquele aperto. Ele fez a minha cabeça apontar para cima, focando nele. Vi o ponto alto da sua garganta subir e descer, o maxilar se contrair e seus olhos claros semicerrarem para mim. — Não estou fazendo uma concessão.

— Você não está. Mas eu *estou* inocentemente respondendo sua pergunta de antes. *O que você quer de café da manhã?* Agora, a resposta: Eu quero você na minha boca.

Yan soltou um som que veio do fundo da garganta, de entrega, de êxtase, e me guiou para o seu membro, que espacei os lábios e recebi-o com toda a vontade que tinha. Nós dois gememos, talvez em uma constatação de que, quando Yan se quebrava de tesão, eu me partia ao meio por ele.

Yan Sanders casa perfeitamente com a primeira refeição do dia.

Yan

— É, não tá bom. — Zane soltou as folhas sobre o tapete.

Estávamos em uma reunião só nossa, sentados no chão do apartamento do Carter. Falando nisso, a sala do vocalista estava uma bagunça, o que me fazia querer arrumá-la imediatamente. Fios dos amplificadores e os próprios amplificadores, pacotes de salgadinho sobre a mesa de centro, garrafas de água vazias, o violão do Carter num canto, a guitarra do Zane sobre o sofá e, mais distante de nós, a bateria elétrica.

Na real, estávamos cansados. Ficamos horas olhando as partituras, achando que as letras estavam muito depressivas. Não queríamos sobrecarregar Carter; era ele quem criava e essa responsabilidade era foda.

— Não tá dando — Carter disse.

— Kizzie viu essas letras? — indaguei.

— Viu. Ela gostou. — Zane apoiou as costas na parte de baixo do sofá.

— Mas? — joguei.

— Ela gostou mesmo. É a gente que tá numa vibração diferente. — Zane prendeu o cabelo, amarrando-o de um jeito foda-se no alto da cabeça.

— Isso aqui não é a gente mais. — Carter fechou os olhos por uns segundos.

Sou a razão dos três, sou o cara que bate a mão na mesa quando sei que eles estão pirando sem sentido. Mas, naquele momento, eu sabia que estavam certos.

Fui buscando soluções na minha cabeça enquanto via a desesperança deles. A produção de um CD leva tempo e, se Kizzie queria organizar uma turnê com a gente sabendo de cor e salteado músicas que nem tínhamos prontas ainda, teríamos que ralar pra caralho. Além, claro, da parte imprevisível da criatividade. Fui pensando, até que...

— Tá faltando o Shane — avisei-os. — Temos um quarto integrante. E, se não somos mais quem éramos antes, além da vida pessoal, há o fato de que, sim, somos uma nova banda. A The M's é um quarteto, e sei que concordamos em não encher a cabeça do Shane de trabalho até ele voltar, mas tenho certeza de que precisamos falar com ele.

Eles ficaram em silêncio por um tempo. Carter assentiu, abrindo um sorriso, e eu esperei Zane porque eu sabia que as preocupações dele iam para o fato de Shane estar se recuperando. Mas, talvez, em uma ligação, ele nos desse uma luz que não estávamos vendo.

— Vamos fazer uma videochamada. — Zane puxou o celular do bolso da calça jeans.

Respirei fundo. Era isso.

Shane atendeu no segundo toque e ligou a câmera para podermos vê-lo.

Caralho, ele estava ainda melhor. A cor da sua pele, a saúde em seus olhos... Lua também tinha um dedo nisso. Ela fez uma avaliação do Shane à distância e pediu dados ao médico dele para conseguir passar um plano alimentar novo. Um que, nós sabíamos, Shane estava seguindo à risca. Alimentação saudável, exercícios, psicólogos e médicos disponíveis.

Faltavam pouquíssimos dias para ele voltar para casa e, pela primeira vez em muito tempo, a preocupação não veio. A constatação de que Shane estava pronto... foi óbvia demais para mim.

Enquanto viajava nos pensamentos, ouvi, ao fundo, Carter contando para Shane os problemas que estávamos enfrentando com a banda. Shane escutou, assentindo e deixando Carter falar. Em seu rosto, havia uma expressão séria e profissional. Zane me roubou um olhar. Em seus olhos, entendi o que ele quis me dizer: Shane estava amadurecendo.

— Saquei o que tá acontecendo. — Shane ajeitou o boné na cabeça, assim que Carter terminou. Suspirou fundo e deu de ombros. — Mas meio que... — Ele riu, parecendo sem graça. — Não sei se eu conto isso. É um negócio nada profissional. Quero dizer, não pensei como profissional quando começamos.

Aline Sant'Ana

— Diga o que está pensando, Shane. — Carter sorriu. — Vamos fazer um *brainstorming* de ideias e ver o que pode encaixar. Não tenha medo de dizer o que pensa.

— Na verdade, não é uma ideia — Shane explicou. — A psicóloga que tem me acompanhado fez algumas atividades só comigo, mas também algumas com a Roxanne. Como não tenho muita diversão por aqui e sofro de ansiedade, a doutora achou um meio de burlar isso e ser... cara, não sei o termo certo, mas meio que uma válvula de escape? — Ele mordeu o piercing do canto do lábio. — Enfim. No meio de tantas atividades, eu e a Querubim achamos uma coisa que gostamos de fazer juntos.

— Caralho, isso é legal. — Vi a animação nos olhos do Zane, o orgulho do irmão mais velho. — Tô feliz por você.

Shane sorriu e balançou a cabeça, como se negasse um pensamento.

— É, mas meio que... essa atividade... entra no que vocês estão falando. A gente canta junto.

Acho que eu e os caras ficamos em silêncio por um minuto inteiro, só processando o que Shane havia acabado de falar.

— Vocês cantam juntos? — Carter perguntou, quebrando o choque.

— Aham. Tipo, a gente canta... músicas que a gente mesmo compôs. E não é nada profissional, então, sei lá, não sei se prestaria para a The M's. Porra, eu fico muito sem graça de falar isso, achando que pode ser uma solução...

Eu não ia permitir que Shane se autodepreciasse.

— Shane. Para aí. Explica para mim — pedi. — Você faz as músicas com ela?

— Algumas eu fiz sozinho. Outras fomos nós dois juntos. Faz parte dessa atividade e a psicóloga pediu que nós gravássemos em vídeo, para que pudéssemos assistir depois.

— Nós precisamos ouvir isso — falei. — Você se importa? É algo muito pessoal?

— Não — Shane negou e começou a rir. — Não fala sobre nada particular. É mais sobre... a vida mesmo. Têm certeza de que querem ver? Cara, a Roxanne vai morrer se souber disso.

— Ela é muito tímida, né? — Sorri.

— Com isso? — Shane riu de novo. — Ela é. Pra caralho.

— Pode nos enviar os vídeos? — Carter perguntou.

Por causa de você

— Sim, claro. Eu tenho tudo na nuvem. Vou compartilhar com vocês. E aí depois me liguem para me contar.

— Shane — Zane chamou, antes de desligar a chamada. — Eu tô orgulhoso pra caralho de você.

— Ouvi o mesmo do papai e da mamãe hoje. — Shane abriu um sorriso largo.

— A gente te ama — Zane declarou. — Mal posso esperar para te ter em casa.

— Tô voltando! — Shane piscou e encerrou a ligação.

Levou apenas alguns minutos para os vídeos serem liberados no e-mail do Zane. Pegamos o notebook do Carter e o colocamos sobre a mesa de centro. Ainda sentados no chão, começamos a vasculhar, até escolhermos um para vermos.

Demos play.

A princípio, não vimos eles. Ouvi a voz do Shane perguntando a Roxy se a câmera já estava ligada e encaixada no suporte. Ela disse sim e os dois, então, apareceram. Havia apenas um microfone no meio e dois bancos individuais. Shane sentou em um com o violão no colo e Roxy, no outro, seus joelhos se tocando. Eles de frente um para o outro, e de perfil para a câmera. Shane sorriu para a amiga, e ela piscou para ele, colocando uma mecha do cabelo muito loiro atrás da orelha.

— Pronta? — Shane perguntou, já dedilhando algumas notas.

— Pronta.

Então... eu perdi a porra do ar.

A voz de Shane veio primeiro, rouca e baixa, para depois Roxanne cantar ao fundo, só como uma segunda voz. Tão angelical em contraste à de Shane. Eu pisquei, perplexo demais com o tom de Shane. Quando ele elevou o timbre, eu mal pude acreditar. Shane ficou com toda a primeira estrofe. E, caralho, nós sabíamos que ele tinha uma potência vocal fantástica, mas...

— Cacete — Zane sussurrou.

— Puta merda — Carter falou.

— Eu nem sei... — murmurei.

E aí veio o refrão, me interrompendo. Todo do Shane, com toques suaves da Roxanne ao fundo. Os pelos do meu braço se arrepiaram enquanto observava a interação dos dois, em como se completavam, a sinergia, em como eles sorriam um para o outro no meio da música, e como Shane tocava o violão.

Aline Sant'Ana

— Meu Deus... — Carter disse.

A voz da Roxanne soou sozinha, com Shane só de pano de fundo. Eu não sei, mas foi como se eu ouvisse um anjo cantando, fazendo jus ao apelido que Shane havia dado para ela.

Eram fantásticos quando cantavam sozinhos, sim, mas, quando suas vozes se juntavam, todo o meu corpo se arrepiava. O refrão foi mais forte na terceira vez, os dois dando seu máximo, praticamente dançando no banco, cantando de uma maneira que... Roxanne fechou os olhos, sentindo a vibe da música, no mesmo segundo em que Shane fechou os dele, sem parar de tocar o violão. Eles não precisavam de mais nada. Só suas vozes. Só aquela sincronia.

A música acabou e a gente nem prestou atenção na letra.

— Coloca de novo — pedi para o Carter.

Eu não sei quanto tempo nós ficamos ouvindo eles, mas só no primeiro vídeo já veio a inevitável certeza de que... era isso.

— Eu não tenho o que dizer. Eu quero as letras por e-mail. Alguns ajustes só na melodia... — Carter falou, se levantando, todo animado. Afinal, ele era o rei da criação.

— É isso — eu disse.

— Eu tô impressionado pra cacete. É um rock, mas tem mistura de folk e pop; nunca vi coisa igual. Mas... a gente pode alterar a sonoridade. De qualquer forma... — Zane falou.

— É isso — repeti.

— É. — Zane balançou a cabeça, atordoado.

— Ligue para eles — Carter falou.

Quando fizemos a chamada de novo, Roxanne estava ao lado do melhor amigo. Eu vi aquela menina que peguei no colo quando ainda era uma criança ficar completamente perplexa conforme nós dizíamos que, se ambos aceitassem, queríamos as letras para iniciarmos um novo álbum da The M's. Os dois disseram sim imediatamente, sem saberem que o que estavam criando era arte pura. Eu fui o responsável por explicar os direitos. Carter disse sobre as letras. E Zane opinou sobre a melodia. Ficamos mais de uma hora nessa videochamada, conscientes de que aquilo... era um passo ao desconhecido. E, dessa vez, eu não tive medo, só esperança. Por mim, por nós todos.

Quando desligamos, Zane se levantou.

— Eu vou avisar a Kizzie.

— Por favor, faça isso — pedi.

Por causa de você

Carter se jogou no sofá, e eu também.

O guitarrista bateu em nossos ombros e saiu. Eu e Carter ficamos parados, só processando que essa nova fase da The M's... poderia ser o que faltava para irmos além do que jamais sonhamos.

— Quer uma cerveja? — Carter ofereceu, rouco pela emoção.

Exalei fundo.

— Por favor.

Lua

— E como funciona esse "não durmo muito bem"? Que horas você normalmente dorme, Rebecka?

— Acho que umas onze da noite.

— E acorda de madrugada? — Segui anotando.

— Sim. Infelizmente.

— Quantas vezes?

— Umas duas, três vezes.

— E acorda de manhã que horas?

— Cerca de sete. Depende do dia. Você vai me dar uma bronca?

Sorri.

— Nunca te daria uma bronca. O sono não depende de você. Às vezes, advém de vários fatores como estresse, alimentação, ansiedade... me conta, você tem trabalhado muito?

Guiei a primeira consulta da Rebecka, a oitava do meu dia, fazendo as perguntas imprescindíveis para eu elaborar, em quinze dias, o seu plano alimentar focado na perda de peso. Assim que as perguntas acabaram e eu já tinha a minha anamnese nutricional pronta, levei a paciente para tirarmos medidas, vermos seus dados na balança de bioimpedância e verificar a sua altura.

— Muito obrigada, Lua. Você é extremamente atenciosa. — Me deu dois beijos no rosto e me abraçou, no fim da sua consulta.

— Eu que agradeço. Você foi ótima, Rebecka.

— Pode me chamar de Becka.

Aline Sant'Ana

— Perfeito, Becka. Aqui estão os exames que quero que você faça. Vou encaminhar um plano alimentar on-line para você, ele é super dinâmico e autoexplicativo. Mas, se precisar de mim, é só me telefonar ou enviar um e-mail.

— Muito obrigada.

— Te vejo em breve! — Assim que abri a porta para guiá-la para a recepção, vi Amber, a minha secretária, com os olhos arregalados e apontando, nada sutilmente com a cabeça, para a esquerda. Assim que vi, fiquei completamente surpresa com quem estava sentado no sofá branco da recepção. Amber se levantou e levou a minha paciente, mas não sem antes me lançar mais um olhar cheio de interrogação.

Assim que ele me viu, se levantou e passou as mãos na calça jeans. O choque ao vê-lo de forma bem casual, de jeans e camiseta de gola V branca, me fez sorrir.

— Oi, Lua. — Mark abriu um sorriso.

— Nossa, que surpresa boa! — Me aproximei e dei dois beijos em suas bochechas, afastando-me em seguida. Congelei de repente com a ideia de Mark saber dos nossos planinhos sobre Cahya vir para Miami. O homem era ex-militar. Droga, será que ele veio fazer um interrogatório ou algo do tipo? Eu não era boa sob pressão. — Veio fazer uma consulta? Não que precise, claro.

Mark negou com a cabeça.

— Até quero ver isso num futuro próximo, mas... precisamos conversar sobre um assunto particular.

— Vamos, então.

Levei Mark para a minha sala. E aquele homem enorme andou pelo ambiente como se estivesse fazendo uma espécie de reconhecimento militar. Mãos no bolso frontal da calça jeans, expressão compenetrada no rosto e, por fim, ganhei outro sorriso.

— Combina com você. O rosa. O branco. — Seus olhos foram para a decoração. Depois, voltaram para mim. — O jaleco. — Apontou para o meu corpo.

— Obrigada, Mark. Você quer sentar?

— Sim, claro. — Ele puxou a cadeira que ficava de frente para a minha mesa e se acomodou.

— Aceita alguma coisa? Café, chá, suco, água....

— Na verdade, não precisa. Acho que vou ser breve.

— Tudo bem, então. — Sentei na minha cadeira branca presidencial e encarei seus olhos escuros. Ele não estava tenso, percebi, pela leveza em seus ombros. Então, o assunto não era amor. Era outra coisa. Talvez algo relacionado a mim. O que fazia sentido ele vir até o meu consultório, se não quisesse falar perto do Yan.

— Você está me analisando — murmurou.

— Desculpa, Mark. Eu faço isso com as pessoas. É mais uma coisa intuitiva. — Cruzei as pernas. — Vamos lá. Diga o que houve.

— Vou ser direto, na verdade. — Ele apoiou os cotovelos sobre a mesa de vidro e suspirou fundo. — Normalmente, eu não dou conselhos. Sou muito reservado. Acontece que temos um impasse porque preciso falar sobre um assunto pessoal seu, sem que isso pareça...

— Um conselho — deduzi.

— Hoje, estou aqui como seu amigo, e não como o segurança da banda. Não quero ser invasivo, ao mesmo tempo que preciso dizer. Enfim, acho que vou direto aos fatos e você vai conseguir pensar sobre eles com mais clareza depois. Combinado?

— Ai, Mark. Estou ficando ansiosa.

Ele sorriu e negou com a cabeça.

— Não é nada grave. Na verdade, quando eu estava na Indonésia...

Mark explicou sobre a missão que fez com Cahya. Depois, falou da parte burocrática da extradição da Suzanne, que levaria tempo demais para ela ser enviada da Indonésia para os Estados Unidos, caso fosse pega.

— O meu objetivo era acelerar. Levá-la e entregá-la direto.

— Que foi o que você fez — pontuei.

— Sim. — Mark engoliu em seco. — Mas eu não fiz sozinho, Lua.

Ele apoiou os cotovelos na mesa, os olhos semicerrados.

— Eu não teria conseguido sair da Indonésia com Suzanne. Eu consegui planejar tudo, exceto isso. Não havia como viajar para cá sem ter o respaldo de alguém importante, sem conseguir um helicóptero por baixo dos panos e um avião. — Mark fez uma pausa. — Você precisa saber que o homem por trás do sucesso da minha missão é o seu pai.

Senti a emoção umedecer meus olhos, e fiquei completamente estática até a mão de Mark tocar a minha. Seus dedos se entrelaçaram nos meus, aquecendo-me.

— Eu sei o quanto isso é duro, especialmente por todas as coisas que o seu pai fez. Pensei em dizer para você e Yan juntos, até entender que isso diz

Aline Sant'Ana

respeito a você somente.

— Mark...

Ele balançou a cabeça.

— Eu mesmo fiquei muito relutante em aceitar, mas o Sr. Anderson falou diretamente com Stone, um amigo meu e o chefe direto da Cahya. Não havia escolha. Ele me ajudou com todo o transporte e, além disso, fui recebido em Miami por Riordan Anderson, que veio de carro e me ajudou a levar a Suzanne para a delegacia. Ele estava, com o perdão da palavra, uma merda, Lua. E ouviu coisas de Suzanne que nem a mais cruel das pessoas merecia escutar. Ele fez tudo isso sem querer te contar. Acredito que seja mais significativo do que o ato todo em si.

Mark se levantou de repente. Ele piscou umas três vezes, soltou um suspiro, sorriu e abriu os braços.

— Vem aqui.

Não sei qual foi a ligação que eu e Mark estabelecemos quando me levantei da cadeira e aceitei o seu abraço, mas foi nítido que somente duas pessoas com tantas cicatrizes são capazes de experimentar. Então, entendi. Aquele era um vínculo familiar. Ele me respeitou o suficiente para me dar a chance de contar para alguém ou manter isso só para mim. Foi homem o bastante para dizer a verdade, por mais que não soubesse como eu iria recebê-la. E não vi nada além da verdade em seus olhos. Suas mãos, respeitosamente, ficaram nas minhas costas, e eu encostei a cabeça em seu peito.

— Uma vez me disseram que "As pessoas se vão. Mas o que passamos com elas são tudo o que nós temos. A vida não é uma soma de tragédias, e sim de momentos nos quais sentimos que vale a pena viver" — ele sussurrou contra meus cabelos. — Não some as tragédias, Lua. Some o que vale a pena viver, tudo bem?

Engoli as lágrimas que ameaçavam cair e me afastei do abraço de Mark, a gratidão fazendo o meu coração parecer imenso naquele minuto.

— Quem te disse isso?

Ele abriu um sorriso triste.

— Cahya.

Levei minha mão para o seu rosto. O contato fez Mark piscar rapidinho.

— Espero que você tenha uma chance de viver esse amor, Mark. — Embora eu já soubesse que ele teria.

— Também espero que você tenha a chance de perdoar o seu pai. — E, da

Por causa de você

maneira que Mark disse, apesar da palavra *espero*, dava a entender que ele tinha uma certeza parecida com a minha.

Sorri para ele e comecei a tirar o jaleco. Enquanto andava rumo ao guarda-roupa, ouvi a voz de Mark:

— Quer que eu te leve para casa?

Virei-me para ele.

— Vim de carro, mas... eu vou te seguindo, que tal?

— Vai fazer a minha segurança? — Mark riu.

— Tenho que proteger o patrimônio da sua amada Cahya.

— Certo, então eu vou te ensinar algumas coisas sobre ser uma guarda-costas.

— Ai, que máximo. Vou aprender a atirar?

Mark gargalhou.

— Você realmente fez falta na Europa.

— Ah, eu sei. Você teria adorado a dor de cabeça que eu ia te dar.

Mark não negou e sorriu enquanto saímos do meu consultório. Eu me sentia leve e, apesar de ser pela conversa com Mark, havia outra coisa em mim... a constatação de que, na ação do meu pai, havia muita coisa do homem que eu conhecia e amava.

Eu poderia, aos poucos, ter meu pai de volta.

YAN

Eu estava animado para contar para a Lua sobre o progresso da banda. Preparei um jantar para ela, atento à hora, sabendo que Lua não demoraria para chegar. Fiz o básico: salada verde, legumes cozidos e o seu frango favorito, frito estilo KFC.

— Amor, estou em casa! — anunciou toda feliz, assim que a porta do elevador se abriu. Tirei o avental e fui recepcioná-la com um beijo longo e intenso. — Uau... que recepção — murmurou, ofegante, assim que me afastei.

— É, né? E o que você fez comigo de manhã?

— Não chega perto do seu beijo.

— Hum, vamos ver quando eu beijar outras partes gostosas do seu corpo, com você bem amarrada na cama. — Beijei sua testa. — Está com fome?

— O cheiro está maravilhoso. — Lua deixou a bolsa sobre o sofá. Enquanto circulava, comecei a servir e ela veio para me ajudar. Antes de eu voltar uma última vez para a cozinha, Lua se aproximou e parou o meu movimento, tocando meu braço. — Antes de jantarmos, será que podemos conversar?

— Sim, claro. — Pisquei, tentando ler na sua expressão. — Vamos sentar?

— Tudo bem.

Nos acomodamos no sofá e Lua suspirou fundo, fechando os olhos por alguns segundos. Ela pegou minhas mãos nas dela, tão pequenas em comparação com as minhas. Observei como nos encaixávamos, a aliança de Lua brilhando sob a luz da sala.

— Eu aprendi o quanto é bom compartilhamos das coisas ruins às boas com quem amamos. Foi muito especial entender que um relacionamento de verdade vem da troca, vem da verdade, da conversa. Por isso prometi para mim mesma: ainda que eu sentisse vontade de te ocultar algo, fosse para te proteger ou me proteger, eu não faria isso. Porque você é a minha força, Yan.

— Vou estar sempre aqui para você. — Meu coração acelerou.

— Eu sei disso. E é tão bom me sentir protegida, segura e saber que o meu amor é o meu melhor amigo. Então, tenho que te contar uma coisa que me surpreendeu e tocou uma ferida que eu não estava disposta a abrir.

Lua narrou para mim a visita de Mark ao seu consultório. Principalmente sobre o assunto que trataram. Não sei dizer o que senti quando Lua me falou que seu pai estava por trás do sucesso daquilo, mas alívio, felicidade e surpresa me atingiram de uma só vez. Aquele homem era onipresente ou o quê?

— Lua...

— Eu sei o que você vai me dizer.

— O que eu vou dizer?

— Que preciso ouvi-lo e começar a atender suas ligações.

— Não era bem isso. Primeiro, agradeço por ter compartilhado comigo.

Ela suspirou e assentiu.

— Agora, Gatinha... — Me aproximei dela e segurei com as duas mãos o seu rosto. Admirei-a bem dentro dos olhos, alternando a atenção entre eles. — Eu amo a mulher forte que você é. A mulher que não tem medo de cair e continuar lutando. Amo profundamente. E eu não quero pedir que você perdoe o seu pai assim, do nada. Mas preciso que pense sobre isso. Quero que siga o seu coração lindo pra caralho, e que entenda que o seu cérebro nem sempre tem as respostas

Por causa de você

para tudo. O que o seu coração diz?

— Que ele ainda é o meu pai.

Assenti.

— Ele sempre será o seu pai.

Ela me abraçou de um jeito que senti que compartilhamos uma energia, a dor dela, a minha cura. Inspirei fundo, os fios do seu cabelo fazendo cócegas no meu nariz, enquanto seus braços me envolviam de um jeito que exigia a minha força.

— É incrível como sinto que, ao te abraçar, sou capaz de abraçar o meu futuro — sussurrei para ela.

Seu aperto ficou ainda mais forte e ela suspirou fundo.

— Eu te amo, Yan.

Nos afastamos quando Lua se sentiu segura para isso. Fomos jantar e tentei deixar o clima mais leve, contando para ela sobre Shane e Roxy e a solução do problema da The M's. Lua ficou surpresa, e vi que ela começou a rir de nervoso e emoção. Fiquei só imaginando como ela se sentiria quando os escutasse cantar. Depois que jantamos, Lua foi tomar um banho e, quando ela apareceu de camisola para mim, fiz exatamente aquilo que prometi assim que ela chegou em casa.

Beijei cada parte do seu corpo até ela explodir na minha boca. Amei-a com as nossas correntes, daquele jeito que o nosso prazer aflorava, daquela maneira em que ela esquecia o próprio nome e não pensava em mais nada além do prazer.

Porque eu era o único homem que poderia dar a Lua o que ela precisava. E eram nessas prisões que a minha mulher se libertava.

Aline Sant'Ana

Por causa de você

CAPÍTULO 13

**Forever is a long time
But I wouldn't mind
Spending it by your side**

— *He Is We, "I Wouldn't Mind".*

Lua

— Por que alguém se mataria e deixaria uma carta para ser aberta em determinado horário e dia? — Kizzie perguntou e pegou mais pipoca da minha vasilha.

Erin suspirou fundo, envolvendo o braço no meu. Eu estava muito feliz que tínhamos marcado esse encontro e que conseguimos espaço na agenda de todos.

— Estou achando estranho.

Abri um sorriso.

— Essa série está aclamadíssima na Netflix — pontuei, deitando a cabeça no ombro da minha melhor amiga.

— É, eu sei. — Kizzie suspirou. — Mas consegui fugir de todos os spoilers possíveis da internet, sabendo que iríamos ver juntos.

— Na verdade... — Andrew pendeu a cabeça para trás e lançou um olhar para nós. — Acho que, mesmo que nós víssemos os spoilers, não iríamos entender. Dark é uma das séries mais complexas. Viram o trailer antes de começarem a primeira temporada?

— Não — respondi e roubei seus M&Ms.

— Ainda bem que não viram. Só ia ferrar mais a cabeça de todo mundo. — Oliver sorriu e nós rimos.

Estávamos maratonando Dark na casa do vocalista da The M's, um dos dias em que marcávamos na nossa agendinha os momentos com nossos amigos. Os meninos tinham saído para uma noite de bebidas, sinuca e piscina em um clube privado fechado só para eles, mas nós decidimos ficar no apartamento do Carter, comer besteiras e chamar Andrew e Oliver. Tudo bem, eles deveriam estar com Mark e a The M's, mas eu e Kizzie quisemos os nossos amigos por perto.

— Meu Deus, eu tô ficando bagunçada — murmurei, ainda assistindo à série.

Aline Sant'Ana

— Quer pausar e discutir as teorias? — Oliver ofereceu.

— Eu quero! — Erin quase pulou do sofá.

Apertamos o pause e ficamos conversando sobre o que achávamos que ia acontecer. Fizemos apostas, rimos pra caramba, e meus olhos foram para Kizzie.

Ela sorriu para mim no meio de tudo porque... Ter um relacionamento não significa abdicar de amizade nenhuma. E eu vi, nos olhos dela, o mesmo alívio que existia nos meus. Oliver e Andrew eram queridos demais por nós para deixarmos ambos de lado.

Kizzie buscou a minha mão.

— Está tudo bem agora, Lua — ela falou baixinho, além da conversa de Oliver, Andrew e Erin, que ainda discutiam a série.

— É, querida. Está sim.

Dark voltou para a tela imensa da TV quando o debate e as apostas acabaram. Nós nos acomodamos melhor no sofá, quase sem piscar, para não perdermos nada.

Yan

— Fim de jogo! — gritei. Eu e Mark fizemos um *high five*. Vencemos a partida de sinuca contra Zane e Carter.

— Foi sorte — Zane resmungou, virando seu taco de um lado para o outro.

— Nunca foi, Zane. — Mark piscou para o guitarrista, já ajeitando as bolas e começando uma nova partida.

Estávamos em um clube fechado, uma das regalias que Kizzie nos deu após voltarmos do hiatus da The M's. Ela achava que precisávamos de um lugar para distrairmos a cabeça, para ficarmos longe do ambiente de trabalho e buscarmos inspiração. Então, Kizzie achou um clube e o fechou para nós para quando quiséssemos. Os nossos seguranças faziam rondas no local, e o lance de ele ser privado nos ajudava a circular com tranquilidade.

Minha noiva, Kizzie, Erin, Oliver e Andrew estavam maratonando alguma série que eles queriam ver lá no apartamento do Carter. Eu estava curtindo e muito esses espaços saudáveis que estávamos dando um para o outro. Lua estava... meu Deus, cada dia mais apaixonada por mim, e isso, francamente, era uma das partes mais gostosas de me relacionar com ela. Saber que conseguíamos nos amar mais era surreal e maravilhoso.

Por causa de você

— Vamos mais uma? — Carter perguntou, já querendo revanche.

— Vamos, mas... antes... — Em um movimento, me sentei na mesa de sinuca e olhei para os caras. Mark não ia me dar nem um por cento de trabalho, eu sabia. Ainda assim, precisava conversar com os três. — Precisamos falar sobre o Shane.

— Certo. — Carter cruzou os braços e apoiou o corpo na mesma mesa de sinuca que eu sentei. Zane sentou na mesa de sinuca em frente à nossa e Mark ficou de pé.

— Precisamos fazer uma limpa em nossos apartamentos. Tirar bebidas alcoólicas ou qualquer coisa que alimente o vício. Zane, acho legal você evitar fumar perto dele, tá?

— Eu já tirei as cervejas — Zane falou. — E os uísques, e arranquei tudo que era bebida alcoólica para quando ele chegar não ver absolutamente nada. Os cigarros... caralho, sim, vou fazer longe do Shane.

— Nesse começo é foda para ele porque remete...

— À maconha — Carter completou por mim.

— Isso. — Passei a mão pelo cabelo, querendo clarear as ideias. — O apartamento do Shane a gente já arrumou. Faltou algo?

— Chegaram uns móveis e outras coisas que Roxanne encomendou pela internet. — Carter sorriu. — Ela me ligou e eu já recebi. Também já deixei lá para o Shane desembrulhar. Coloquei tudo na sala.

— Perfeito. — Pensei no que estava faltando. — Mark, fez as chaves para nós?

— Sim. — Mark puxou do bolso da calça jeans três chaveiros de cores diferentes, mas iguais, em formato de S. Jogou em nossas direções, e nós três pegamos. — Apartamento do Shane. Total acesso de vocês. Ele não precisa saber, mas é bom vocês terem isso, caso ocorra alguma emergência. Não acho que acontecerá, mas...

— Eu achei melhor prevenir — falei. — Se o Shane ficar puto, é em mim que vai descontar. De resto, mantemos segredo sobre isso.

— Beleza. — Zane olhou para o chaveiro e sorriu. — S. Ele ia ficar muito puto se soubesse.

— Somente para situações emergenciais — Mark avisou e semicerrou os olhos. — Não é pra invadir lá toda vez que você quiser, Zane.

— Eu jamais faria isso.

Eu e Carter rimos.

Aline Sant'Ana

— O que foi? — Zane arregalou os olhos, o rosto inocente.

— Você já pegou todo mundo transando nessa de "entrei aqui sem querer" — Carter falou, mas ainda sorria.

— É, foda-se. Todo mundo já viu todo mundo transando. Quase uma orgia visual. Superem isso. E agora... — Zane saltou da mesa e pegou o taco. — Vamos jogar porque eu e Carter vamos ganhar esse caralho.

— Aham. — Observei os caras preparando seus tacos. — Vamos ver então se vocês não vão levar um couro de novo. — Me posicionei, de olho nas bolas, sabendo qual encaçaparia. Acertei duas e ergui a sobrancelha para Zane. — Tá pronto pra perder?

Lua

Deixei meus amigos assistindo à série quando pedi licença para Erin e fui até o quarto dela e Carter. Com o celular vibrando na mão, eu sabia que tinha uma escolha: atender ou não. Aceitar aquela ligação não era perdoar o meu pai, mas pelo menos era um sinal de vida. Por mais que ele e mamãe conversassem, ainda que estivessem separados, e eu soubesse que ela dava para ele as notícias.

Meus dedos tremeram quando parou de tocar, para começou de novo.

Encarando-me no grande espelho do quarto dos meus amigos, inspirei fundo e levei o celular à orelha. Engoli o ar quando ouvi a respiração do meu pai do outro lado da linha. Não dissemos nada, só respiramos juntos. A mágoa em meu coração era tão palpável que sentia como se fosse capaz de pegá-la com minhas próprias mãos. Fechei os olhos, incapaz de encarar a minha fragilidade de frente.

— Filha...

Cerrei os lábios.

— Vou só dizer, se não quiser falar comigo. Mas sei que está aí. E sei que não é ninguém além de você, porque eu reconheceria a sua respiração a quilômetros de distância. — Fez uma pausa. Lágrimas caíram no meu rosto, e meu lábio inferior tremeu. — Eu sei o quanto quebrei a sua confiança. Sei o quanto te machuquei indo contra a sua felicidade. Quero fazer tudo o que eu puder para consertar isso, se me der uma chance. Eu ainda sou o homem que te contava histórias para dormir, Lua. — A voz dele falhou. — Você ainda é a minha menininha. Eu já perdi a sua mãe... não posso perder você também.

Pisquei várias vezes para as lágrimas pararem de me cegar. Me sentei na cama, sentindo que precisava de um apoio para conversar com meu pai.

— Eu não sei se as pessoas são capazes de voltar a ser quem eram depois de passarem por isso. Eu não sei como mamãe fez para te entender e oferecer paz, apesar da separação. Eu queria ter a metade da plenitude dela. Mas... ainda dói.

— O que te faz acreditar que eu não posso voltar a ser quem eu era? — sussurrou.

Meu pai tinha a profissão mais tóxica possível. A política corrompia as pessoas, até aquelas que juraram que não seriam corrompidas. Eu vi o meu pai se transformar, pouco a pouco, em um político. Não mais um líder, um homem que guiaria a população para o melhor, mas sim alguém que queria vencer independente do que tivesse que fazer.

Eu estava cansada de ir contra os meus próprios princípios só para ver o meu pai... vencer. Assim como também jamais o pediria para se retirar de uma corrida ao governo, quando entendia o quanto aquilo era importante para ele.

Eu não queria que papai saísse da política.

Eu só gostaria que a política pudesse ser diferente.

— Filha?

— Desculpa, pai. — Suspirei fundo, secando as lágrimas. — Há coisas que você não poderá mudar. Eu quero ser capaz de perdoar você, mas não sei como, se sinto que você me machucará de novo.

Escutei-o se servindo de alguma coisa líquida. Pude ouvir o som da bebida caindo no copo.

— Você vai me atender se eu ligar de novo?

— Sim.

— Aos poucos, vou merecer de novo o espaço que conquistei na sua vida. Eu prometo que não vou interferir mais no seu relacionamento com o Yan.

— Eu sei disso. Eu só preciso... de mais tempo.

— Tudo bem. — Fez uma pausa. — Eu amo você.

Desliguei a chamada, sem dizer que o amava. Já havia aprendido com a vida que as pessoas que nos decepcionam são aquelas que mais amamos. Isso era proporcional porque, quanto maior o amor que sentimos por elas, mais ficamos vulneráveis. Entendo que o amor é um risco, não existe segurança, mas Yan me mostrou que vale a pena arriscar para viver, para amar.

Só que havia um precipício entre Riordan Anderson e o baterista da The M's. O homem que eu dividiria a minha vida passava mais confiança para mim

Aline Sant'Ana

do que o meu próprio pai.

    Coloquei o celular de volta no bolso, me ajeitei no espelho e voltei para a sala, o silêncio e a concentração dos quatro em uma cena me dando vontade de sorrir. Puxei o edredom e me enfiei entre Erin e Kizzie dessa vez. Kizzie passou o braço por mim, e Erin se recostou no meu ombro. Oliver estava numa ponta e Andrew, na outra. Espiei Andrew, que tinha feito mais pipoca enquanto eu estava no telefone.

    — Me passa um pote desses aí — pedi.

    Ele sorriu, me estendendo a pipoca, mas seus olhos dançaram por meu rosto e vi a pergunta em sua expressão. Neguei com a cabeça, não querendo falar sobre aquilo em um momento tão legal, que era ficar com meus amigos. Andrew assentiu e voltou a encarar a TV.

    Enquanto via Jonas, o personagem da série, com o seu casaco amarelo, me peguei pensando no quanto eu gostaria do abraço acolhedor de Yan Sanders agora.

Yan

    — *Slow ride! Take it easy!* — gritei a plenos pulmões com os caras, dirigindo rumo ao nosso prédio. Até Mark estava cantando. Ri quando Carter começou a bater no banco do meu carro, em uma bateria imaginária. Abaixei o som. — Caralho! Eu digo que a bateria é o melhor instrumento! Olha o Carter.

    Zane espiou, incrédulo. Carter parou e deu uma piscada para mim, que vi pelo espelho retrovisor.

    — Traidor — Zane gritou, dando um tapa na cabeça do Carter, que não deixou por menos e deu um soco no braço do Zane. Mark, que estava no banco do passageiro ao meu lado, só colocou o braço para trás, como se separasse a briga dos filhos.

    — Sosseguem, os dois.

    A gente riu e eles realmente pararam enquanto eu dava a seta para a direita, entrando na rua do prédio. Minutos depois, subimos todos para o apartamento do Carter, já sabendo que encontraríamos a galera por lá. No momento em que o elevador abriu, vi Lua quase pulando do sofá, gritando com Oliver.

    — Mas ela é a tia dele? — Lua arfou, parecendo chocada com alguma informação.

    — Sim, caramba! — Oliver acabou rindo. — Eu não esperava por essa.

— Que merda, cara. Que merda enorme! — Andrew balançou a cabeça, negando.

— Então, se ela é tia dele — Kizzie falou alto, também empolgada. — Aquela loira é a avó e o...

— Boa noite — interrompi, com o cenho franzido, me aproximando.

Lua saltou de uma vez do sofá para os meus braços. Ri quando ela pulou em mim como se não me visse há décadas. Beijei sua testa e segurei-a pela bunda.

— Ai, eu precisava disso — sussurrou, envolvida em mim.

Olhei para Andrew e Oliver.

— Que porra vocês estavam assistindo?

Os caras riram.

— Dark.

— É terror? — perguntei.

— Não — Andrew e Oliver falaram ao mesmo tempo. Lua ainda estava no meu colo.

Zane já foi com a sua Marrentinha, e o Carter, com sua Fada. Os dois se jogaram no sofá e começaram a comer a pipoca que tinha restado. Mark se sentou em uma poltrona e abriu uma latinha de Coca-Cola zero que estava sobre a mesa de centro.

— Baby — sussurrei para Lua, acariciando suas costas. — Gatinha. Tá tudo bem?

— Tá sim. Só quero pegar um pouco da sua energia maravilhosa — murmurou.

Ao fundo, escutei Zane falando para Erin:

— Coloca esse negócio do começo porque, se vocês piraram, eu quero ver esse caralho também.

— Tô aqui. — Comecei a andar com Lua pelo apartamento do Carter. Achei um sofá vazio e me sentei com ela no meu colo, seus joelhos em cada lado dos meus quadris. Afastei-a do abraço, segurei seu rosto e encarei bem seus olhos. Naquele mar verde e mel, percebi que alguma coisa tinha acontecido. — Quer conversar?

Baixinho, para não atrapalhar a série, Lua me contou da ligação que atendeu e da conversa breve que teve com seu pai. Meu coração se expandiu de felicidade por ver que Lua estava se dando uma chance de perdoá-lo. Mas doeu quando ela me disse que não sabia como fazer isso.

Aline Sant'Ana

— O tempo. — Beijei sua testa e, depois, sua boca. — O tempo vai levar toda a dúvida e transformá-la em certeza. O tempo nos faz mudar de ponto de vista, nos fazendo enxergar coisas que não tínhamos consciência.

— Como sei que vou conseguir perdoá-lo um dia?

Encarando-a nos olhos, toquei bem acima do seu coração com a ponta do indicador. Batuquei ali, no ritmo das suas batidas. *Tum-tum. Tum-tum.*

— Você é toda linda, mas isso aqui é ainda mais — murmurei, sem parar de fazê-la sentir o próprio coração. — É por isso que eu sei que você vai conseguir perdoá-lo.

Seus lábios ficaram em uma linha fina, e vi a emoção em seu rosto.

— Já disse que te amo hoje?

— Já — murmurei, encarando seus lábios. Escorreguei o indicador pelo seu peito, descendo pelo vão entre os seios, até sua barriga. Levei a mão para a sua cintura, enquanto a outra permanecia na sua bunda redondinha. Apertei firme. — Mas eu gosto de ouvir. Fala de novo pra mim.

— Eu te amo demais. — Ela suspirou antes de a minha boca colar na sua.

Enquanto sua língua recebia a minha, escutei Carter gritar:

— Se transarem no meu sofá, vão ter que comprar outro!

Sorri contra os lábios de Lua, e Zane emendou:

— Geralmente, sou eu quem quebra os momentos sexy com alguma gracinha. Obrigado por tirar esse peso dos meus ombros, Carter.

O vocalista riu.

— É porque o Shane ainda não chegou — lembrou Carter.

Fiquei alheio à conversa deles e voltei a olhar para a minha noiva.

— Quer ir embora ou ver série com eles?

Lua mordeu o lábio inferior.

— Vamos ficar mais um pouco?

— Por mim, tá perfeito.

E o sentimento era bom porque... realmente tudo estava perfeito.

Por causa de você

CAPÍTULO 14

**Please keep loving me
Cause our hearts speak fluently
Wherever I go, whatever I do
The map on my heart leads to you**

— *James TW, "Please Keep Loving Me".*

Lua

Arranquei a camisola por cima da cabeça, e puxei a calcinha pelos quadris. No quarto, sozinha, escutei o som do chuveiro, o cheiro do sabonete de Yan invadindo todo o quarto. Acordei com a cama vazia e a certeza de que o meu noivo estava tomando banho. Fui até o outro banheiro disponível fazer as minhas coisas e depois... decidi atormentá-lo.

O banheiro estava cheio de vapor, mas dava para ver o corpo de Yan através do box. Ele estava de costas para mim, enxaguando o cabelo. Suspirei fundo, admirando aqueles ombros largos, as costas, a cintura estreita, descendo para a bunda redonda, grande, e as coxas musculosas, os pelos claros de Yan mais escuros porque estavam molhados. Umedeci a boca, sentindo o sabor de hortelã da pasta de dente, mas sonhando com o sabor de Yan. Abri o box, deslizando suavemente pelo trilho. Yan não percebeu. Fiquei parcialmente molhada, porque a água do chuveiro batia nele e respingava em mim. Mordendo o lábio inferior, passei as mãos por suas costas, e Yan deu um pulo, virando-se para mim.

— Caralho, que susto! — Sorriu, já me puxando pela cintura e me colocando embaixo da água quente.

— Você me deixou dormir até às nove — acusei, observando como aquele homem ficava lindo todo molhado. Os olhos mais claros, em contraste com o cabelo mais escuro.

— Hoje é sábado. — Yan desceu os olhos para minha boca. — Queria acordar cedo?

— Vamos buscar o Shane — lembrei-o.

— Sim, vamos. — Yan desceu o rosto e beijou a minha boca suavemente. Seu corpo se colou ao meu, e eu apoiei as mãos no seu peito quando Yan afastou nossos lábios. *Ah, o sabor de Yan Sanders...* — Estava pensando de almoçarmos aqui. O que acha de chamarmos todo mundo e depois pegamos estrada? Sua mãe veio cedo e deixou um mundo de coisas gostosas. Ela chegou às sete da manhã e, sabendo que viajaríamos, não me deixou te acordar.

— Mamãe! Ah, ela é tão maravilhosa. Queria ter visto ela.

— Raquel realmente não quis te acordar e, bom, sua mãe é incrível — Yan sussurrou, descendo o rosto, fazendo seu nariz circular pelo meu. — Agora, me diz uma coisa: qual foi o seu objetivo ao entrar aqui e tomar banho comigo?

— Tô a fim do seu corpinho.

Yan riu e depois me beijou profundamente. Sua língua pediu espaço, invadindo, quente como a água que caía sobre nossas cabeças, que eu cedi com vontade. Sexo matinal com Yan era tão...

— Vem aqui — rosnou.

Arfei quando Yan me pegou no colo pela bunda, me deixando entre o seu corpo quente e o box gelado de vidro. Envolvi as pernas em sua cintura, meus cotovelos em seus ombros, meus dedos enredando naquele cabelo maravilhoso, e admirei os olhos obscurecidos pelo desejo de Yan.

— Vamos fazer uma memória boa de sexo no chuveiro — sussurrei. — Me fode gostoso, Gigant...

Gemi quando ele não me esperou terminar. Sua boca se colou na minha, ao mesmo tempo que suas mãos moíam a minha bunda e o seu quadril vinha para cima. O membro grosso e já pronto me encontrou, espaçando os *lábios*. A sensação de Yan me invadindo, centímetro a centímetro, era como o segundo que precede um beijo, como um milésimo antes do orgasmo, como o instante antes de você entregar o seu coração para alguém. A expectativa, a excitação...

Yan me deu um beijo lento, romântico, apaixonado. Um beijo que fez eu me sentir amada, enquanto seu sexo entrava em mim tão devagar quanto os ponteiros do segundo. Uma de suas mãos saiu da minha bunda; Yan só precisou me manter com uma e o seu corpo maravilhoso. A outra veio para os meus pulsos, me prendendo em um aperto forte.

Ele se afastou do beijo e, encarando-me bem nos olhos, arrematou o espaço que faltava, mergulhando em mim.

— Era disso que você estava falando? — Sua voz saiu bem rouca e provocativa.

— Por favor, sim.

Ele sorriu contra os meus lábios e moveu o corpo, só o quadril indo e vindo, sua boca arfando contra a minha, alternando entre beijos nos meus lábios, no pescoço e mordidas no meu queixo. Perdi a noção do tempo pela forma que Yan

Por causa de você

fez amor comigo, tão maravilhosamente bem contra o vidro. Rompeu nossas barreiras, nos curou mais um pouco e sanou tudo aquilo que nunca tivemos a oportunidade de sanar. Chegamos ao orgasmo juntos, tremendo nos braços um do outro, até descer comigo devagar até o chão do box, no colo de Yan e seu sorriso contra o meu ombro.

— Caralho — murmurou, a voz estremecida, e deu um beijo na minha pele, o chuveiro ainda ligado.

Envolvi meus braços molengas em torno dos seus ombros.

— Sou tão apaixonada por você — falei baixinho.

Yan focou seus olhos nos meus, o brilho que havia neles fazendo meu coração bater ainda mais acelerado.

— E eu a cada dia mais, Gatinha.

YAN

Se esse era o começo do resto das nossas vidas, porra, eu estava no paraíso. Tomamos um banho de *verdade* depois e nos servi o café da manhã. Passamos um tempo conversando, especialmente sobre algo que surgiu na semana movimentada do nosso retorno a Miami. Kizzie nos avisou que encontrou um advogado criminalista foda, o melhor dos Estados Unidos, e o cara morava em Nova York. Kizzie o contratou para acompanhar o caso da Suzanne, e nos informar qualquer eventualidade. Quando Kizzie fez uma videochamada com o Dr. Hugo De La Vega... eu e os caras nos entreolhamos. Acho que tínhamos o mesmo pensamento: ainda bem que o advogado morava longe porque, francamente, seria inevitável nossas mulheres não ficarem olhando para ele meio encantadas. Se já fizeram isso através da tela de um notebook...

— Mas o caso pode levar anos, o doutor Hugo disse. — Lua me tirou do devaneio e respirou fundo, enquanto desfazíamos a mesa, andando para lá e para cá com a louça.

— É, eu sei. — Lancei um olhar para trás. Ela estava um pouco desanimada com a perspectiva do caso da Suzanne se arrastar por mais tempo. — Mas eu tenho fé no sistema judiciário, Gatinha.

— Não sei se confio tanto assim.

— Acha que ela vai se safar?

— Como o advogado disse, existem muitas maneiras de ela sair antes do que merecia. E Suzanne tem contatos. Ah, eu não sei, amor.

Aline Sant'Ana

Me aproximei de Lua, querendo tirar esse medo dela, sem saber como. A verdade é que eu também temia que Suzanne escapasse. Especialmente depois de Mark conversar comigo e deixar claro que Suzanne iria atrás de vingança.

— Hoje é o dia que vamos buscar o Shane, amor. — Segurei suas mãos. — Não vamos pensar na Suzanne. Tudo bem?

— Você está certo. Hoje é um dia feliz. Sem tristeza, sem drama... só felicidade e orgulho pelo baixista da The M's.

Beijei-a na boca.

— É isso.

— Obrigada, Yan.

Franzi o cenho.

— Pelo quê?

— Por sempre me arrancar dos meus medos.

— Estarei sempre aqui, você sabe disso.

— Eu sei. — Ela sorriu.

Nós terminamos de levar a louça para a cozinha, e eu comecei a zanzar pelo apartamento, pensando que ainda havia algumas coisas para fazermos antes do Zane chegar. Lua, que antes achava ruim deixar tudo organizado, estava aprendendo que havia sentido na limpeza e no meu jeito metódico. Quer dizer, aprendendo um pouco devagar, mas...

— Sua camisola estava no meio do quarto — avisei-a quando cheguei na sala, com a alça da prova do crime pendendo no meu indicador. — E a calcinha também. — Mostrei, na palma da outra mão, a calcinha fio dental.

Ela riu, se aproximou, tirou as peças das minhas mãos, jogou no cesto de roupas sujas e voltou para me dar um beijo na boca.

— É que eu quis te surpreender no chuveiro.

— Você tem sido uma boa garota. Nem deixa mais o lençol desarrumado da cama...

— Sua organização é uma das coisas que amo em você, e eu tô aprendendo a não te bagunçar. Entende?

— É que eu sou metódico.

— Diga algo que eu não sei. — Ela riu e saiu rebolando.

— Vou lavar a louça! — gritei, para que Lua ouvisse.

Ela riu do quarto.

Por causa de você

— Você tem uma lava-louças. Mas se lavá-las na mão te faz tão feliz...

É, estávamos na nossa melhor fase. O medo que tive no Brasil? Besteira. Não éramos perfeitos, mas, considerando nossas imperfeições, fazíamos o que tínhamos de melhor: nos amávamos.

Lua continuava bagunceira, mas agora era uma bagunceira quase organizada, me deixando menos louco. Ainda havia as roupas jogadas no chão, o travesseiro perdido no meio do quarto, o seu lado do closet desarrumado. Mas tudo aquilo eram provas de que realmente estávamos começando a dividir uma vida. Ela também continuou rasgando minha agenda, meus compromissos, me sequestrando quando estava cansado e estressado, massageando meu corpo com seus beijos, me tornando incapaz de amar qualquer coisa senão ela.

Lavando a louça despreocupadamente, senti suas mãos quentes passarem por meu corpo até circularem a barriga. Lua deu um beijo no meio das minhas costas, me abraçando enquanto eu enxaguava alguns pratos.

— Você tinha que lavar a louça de boxer, Yan?

— Nem pensei em colocar uma roupa. — Ri.

— Aprecio a visão, mas é difícil não querer fazer sexo o tempo inteiro com você assim.

Um arrepio me cobriu e eu estava pronto para virar e beijar sua linda boca, quando a porta do elevador se abriu.

— Bom dia! — a voz de Zane, com o sotaque britânico, ecoou por todo o meu apartamento.

— Acordado tão cedo? — Virei-me e encarei Zane.

— Hoje é o dia de buscarmos o Shane. — Ele continuou entrando.

Lua se afastou de mim e foi dar um beijo no guitarrista. Assim que o fez, se jogou no sofá, e o vestido leve acompanhou seu movimento, parando na metade das suas coxas. Ela abriu um bocejo.

Sequei as mãos e me aproximei de Zane. Ele ergueu a sobrancelha quando me viu de boxer.

— Vocês estavam prestes a transar e eu fodi tudo, né?

Sorri de lado.

— Um pouco — respondi.

— A transar de novo — Lua deixou claro.

— Ah, não me sinto tão mal agora. Obrigado, Lua.

Zane se jogou ao lado de Lua, passou o braço em torno do ombro dela, mas

Aline Sant'Ana

era a mim que ele encarava. Seu sorriso era a prova de que ele estava feliz pra caramba por ter o irmão de volta.

— Quem vai? — perguntei.

— Só vai faltar o Mark, porque ele tem que resolver umas coisas da agenda dos seguranças. Mas ele prometeu que passa no resort mais tarde. De qualquer maneira, vamos poder abraçar aquele filho da puta do Shane!

— Você sabe que ele é filho da sua mãe, não é? — Lua questionou.

Zane riu.

— Você tem algum compromisso hoje? — perguntou para Lua.

— Não — respondeu. — Deixei minha agenda livre para o Shane.

— E domingo?

— Também não. — Lua sorriu.

— Tá bom. — O guitarrista se levantou e passou a mão nos cabelos compridos. Amarrou os fios de qualquer jeito e sorriu para mim. — Eu passo aqui em uma hora. Levem algumas coisas, quero passar o final de semana lá.

— E o cachorro do Shane? — Lua questionou, de repente.

Zane parou de caminhar.

— Como?

— Shane conversou comigo essa semana, ele está com saudades do Snow. Não tem como levá-lo?

— Nós vamos pegar o cachorro — eu prometi.

Lua sorriu e Zane também. Antes de sair, se despediu de nós com um aceno militar.

— Shane vai voltar! — Lua se levantou do sofá e começou a dançar.

E era isso.

Nós íamos trazer o nosso caçula de volta.

Lua

— Será que o Zane vai demorar? — Yan estava de olho no relógio.

Em resposta, o nosso apartamento foi invadido por Carter e Erin. Minha melhor amiga veio em minha direção, passou os braços em volta dos meus ombros e me deu um beijo na bochecha.

Por causa de você

— O tornado Zane D'Auvray já passou por aqui? — Se afastou e observou a nossa mala de mão. — Ah, ele passou.

— O cara tá empolgado, Fada — Carter intercedeu e se aproximou para me cumprimentar. Deu um beijo na minha bochecha enquanto Erin fazia o mesmo com Yan.

— Como vamos fazer com o Snow? — perguntei, sorrindo.

— Zane vai buscá-lo na casa dos pais. — Carter passou os dedos pelo cabelo loiro e abriu um sorriso para mim. — Vamos ver o Shane.

— Eu sei — sussurrei.

Eu estava ansiosa para ver Shane, para vê-lo *bem*. Me preocupava todos os dias com aquele menino e com Roxanne.

— Vocês estão prontos? — Zane quis saber, assim que as portas do elevador se abriram e o revelaram. Kizzie apareceu também, sorrindo para nós. Não demorou a vir nos cumprimentar, dando beijos em todos.

— Vamos colocar o pé na estrada — meu noivo falou e jogou uma chave para o namorado da Erin. — Carter, você dirige ele. Tem mais espaço do que os carros de vocês. Vou com meu Evoque.

Kizzie se aproximou enquanto os meninos decidiam quem ia com quem e sobre buscar os pais D'Auvray. Ela me observou com um olhar analítico e preocupado. Acredito que o mesmo olhar que eu dava a Shane e Roxanne, quando os observava.

— Você está bem?

— Honestamente, eu estou preocupada com o processo da Suzanne.

— É, eu também — Kizzie murmurou. — Mas nem quero pensar nisso porque o Zane tá tão animado.

— É um dia feliz, amor. Yan me disse a mesma coisa. Para esquecermos isso um pouco.

— Vamos só curtir essa viagem. — Ela assentiu.

— Estão prontas? — Erin se aproximou, passando os braços em nossos ombros, puxando-nos para si.

— Estamos — dissemos juntas.

— Vamos, minhas gostosas! Temos uma estrada para pegar — Zane chamou.

— Zane, para de ser abusado, caralho — Carter resmungou.

E Yan só riu, dando uma piscadinha para mim.

Aline Sant'Ana

— Vamos viajar com rockstars, babys! — falei, arrancando risadas de todo mundo.

Yan

Com o pé na estrada, seguindo o carro de Carter, observei Lua pelo retrovisor. Ela estava acariciando os pelos brancos do Snow, que era tão imenso que estava ocupando bem mais do que uma parte do banco. Ele era muito calmo e tinha os olhos iguais aos do Shane, exatamente idênticos: um azul e outro castanho-claro. Em torno deles, uma máscara cinza pintava o seu pelo, parecendo que ele estava usando a máscara do Robin, parceiro do Batman.

Lancei um olhar para Erin também, e ela me ofereceu um sorriso, que também me vi retribuindo. Era bom saber que tudo estava bem. Erin estava em um relacionamento saudável com Carter, Zane estava apaixonado pela rainha da The M's, e eu estava vivendo o meu felizes para sempre. Só faltava, bem... o pai do Snow.

Observei Lua mais uma vez pelo retrovisor. Ela estava beijando as bochechas de Snow e dizendo que ele era um menino lindo.

— Acho que o Snow tá com calor — Lua avisou. — Ele tá com essa língua muito para fora.

— Aumento o ar-condicionado?

— Aham.

Eu o fiz e Snow, ao sentir um vento mais frio, parou de ofegar. Ele tinha uma quantidade absurda de pelos, não sei como vivia no calor de Miami.

— Estava pesquisando sobre o Snow, acho que a Roxy deu um Malamute do Alasca para o Shane, não um Husky Siberiano — Lua disse, com o celular no colo. — Ele é muito maior do que um Husky. Além disso, tem bastante energia, mas se sente calmo perto de uma família. Acho que ele confia em nós. O comportamento dele é diferente.

— Sério que ele é um Malamute do Alasca? — Erin se virou, observando a amiga e, em seguida, o cachorro, que estava tranquilo e encarando as duas como se fossem loucas.

Lua estendeu o celular para Erin ver a foto.

— Nossa, ele é grandão que nem o Snow!

— Então, eu estou achando-o imenso para um Husky.

— Você dá a notícia ou eu dou? — perguntei a Lua, brincando com ela.

As duas riram. Segurei o volante com mais força, ainda vendo a traseira do meu Jeep na frente. Sorri para aquelas meninas, grato por tê-las. A placa avisando que o resort estava a poucos quilômetros me animou e eu apontei para elas.

— Estamos chegando! — Erin gritou, animada.

— Você vai ver o seu pai logo, logo, Snow.

Meu coração, apaixonado demais por Lua, acelerou, antes de eu dar a seta para a direita e acompanhar, com menos velocidade, Carter na direção.

Lua

— Caralho, Marrentinha! — Zane murmurou.

Ela riu e beijou o noivo.

— É bonito, não é? — Os olhos dela brilharam. — Achei que seria um ótimo lugar para a recuperação do Shane.

O resort devia hospedar muitas pessoas, porque havia tantas janelas que foi impossível contá-las. Duas piscinas imensas ficavam na entrada, uma com duas cascatas e outra retangular e olímpica. Muita grama verde e coqueiros decoravam o lado de fora. O resort era quase todo de vidro, com janelas tão grandes, e uma estrutura digna de clientes milionários.

— Uau — murmurei, de braço dado com Yan.

O sol estava a pino, esquentando nossas peles. Lancei um olhar para Snow, que estava sendo guiado pela mamãe D'Auvray, bem tranquilo enquanto rebolava com seu rabo dobrado. Charlotte estava à frente, com o pai de Zane, porque eles estavam muito ansiosos para ver o filho. Andamos mais um pouco, prontos para ir à recepção, quando um grito masculino nos fez virar a cabeça.

Shane!

Ele estava com uma sunga justa, mas não foi isso que chamou a minha atenção. Foi o olhar dele fixo em todos nós, especialmente nos pais e em Zane. A emoção estava toda ali, as lágrimas quase caindo. Ele correu. Estava todo suado, provavelmente do sol que estava tomando, e imediatamente puxou a mãe com um dos braços, pegando-a como se ela não pesasse nada e fazendo os pés dela saírem do chão. A guia de Snow saiu das mãos de Charlotte, e o cachorro começou a correr em volta deles, latindo, feliz. Ouvi o grito da senhora D'Auvray e sorri, sentindo lágrimas descerem pelas minhas bochechas também. O pai D'Auvray se aproximou e, mesmo sendo um homem grande, Shane o pegou com o outro braço, tamanha a emoção de tê-los ali.

Quando os soltou, o rosto de Shane estava inchado e vermelho pelas lágrimas. Seu lábio tremeu quando Zane foi até o irmão. Zane segurou os dois lados do rosto de Shane, e chorou abraçado ao caçula dos D'Auvray. Ali, fui capaz de presenciar uma redenção. Naquele instante, seus corações colaram, se encaixaram, encontraram a paz. Foi tão bonito, que não só eu fiquei emocionada, como Erin, Yan, Kizzie e Carter também. Shane envolveu Zane em um abraço que poderia durar uma vida, se o infinito se resumisse a alguns segundos.

— É bom ver vocês — Shane soltou, a voz embargada. Então, Snow pulou em seu quadril, exigindo também atenção. — Você veio, caralho!

O D'Auvray caçula se abaixou e fez carinho nas orelhas do Snow. Murmurou várias palavras para ele, enquanto Zane, Charlotte e Fredrick se recompunham.

Depois de mimar bastante Snow, Shane foi até Kizzie e abraçou-a tão forte que a tirou do chão, agradecendo por tudo que fez por ele. Depois de ouvir um palavrão do Zane, Shane riu e veio até nós. Abraçou Carter, beijou Erin, chamando-os de titios, o que fez Erin revirar os olhos por causa do apelido que ele inventou. Então, Shane se dirigiu a Yan. Eu pensei que o meu noivo não ia aguentar a emoção de ver Shane tão bem, de perceber que o garoto estava saudável, que as olheiras tinham sumido, que ele continuava a malhar e seu corpo não sucumbiu à vontade das drogas. Aquele menino só tinha troféus para colecionar.

Shane estava ganhando.

Ele segurou no ombro de Yan e respirou profundamente.

— Vou deixar todo mundo orgulhoso de mim, porque eu vou ser o baixista mais foda do mundo, algo que vocês merecem ter, alguém com que realmente vocês possam contar. — Ele fez uma pausa, ainda encarando Yan. — É uma promessa.

— Não duvido disso — respondeu Yan.

Shane puxou-o e o fez abraçá-lo. Com batidas nas costas, tão típicas masculinas, tive um vislumbre de que, para ambos, a promessa estava selada.

Então, Shane se aproximou de mim. Ele não disse nada, apenas me puxou para um abraço que me engoliu inteira. Não sabia o quanto a preocupação com ele tinha me afetado, até perceber que comecei a chorar de novo. Shane fez um "shhh" no meu ouvido, acariciando meus cabelos curtos, acalmando a minha alma.

— Você foi do caralho, Lua — ele disse baixinho. — Muito obrigado pelo plano alimentar, fez toda a diferença. Sério. Só que, agora, não precisa mais se preocupar. Você já se preocupou demais com todo mundo, até com você mesma. Chega disso, só relaxa.

— Estou tentando — confessei, ainda chorando.

Shane me apertou mais forte.

— Pessoas quebradas tendem a reconhecer umas às outras, tendem a criar uma conexão, e nós dois passamos por doenças fodas, cada um à sua maneira. Mas, finalmente, estou vendo uma luz do final do túnel, Lua. Estou acreditando no bem das coisas, que podem ter um final feliz. Você está perto da sua estrada, só falta uma coisa.

— O quê?

— Perdoar o seu pai.

Me afastei de Shane, chocada.

Ele sorriu.

— Você sabe que todo mundo fala da vida do outro. Somos uma família.

— Zane, Yan ou Carter?

— Carter. — Shane me surpreendeu ao dizer. — Ele se preocupa com você, e às vezes tem coragem de dizer coisas que nem meu irmão nem o seu noivo tem bolas para fazê-lo.

Observei Carter abraçado com minha melhor amiga. Como se soubesse do que estávamos falando, ele piscou um dos olhos verdes para mim.

— Promete, por mim, que vai pensar com carinho?

— Alguém já conseguiu dizer não para você?

— Meu Deus! — outra voz, no meio do tumulto, soou.

Roxanne.

Ela abraçou os pais de Shane como se fossem os seus, e Shane sorriu para mim quando voltou a me encarar.

— Ela é a única que consegue me negar qualquer coisa. — O canto esquerdo da boca mais elevado no sorriso perverso.

— Bem, não sou a Roxy, então, eu prometo — murmurei. — E, a propósito, você não tem um Husky e sim um Malamute do Alasca.

Shane me encarou, chocado.

— Quê, porra? Sério?

Aline Sant'Ana

Ri.

— É.

Um som explosivo surgiu perto da piscina.

Todo mundo parou o que estava fazendo para ver Snow com a língua para fora, nadando com as patas imensas, e parecendo sorrir para a gente.

— Geralmente sou eu que inicio a festa, mas tá beleza, cachorro! — Zane pulou na piscina, de roupa e tudo. Snow se aproximou e lambeu o rosto do tio.

Sorri para a cena.

— Venham, seus bundões! — Zane gritou.

Shane me olhou uma última vez antes de se afastar, pegar Roxy no colo e jogá-la na água, apesar de todos os protestos dela, ainda que Roxy já estivesse de biquíni.

Todos riram.

Suspirei fundo, Yan me abraçou e tudo pareceu mais leve.

CAPÍTULO 15

**Baby, you here tonight
Under spotlight, you'll be alright
Turn this club, take it way high
And I promise that with me, girl
You'll have the time of your life**

— *RedOne feat Daddy Yankee, French Montana & Dinah Jane, "Boom Boom".*

YAN

A música estava alta no salão de festas do resort. Eu me encostei na bancada do bar, que, claro, não tinha nada alcoólico, apenas coquetéis de frutas. Erin, Kizzie, Roxy e Lua estavam dançando, empolgadas com a música, enquanto o DJ tocava um som meio no estilo reggaeton. Shane estava ao meu lado, observando-as. As luzes coloridas pintavam suas peles e, enquanto Zane, Carter e Mark preparavam o churrasco lá fora, eu não conseguia tirar os olhos do rebolar de Lua, e da maneira que ela parecia tão livre ao lado das amigas.

— Como Kizzie conseguiu organizar uma festa em um dia?

— Existe alguma coisa que Kizzie não é capaz de fazer?

— É, tá certo. — Shane sorriu. — Você viu meus pais dançando naquele canto?

Os D'Auvray estavam dançando salsa, como se fizessem isso toda a vida, o que eu não duvidava. Conheço-os desde pequeno e, se não me falha a memória, os dois sempre saíam para curtir a noite.

— Você dança bem essas coisas, né?

— Danço pra caralho — respondeu. — Ensinei a Roxy, mas ela não consegue dançar isso com nenhuma outra pessoa, só comigo.

— E por que não dança com ela? — Apontei para sua melhor amiga, que estava com a pele brilhando de suor, enquanto descia até o chão na pista.

— Não, eu tenho uma ideia melhor. Você me permite dançar com a Lua?

— Lua?

— Sim, eu quero dançar com as quatro.

Dei de ombros.

Aline Sant'Ana

— Claro.

Shane esperou a música mudar e, quando Daddy Yanke soou nas caixas, o baixista da The M's enfiou o boné mais fundo na cabeça e foi até as garotas.

Decidi pegar o celular e gravar; acho que eles iam querer lembrar disso.

Shane se aproximou e disse algo para cada uma delas. Ele puxou Erin para os seus braços primeiro, e bastou um segundo para que ela cedesse aos passos de Shane. Depois de dois versos, soltou Erin e puxou Kizzie, fez um movimento com os quadris e foi descendo com ela até o chão. Quase ri, pensando que Zane ficaria bem puto. Kizzie se deixou levar; tudo com muito respeito, era visível que era apenas uma dança.

Quando Shane foi para Lua, ele segurou na cintura de Lua, bem acima, quase nas costas, e disse algo para ela que fez minha noiva entender o que ele queria. Era incrível a maneira que Shane dançava. Ele parecia ter um sangue latino, e talvez deva ter sido a influência de Miami em sua vida, tão diferente de Zane, todo londrino.

Bastou alguns passos para Shane girar Lua uma, duas, três vezes. Afastou-a, naquele passo especial de dança que você gira a pessoa várias vezes, para depois esticá-la longe de você. Então, Shane, com a mão direita ainda presa a Lua, estendeu a esquerda para Roxy. Ela não hesitou em pegar, e ambas giraram até estarem em seus braços. Como se estivesse assistindo a uma competição de dança ou qualquer porra relacionada a isso, vi o caçula dos D'Auvray trazer as meninas para o seu peito e, em seguida, dançar com as duas.

Menino talentoso do caralho!

No entanto, a dança tripla não levou muito tempo, porque ele rodou Lua uma última vez e... ali, eu percebi. Roxy foi para os seus braços, e a coisa toda mudou. A maneira que as mãos dele foram para os quadris dela revelava intimidade.

Zane, Mark e Carter entraram no salão, me avisaram que o churrasco estava pronto e, assim como eu, a atenção foi para a dança do Shane com a Roxy, que, até os pais D'Auvray pararam de dançar para observar. Nós quatro ficamos recostados na bancada, apenas curtindo o show. Zane pegou o celular e, assim como eu, começou a gravar. O DJ, sabendo bem que eles durariam mais de uma dança, já foi adicionando outra música ao fundo para remixá-la e vir com força total.

— Graças a Deus, Cahya não está aqui. Se Shane dançasse com ela, eu morreria — Mark resmungou, tirando risadas de todos nós.

— Aposto cem dólares que ele desce a mão pra bunda da Roxy. — Zane sorriu por trás do celular.

Por causa de você

— Cem que o Shane vai manter no quadril — Carter apostou, pegando uma bebida sem álcool do bar.

— Também acho que ele não vai passar do limite. — Mark franziu a testa.

— Ele vai passar — concordei com Zane.

Shane desceu mais a mão, mas ainda no quadril da Roxy. As pontas dos dedos tocavam a bunda dela, mas ainda era no quadril. Certo?

— É a bunda ou não é, caralho? — Zane perguntou, rindo.

— Cara, tudo com esses dois é tão em cima do muro, que até nisso o Shane não decide se põe a mão ou tira — Carter disse.

Nós quatro gargalhamos alto.

— Carter — chamei-o. Ele me encarou, os olhos verdes franzidos. — Eu tô achando que a gente tem que se meter nisso.

— É, eu já tenho conversado com a Roxy. — O vocalista sorriu para mim.

Mark e Zane se voltaram para nós.

— Como assim? — Mark questionou.

— Porra, o namorado dela é um verdadeiro babaca. Conversei muito com a Roxy, vocês sabem que eu tenho um senso meio afiado. Deve ser o meu lado criativo, inspirado, sei lá. Enfim, percebi que tinha alguma coisa errada.

Já sabíamos que Gael era um escroto. Na verdade, ele limitava muito a Roxy, mas, conforme Carter foi contando para nós as merdas que Gael disse para a Roxanne enquanto ela estava no resort com Shane, mais nossos sangues ferviam.

— Ela vai dar um pé nele, acredito — Carter finalizou.

— Porra, se ela não fizer isso, eu mesmo vou lá e digo que, como irmão mais velho, não aceito essa merda, não. — Zane ficou irado. — Que tipo de homem fica xingando a namorada só porque ela está ajudando um amigo? Shane, para a Roxy, sempre veio antes de qualquer namorado, cacete.

— Abusivo. Manipulador. Chantagista. — A voz de Mark soou baixa e muito séria. — Ele tá fazendo jogos psicológicos com a Roxanne. Vocês querem que eu dê um jeito nisso?

Carter, Zane e eu encaramos Mark.

— O que você quer dizer com dar um jeito?

— Vocês sabem. — Mark se manteve sério.

Ficamos em silêncio.

Aline Sant'Ana

— Ah, não... — Carter sorriu. — Não, sério, não precisa.

— É, a gente tá de boa. — Zane riu.

— Acho que, se ela terminar isso, já vai ser o suficiente — garanti.

— Me avisem se mudarem de ideia. — Mark piscou para nós.

Lua

Depois de dançar como uma louca e de curtir muito com as meninas, nós tivemos o melhor churrasco de todos os tempos. Snow comeu tanta carne que ficou deitado no gramado com a barriga para cima, tirando um cochilo. Mas, apesar de os meus olhos quererem ficar namorando o Snow naquele estado de êxtase pós-comilança, em algum momento do jantar, meus olhos foram para Shane e Roxanne. Pisquei, um pouco incerta se o que eu estava vendo era de verdade ou uma viagem da minha cabeça.

Roxy pegou o hambúrguer do prato do Shane, enquanto ao mesmo tempo ele pegava a salsicha do dela. Depois, Shane serviu a Roxy com suco de laranja, e Roxy colocou o guardanapo de pano no colo do Shane. Em seguida, ele entregou a faca para a sua melhor amiga, que serviu um refrigerante para o amigo ao mesmo tempo, pegando a faca no ar. Shane mastigou a salsicha, e Roxy acomodou melhor o copo do Shane, que pegou para beber um segundo depois. Shane partiu o hambúrguer para a Roxy, que comia enquanto ele cortava do tamanho que ela gostava. Os dois não estavam se olhando, muito menos conversando. Nem precisavam, se conheciam tanto que um completava as ações do outro.

Perdi o ar.

Erin, que estava sentada do meu lado esquerdo, colocou a mão debaixo da mesa e tocou a minha, me fazendo olhá-la.

— Você viu isso? — sussurrei quando nossos olhos se encontraram.

Erin assentiu, seus olhos brilhando.

Meu Deus.

Depois do jantar, tivemos uma reunião com os profissionais que cuidaram do Shane. Escutamos sobre a recuperação e a importância de ele fazer terapia. A psicóloga do Shane pediu para a Kizzie verificar a possibilidade de a banda ter um psicólogo na equipe. Isso seria importante para cuidar não apenas do Shane, mas de todos os meninos. Fiquei emocionada quando ela disse: *"Carter é o coração, Zane é o ídolo, Mark é a força e o Yan é a razão para o Shane. Mas vocês se enxergam assim?".* Os meninos ficaram chocados na hora e, Kizzie, deixando-os pensar um pouco nisso, garantiu para a psicóloga que encontraria uma forma de ter um profissional na equipe. Char e Fred se despediram de nós quando a reunião acabou, levando Snow para ficar com eles no quarto. Estavam cansados da viagem, mas nós continuamos curtindo o sábado.

Eu e as meninas estávamos na área da piscina, só deitadas nas espreguiçadeiras fofocando, enquanto os homens estavam conversando perto de uma fogueira que fizeram no chão.

— Daqui a quinze dias, preciso trocar o meu implante contraceptivo — falei para as meninas. — Antes que eu apareça com uma miniatura de Yan Sanders antes da época.

Elas riram.

— E como o Yan anda com você? — Erin perguntou.

— Fodendo gostoso como nos livros de romance que a gente gosta.

Elas riram, mas percebi que Roxy ficou pensativa.

— Meninas, honestamente, o sexo é uma coisa... totalmente diferente do que a gente lê nos livros de romance. — Roxanne me fez olhá-la.

— Como assim, Roxy? — Kizzie perguntou.

— Orgasmos múltiplos. Orgasmos no *geral*.

— Mas é possível ter orgasmo durante o sexo. — Erin franziu a testa. — Vários, até.

— Ah, é sim. Mas eu acho que depende do parceiro — pontuei. — Por exemplo, eu gosto de ser presa, amarrada, gosto de receber umas chicotadas.

— Amém, Lua. Eu não teria coragem, mas a safada que habita em mim saúda a safada que habita em você. Safastê! — Roxanne brincou.

Eu, Erin e Kizzie rimos.

— Tá vendo? — Kizzie falou. — Cada uma tem uma forma de chegar lá.

Roxanne negou com a cabeça e, embora as bochechas estivessem vermelhas, ela estava se abrindo conosco. Eu estava *amando* aquele papo sobre sexo.

— Com penetração? — Ela riu. — Ser capaz de gozar com um cara dentro de você? Ai, garotas. Então eu sou alienígena porque nunca tive isso na minha vida. Príncipe Encantado, Casanova e Hércules devem ser incríveis, mas... nunca vivi isso, não.

— Você não é alienígena, Roxy. — Segurei sua mão. — O orgasmo depende da mente também, sabia? Você se sente confortável com o cara que está com você?

Aline Sant'Ana

— Eu fico confortável, mas não consigo gozar *mesmo*. Nunca gozei transando, só me masturbando e sem enfiar nada *lá*.

Silêncio sepulcral.

Não era por nós, as meninas, que estávamos juntas. Era porque... *eles* ouviram. A conversa parou, até o fogo pareceu mais brando. Roxanne ficou roxa, baixou a cabeça, e eu, corajosa, virei o rosto na direção deles, percebendo cinco pares de olhos em nós. Especialmente Shane, que chegou a dar um passo para a frente, mas se deteve.

— Caralho, você nunca gozou transando? — ele perguntou diretamente para a melhor amiga, parecendo muito chocado. — Porra, por que nunca conversamos sobre isso?

— Porque a gente não fala sobre sexo, Shane. Pelo amor de Deus, eu tenho vergonha de falar aquela palavra lá...

— Boceta. — Shane sorriu, malicioso.

— *Beyonceta* — Roxanne disse em sua versão, fazendo todo mundo rir. — Tá vendo? Eu não consigo lidar com sexo perto de você. Só com as meninas. Então, licença que a gente tá resolvendo a minha vida sexual.

Shane engoliu em seco, parecendo perdido nos olhos da melhor amiga. Foi Mark que o trouxe para a realidade, puxando-o de volta para a conversa que eles estavam tendo por lá. Suspirei fundo, analisando as bochechas vermelhas da Roxy, e olhei para Kizzie e Erin.

— Tudo bem, não foi tão vergonhoso — Erin falou.

— Não mesmo — Kizzie concordou.

— Eu posso falar sobre sexo bem alto se você achar que isso vai te fazer sentir melhor — ofereci.

— Por favor, faça isso. — Roxy fechou os olhos.

Virei-me para Yan.

— Gigante! — gritei.

Ele me olhou, surpreso.

— Você vai me amarrar e me dar dez chicotadas hoje? Vai me foder bem gostoso?

Os meninos ficaram sem reação. Bocas abertas, olhos arregalados. Me encararam como se tivesse nascido uma cabeça a mais no meu pescoço. Yan, inclusive.

— Hum, eu... — murmurou, perdido.

Por causa de você

— Sim ou não? — gritei de novo.

— Porra, se você quiser... mas é agora?

— Depois. — Virei-me para as meninas, que estavam rindo, incluindo a Roxy. — Tá se sentindo melhor?

— Sim, obrigada.

Pisquei para ela.

— Nada é tão constrangedor que não possamos remediar.

Yan

Uma hora mais tarde, Mark e Zane estavam jogando vôlei com Lua e Kizzie. Erin e Carter estavam com a Roxanne. E eu estava batendo um papo com o Shane. Sabia que ele tinha algumas preocupações, então, quis falar com ele.

— Eu sinto que estou prendendo a Roxanne.

— Está preocupado com ela?

— Sim, Gael anda mandando umas mensagens idiotas. Ela gosta dele.

— Ele é tóxico, Shane.

— Eu sou tóxico. O cara é só escroto.

— Tóxico o caralho. Você vai voltar para Miami agora, então, por que acha que está prendendo a Roxanne? Ela está prestes a voltar para a vida dela.

Suspirou fundo.

— Agora você está falando como a minha psicóloga.

— É sério, Shane.

— Eu *tô* falando sério.

— Que eu seja sua psicóloga, então. O que você respondeu para ela, quando falou sobre isso?

— Disse que eu e Roxanne somos uma pessoa só. Expliquei que temos poucos meses de diferença e que a gente dividia a porra do berço quando nossas mães ficavam juntas. Enfim, a psicóloga disse que eu estou emocionalmente dependente da Querubim, ou alguma porra desse tipo.

— E você está?

— Talvez eu projete a minha felicidade na felicidade dela, no bem-estar dela.

Aline Sant'Ana

— Entendo o sentimento.

— Estou tentando evoluir e tal.

— Uma coisa de cada vez. Não posso ser hipócrita nesse assunto, porque eu realmente perdi o chão quando Lua se foi...

— Vocês tinham um lance sério — interrompeu. — Eu e a Roxy não temos nada.

Decidi não rebater.

— Mesmo assim, aprendi que não é saudável depositar a sua felicidade em outro alguém, ou permitir que o seu cérebro acredite que você só é capaz de ser feliz se determinada pessoa está ao seu lado.

— É, eu tô ligado.

— Como você está se sentindo agora, com essa conversa?

— Bem, feliz.

— Roxy está aqui?

Os olhos coloridos de Shane se voltaram para mim. Ele abriu um sorriso quase infantil quando entendeu meu ponto. Não era psicólogo dele, mas era o seu mentor, o cara que o ajudaria quando as coisas não estivessem bem, o único que poderia compreendê-lo, depois de todas as coisas que Shane passou, que passamos juntos.

— Você tá certo, Yan.

— Você vai descobrir que a felicidade está dentro de você, no que sente, nas experiências que vive. Ela não está em apenas uma pessoa, Shane, está no ato de estar vivo. E o que você pode fazer? Cara, você pode compartilhar esses momentos com alguém que te queira bem, mas não projetar a felicidade nela. Você é capaz de ser feliz sozinho.

— E isso é tudo?

— Isso é tudo — confirmei, dando duas batidas no seu ombro, arrancando daquele garoto um sorriso de canto de boca.

Mark e Zane voltaram, trazendo Lua e Kizzie. Minha noiva sentou ao meu lado, mas continuou conversando e rindo com eles sobre a partida de vôlei. Foi assim, da forma mais leve possível, que nos juntamos de novo. Carter, Erin e Roxy voltaram, de algum papo que eles tiveram, parecendo os três leves demais.

— Então, vamos fazer um jogo adaptado de verdade ou desafio? Tipo, sei lá, uma pergunta ou desafio — Shane falou e pegou uma garrafa de vidro de Coca-Cola vazia, colocando no meio do círculo que fizemos.

Por causa de você

— Vamos! — Roxy riu, empolgada. — Quem topa?

— Meu Deus, isso é tão anos 2000 — Erin adicionou.

Todos concordaram. Lua deitou a cabeça no meu ombro e eu acariciei suas costas, confortável com a paz que o seu corpo me oferecia. Sussurrei em seus cabelos que a amava e, antes do jogo começar, recebi um beijo bem suave e gostoso na boca.

Lua

É incrível como você acha que conhece as pessoas até a brincadeira de "pergunta" ou desafio começar. Na verdade, ninguém optou por desafio, então, o jogo passou a ser de pergunta ou pergunta, o que me fez descobrir tanto sobre todo mundo ali que a minha cabeça parecia que ia explodir com tanta informação. Mark teve que dizer sobre sua primeira vez na cama com a Cahya — claro que foi a pergunta do Zane. Minha melhor amiga também teve que dizer a sua posição sexual favorita e, bom, todo mundo teve que se expor muito ou um pouquinho.

A garrafa virou para mim e para Yan. Semicerrei os olhos e umedeci a boca. Decidi brincar um pouco com o passado.

— Quando você me reencontrou no Heart On Fire e ficou me tentando com essa sedução toda, foi porque você gostou de mim logo de cara ou porque alguém pediu?

Yan ficou chocado e cuspiu todo o suco que estava tomando.

Gente, qual é a surpresa? Depois que eu soube que Erin e Carter estavam se pegando escondido, era óbvio que algum dos meninos ia pensar em me distrair. Ergui a sobrancelha para Zane, que levantou as mãos, rendido.

— Foi ideia do Zane. — Yan recuperou o fôlego e me encarou, morrendo de medo que eu fosse brigar. — Mas eu sempre te achei linda e gostosa, Lua. Desde quando você namorava o Carter. Quando tive a oportunidade de ficar com você, uma espécie de passe livre... merda, o que eu podia fazer? Eu me apaixonei loucamente.

— Obrigado por achar a Lua gostosa quando ainda éramos namorados, porra — Carter reclamou de brincadeira, arrancando risadas de todo mundo, e puxou a Erin para um beijo.

— Isso é tão sexy — falei e passei meus dedos safados pelo peito de Yan Sanders, bem naquela parte que a camisa não tocava. Vi seu pomo de adão subir

Aline Sant'Ana

e descer. — Você se apaixonou pela menina que tinha que distrair. Somos um clichê adolescente.

— Ah, é? Você acha sexy? — Ergueu uma sobrancelha e desceu a atenção para o meu dedinho explorador. — Pensei que ia apertar as minhas bolas.

Shane gargalhou.

— Não vou apertar suas bolas, amor. Eu já sabia. Só queria descobrir de quem foi a ideia.

— Eu poderia ter feito o trabalho. — Zane deu de ombros. — Você ia se apaixonar por mim em cinco minutos.

— Levei um tempão para gostar de você. — Kizzie rolou os olhos.

— Tá com ciúme, Marrentinha? — Zane puxou Kizzie, e ela riu e beijou-a na bochecha. — Não se preocupe. Lua ia me dar um pé na bunda antes de desembarcarmos.

— Isso é verdade. — Pisquei para ele.

A garrafa girou mais uma vez e caiu em Carter e Roxy. Ela ficou com as bochechas vermelhas quando Carter se inclinou para ela e abriu um sorriso.

— Quem foi o seu primeiro crush da infância?

Roxy arregalou os olhos.

— O quê? — gritou e olhou para o Shane. — Nem pensar!

— Fui eu? — Shane sorriu. — Ah, foi! Vai, fala.

— Não foi. Mas é que... — Roxy rolou os olhos e depois focou-os em Carter. Em seguida, Erin. — Desculpa, Erin. Mas, quando eu tinha sete ou oito anos, eu admirava tanto o Carter. Fui secretamente apaixonada por ele até os dez. Meu primeiro amor.

— E como você sabia disso? — Virei-me para o Carter.

— Os homens sempre sabem. — Piscou para mim.

— Como assim o seu crush foi o Carter? — Shane indagou, os olhos semicerrados. — Porra, claro que não. Isso tá errado.

— Ele me pegava no colo. — Roxy sorriu, sem mais vergonha em suas bochechas branquinhas. — Cantava para mim e ainda dizia que eu era uma princesa. Quer dizer, isso é tudo o que uma garota dessa idade poderia pedir.

— Eu sou perfeito. — Carter se recostou na espreguiçadeira, provocando o Shane.

— Você realmente é, meu amor. — Erin sorriu para ele.

Por causa de você

— É nada. Eu que lidava com suas bonecas tomando o espaço da minha cama — Shane resmungou.

— Sai fora. *Eu* deveria ter sido o crush da infância. Sou o irmão mais velho do seu melhor amigo. Eu sou o clichê perfeito — Zane se indignou.

Todos riram e a garrafa girou de novo. Dessa vez, caiu entre mim e Zane. Ele mexeu os ombros, como se estivesse esperando uma luta. Comecei a rir e nós nos encaramos.

— Tá bem, Zane. Você tá se coçando para essa garrafa rolar entre nós dois a noite inteira. Então, significa que quer me dizer algo. O que você tá me escondendo?

— Caralho, eu te amo. — Zane riu. — Preparada?

— Vai.

— Yan deu um selinho na minha Marrentinha quando você estava fora. Você sabia?

— Não — murmurei, perplexa.

— Precisei contar porque eu fiquei tão puto com isso. Mas agora é tudo só... sei lá... uma piada pra gente contar para os nossos netos.

— Sério? — Estava surpresa, mas não nervosa. Quer dizer, Yan e Kizzie é algo tão improvável quanto eu e Zane. — Mas como isso aconteceu?

Kizzie contou de forma bem descontraída. Percebi que Yan ficou tenso, e eu segurei sua mão, deixando claro que não estava irritada. Por Deus, eu já dei selinhos até na Erin. É a coisa mais natural do mundo. A única coisa que pegou para mim foi saber o motivo do beijo. Kizzie o ajudou quando Yan quebrou. E a culpa foi minha.

Segurei seu rosto e encarei-o bem nos olhos.

— Eu sinto muito, amor.

— Já passamos por isso.

— Eu sei, mas o pedido de desculpas é sincero e o direi quantas vezes sentir que for necessário — falei. Yan beijou-me rapidamente na boca. — Agora, você vai me dar uma licencinha, Gigante?

— Eu já até sei o que você vai fazer.

— É claro que sabe. Mais um dos motivos pelos quais vamos nos casar.

Me levantei e fui até Zane. Troquei olhares com Kizzie, que piscou para mim, me liberando. Zane foi o único que não entendeu nada. Não compreendeu quando me agachei na sua frente, coloquei as mãos em seu rosto com a barba

Aline Sant'Ana

por fazer e continuou sem entender quando inclinei meu rosto em sua direção.

— O que você tá fazendo? — sussurrou.

— Retribuindo.

— Ah! Caralho! — Zane riu. — Beleza. Manda ver. — Fechou os olhos, fazendo um biquinho.

Segurei a risada e, em menos de três segundos, minha boca tocou a do guitarrista, e percebi o quanto era diferente sentir lábios que não eram os do Yan. Os de Zane eram cheios, mas eu não senti absolutamente nada quando o beijei. Era como beijar... a Erin. Ouvi gritos altos, palmas pela minha ousadia, Mark dizendo: Ela realmente fez falta na Europa, e a Roxanne: Eu sou sua fã, puta merda! Me afastei de Zane e ele me deu um beijo no meio da testa, em respeito. Quando voltei para o meu lugar, de pano de fundo ouvindo a risada de todo mundo, senti o braço de Yan sobre o meu ombro e sua voz ao pé do meu ouvido:

— Foi bom?

— Não é você — respondi. E ele sorriu contra a minha pele.

Olhei para o Zane e suspirei.

— Foi como beijar um irmão.

— Eu te amo pra caralho, Lua.

— Eu também, Zane.

Em seguida, Zane olhou para o Carter.

— Agora você não é o único que beijou duas meninas dessa roda, filho da mãe. Sem esquecer do Yan, o beijoqueiro.

Carter gargalhou e Erin riu, me dando uma piscadinha.

— Tá faltando eu beijar essas bocas aí — Shane reclamou.

A gente sabia *bem* quem ele queria beijar, embora a coragem estivesse faltando.

— Por mais amizades como a nossa. — Yan levantou a Coca-Cola, propondo um brinde.

Nós repetimos sua frase. A brincadeira foi tão longe que nós fomos madrugada adentro, só curtindo e matando a saudade um do outro.

Estávamos juntos.

E isso era tudo que importava.

Por causa de você

CAPÍTULO 16

**Some folks don't believe in heroes
'Cause they haven't met my Dad**

— Owl City, "Not All Heroes Wear Capes".

Lua

Depois de curtimos um dos melhores finais de semana das nossas vidas, Shane voltou na segunda, e foi tão bom poder vê-lo imerso no seu próprio mundo e tê-lo tão perto de nós, agora com um apartamento no mesmo prédio dos meninos. Falando nisso, nós ajudamos Shane a terminar de organizar o seu novo lar e, em cinco dias, deixamos tudo prontinho e com a cara dele.

Além disso, a The M's estava voltando aos trilhos, com algumas coisas pendentes, mas já encaminhadas. Um CD estava em produção, uma promessa de um novo começo. Minha profissão estava fantástica, com todos os meus pacientes satisfeitos. Minha mãe estava ótima, meu pai estava conversando comigo aos poucos e meus amigos estavam bem, e levaria só alguns dias para essa felicidade se completar.

Cahya estava voltando.

Passei os braços em torno de Yan, curtindo mais um final de semana com ele, agora que a minha agenda estava organizada, aproveitando seu corpo quente, seus músculos fortes e o perfume masculino.

— Eu amo esse perfume.

— Armani Code.

— É tão a sua cara — elogiei.

Ele sorriu e me trouxe para o seu colo. Os olhos de Yan estavam semicerrados, e ele parecia preocupado com alguma coisa. Acariciei seu lindo rosto e beijei seus lábios.

— O que houve? — perguntei quando me afastei.

Yan deu de ombros.

— Kizzie me pediu para ligar a televisão em um canal específico às três da tarde. Tentei tirar informações dela, mas...

— Kizzie não disse?

Aline Sant'Ana

— Não.

Ainda comigo no colo, ele pegou o controle e ligou a TV. Me ajeitei para ficar de frente para a tela. Percebi que era um canal de notícias, e os âncoras estavam falando sobre os últimos eventos de Miami. Yan me puxou de modo que ficasse ainda mais acomodada e me acolhi no seu calor.

Então, algo que a âncora disse me chamou a atenção.

"Os últimos acontecimentos envolvendo a banda
The M's foram muito polêmicos.
Tivemos uma contradição de notícias,
e um atropelamento de fatos que já se deram por certos,
quando a verdade veio à tona."

Uma foto dos meninos em preto e branco, dos quatro, em uma das sessões que fizeram para a mídia ao anunciarem Shane como parte de banda, surgiu ao fundo da âncora. Os quatro estavam lado a lado, sem definir importância por Carter ser o vocalista, e vestiam suas roupas de rockstars: calças jeans rasgadas, camisas abertas exibindo seus corpos incríveis e olhares matadores.

A carícia de Yan no meu braço me arrepiou.

"Yan Sanders, o baterista da banda, que foi tão assediado pela mídia após o escândalo do vídeo vazado com duas mulheres, hoje já está em paz ao conseguir mostrar a verdade daquela noite. E Lua Anderson, filha do político Anderson, revelou com suas ações que Andrew Taylor era apenas um amigo."

Ela fez uma pausa para respirar e eu fiquei gelada.

"Nem sempre o que achamos ser certo é a verdade.
E hoje a mídia se redime com a banda, o senhor Andrew e a senhorita Lua. Além disso, temos uma presença muito importante esta tarde. Vamos falar com Gabe Hillow para mais informações."

A imagem foi dividida em duas, até a âncora cumprimentar o repórter, e passar a palavra para ele.

Por causa de você

"Estamos com uma presença ilustre na praça principal de Miami. O político Anderson resolveu quebrar o silêncio a respeito da prisão de sua secretária e nos explicar como isso tudo estava ligado à banda mais importante do momento: a The M's. Riordan Anderson ficou um bom tempo afastado da mídia, ainda que estivesse em campanha, para resolver os escândalos que envolveram sua família e agregados."

A imagem saiu do repórter e foi para o meu pai. Pela primeira vez, o vi quase malvestido em rede nacional. Não usava um terno, apenas uma camisa polo bem passada e jeans. Seus cabelos não estavam alinhados e era possível ver as olheiras sob os olhos.

Ofeguei e Yan me apertou mais forte quando papai pegou o microfone. Os abutres estavam em volta dele, tirando fotos e esperando um anúncio oficial.

Ah, pai.

"Vocês me conhecem como o político Anderson, o homem que hoje concorre ao cargo de governador e faz melhorias e projetos ousados. Vocês conhecem um homem batalhador que fez o possível para mostrar que fará a diferença."

Meus olhos lacrimejaram, e eu não soube o que fazer. Embora quisesse correr até ele, eu precisava ouvir o que tinha a dizer.

— Você não sabia disso? — indaguei a Yan.

— Não — respondeu sinceramente, também surpreso.

"Eu sou ótimo na política, mas um fracasso na vida pessoal. E esse lado vocês não conhecem. Sempre acreditei que poderia remediar as duas coisas sem que pudesse perder uma delas, mas acontece que nesse ramo nada é fácil. Pessoas se aproximam de você apenas por interesse, e nem sempre é um interesse bom. Às vezes, o interesse é tóxico e pode prejudicar não só a você, como toda a sua família."

— Não acredito que ele vai falar, amor.

— Parece que ele vai — sussurrou, beijando meu ombro.

Aline Sant'Ana

"Minha cabeça estava fraca, e Suzanne, minha secretária-executiva e, como vocês a conhecem, Scarlett, apareceu na minha vida, e foi como um bálsamo para todos os problemas que eu estava enfrentando. Lua estava passando por um terremoto pessoal, e Suzanne me fez ver coisas que eu acreditava que não estava vendo, influenciando-me a me tornar a pior versão de mim mesmo."

"Não fui vítima dos acontecimentos, quero deixar claro. Pelo contrário, fui um vilão, indo contra a felicidade da minha própria filha. Me vi como um péssimo pai, um péssimo marido, o que eu realmente sou. Em nenhum momento decidi conversar com elas, abrir o jogo, ser um homem de verdade."

Lágrimas desceram de seus olhos. Yan começou a acariciar minhas costas, sua presença me confortando.

"Vocês conhecem a versão resumida dos fatos, mas agora vou dar a real e dura, a versão que ninguém quer que seja contada, porque dói, machuca. Essa versão, provavelmente, vai me tirar da corrida ao governo da Flórida. No entanto, pela primeira vez, eu quero fazer o certo para a minha família, independente do resultado profissional."

Papai narrou todos os acontecimentos, os planos da Suzanne e tudo que fizeram contra mim, Shane e Yan. Doeu meu coração quando ele disse que, de certa forma, fez parte de tudo isso.

O silêncio na praça, enquanto papai falava, foi assustador.

A verdade era que o político Anderson estava em seu próprio velório, o enterro de toda a sua carreira.

Me levantei do colo de Yan, e ele me encarou. Por mais que quisesse dizer a Yan meus pensamentos, não fui capaz. Mas o meu noivo me entendeu. Ele pegou a chave do seu carro e chamou o elevador. Saímos de lá com tanta pressa, que não me importei de estar de jeans e moletom.

Meu celular tocou.

— Lua, eu recebi uma ligação de uma conhecida e ela me disse que o seu pai ia fazer um pronunciamento sobre a família, que ia declarar o amor por vocês — Kizzie soou desesperada do outro lado da linha. — Eu não fazia ideia de que ele faria isso, eu juro...

Por causa de você

— Ah, meu bem. Não é culpa sua. Papai está fazendo isso porque ele quer e, principalmente, porque se sente culpado.

— Há algo que eu possa fazer? — Kizzie questionou, determinada. — Quer que eu ligue para a Erin?

— Sim, por favor. E peça para os meninos irem para a praça.

— O que vai fazer?

— Não faço ideia. Só sei que preciso do apoio de vocês.

Yan

Andrew ligou para Lua, também para explicar que não tinha noção do que o senhor Anderson ia fazer. Andrew estava na praça. Lua pediu que seu amigo o contivesse, mas o senhor Anderson não se abalou nem por um minuto, nem quando Andrew disse que toda a carreira dele estaria em jogo. Assim que a chamada terminou, Lua ligou para outra pessoa.

— Isso é suicídio político! — Lua gritou ao telefone. — Mãe, pelo amor de Deus... ele *não pode* fazer isso.

Acariciei seu joelho, vendo sua agonia. No entanto, algo que sua mãe disse a tranquilizou. Ela ficou um bom tempo em silêncio, apenas escutando-a.

— Eu vou tentar falar com ele. — Pausou, e sua voz se acalmou. — Eu sei que é uma escolha do papai, mãe. Entendo isso. Eu te amo demais.

Assim que a chamada encerrou, avistei a praça. Freei e Lua saltou do carro. Travei o carro e corri atrás dela, alcançando-a em poucos passos. Lua foi pedindo licença entre as pessoas, afastando-as para chegar ao pai, que estava focado em seu discurso.

Segurei a mão de Lua e tomei a frente, porque seria mais fácil eu pedir licença para todas as pessoas. Algumas me reconheceram, e pediram para eu parar, me assediaram passando as mãos pelo meu corpo, tentando me brecar para tirarem fotos, mas eu fiz uma parede entre Lua e elas, para que minha noiva não sofresse as repercussões.

Andrew nos achou e imediatamente pediu aos seguranças para nos cercarem, o que me fez respirar aliviado. Mark chegaria com seguranças, os caras, Kizzie e Erin, o que facilitaria ao irmos embora.

Lua parou com algo que seu pai disse e eu acariciei seus ombros, respirando fundo ao ouvir as palavras finais do discurso de Riordan Anderson.

Aline Sant'Ana

— De todas as coisas que Suzanne levou de mim, o que mais foi doloroso, sem dúvida, foi a perda do amor da própria filha e o respeito do meu futuro genro. Preciso dizer que fui contra esse relacionamento por um longo tempo, por causa do meu péssimo julgamento. Agora, sei que foi um erro tremendo ter lutado contra.

Ele pegou o microfone com mais força e os nós dos dedos ficaram brancos.

— Eu peço desculpas publicamente à banda The M's. Nunca vou poder recompensá-los pelo caos que causei, ou pelo que Suzanne fez a vocês. Os quatro são bons meninos, bem-criados, determinados e apaixonados pela música. *Não é errado correr atrás dos nossos sonhos.*

Naquele instante, senti a presença de Zane, Shane e Carter nas minhas costas. Os três assentiram para mim, mas não falaram nada. Mark veio logo atrás, com mais de uma dúzia de seguranças uniformizados.

— Peço desculpas à minha esposa, minha melhor amiga, por tê-la magoado de maneira irremediável. Eu nunca te mereci, Raquel. Peço também desculpas à minha filha, por ter sido abusivo e superprotetor, quando tudo o que você precisava era do meu apoio e da minha mão estendida.

Lágrimas desceram pelo rosto duro daquele homem.

Lua começou a caminhar e eu deixei que ela fosse sozinha.

Zane e Carter, para mostrarem que estavam ali por mim, colocaram uma mão nos meus ombros. Carter apoiou meu lado direito e Zane, o esquerdo. Shane e Mark ficaram ao nosso lado, observando.

E Lua subiu no palanque.

Lua

Não me importei com a explosão de flashes que cobriram meu pai e eu. Não me importei com as lágrimas que escorreram pelo meu rosto como se uma torneira tivesse sido aberta. A única coisa que precisei fazer foi passar os braços em volta de sua cintura e abraçá-lo com o coração e a alma.

Quando deitei a cabeça em seu ombro e suas mãos foram para as minhas costas, o mundo deixou de existir. Voltei à infância, quando corria para a cama dos meus pais quando tinha pesadelos, e papai fazia exatamente a mesma coisa que estava fazendo naquele segundo: me abraçava, com a intenção clara de nunca me soltar.

— O que você fez, pai? — sussurrei.

— Fiz o certo.

— Você vai estragar a sua campanha.

— Eu estava cansado — murmurou, ainda me abraçando.

Me afastei dele e segurei seu rosto.

— O meu coração perdoa você — falei, encarando-o. — Eu sei que sua raiva, sua mágoa, as coisas que decidiu ouvir e todas as nossas brigas foram o resultado de uma insegurança por me perder, um medo absurdo de que eu sucumbiria à doença.

Murmúrios de surpresa foram ouvidos.

Ah, sim.

Ninguém sabia que eu lutei contra o câncer e o microfone ainda estava ligado.

Lembrei das palavras da minha mãe.

"É uma escolha dele de abdicar de carreira. Porém, ele nunca abdicaria de ser o seu pai, Lua."

— Você não me perdeu. Você sempre vai ser o meu herói, e só o *meu* pai teria coragem suficiente para subir aqui e dizer essas coisas. — Respirei fundo. — Me desculpa por ter afastado você durante a minha doença, por ter afastado a mamãe, por ter te preocupado. Seu único desejo era me tirar do que você acreditava ser o meu mal. Eu te entendo. Então, por favor, seja novamente aquele homem do qual eu tanto me orgulho, o mesmo que deu a cara a tapa aqui. É esse o pai que eu mereço. Te ter de volta é tudo que eu mais quero.

Flashes explodiram quando meu pai me abraçou. Não foi um abraço de um político com a sua filha. Foi o abraço de um pai com a sua menininha. Aquele tipo que leva a mão até o cabelo, que faz carinho e que prova que a genética é mais forte do que qualquer problema. Um filme passou na minha cabeça, me libertando de amarras que nem sabia que me prendiam, finalmente sentindo que ali, comigo, estava o *meu* pai. O homem que nunca mediu esforços para me fazer feliz Milhares de perguntas começaram a ser feitas, e eu não fazia ideia de que Kizzie estava lá até ela pedir para eu me afastar do microfone, com um sorriso no rosto.

Ela e Andrew ficaram à frente e, como se tivessem treinado, um completou a frase do outro, informando que mais nenhuma declaração seria feita e que, como eles eram capazes de ver, foi um momento muito emocionante para nossa família.

Kizzie me deu mais um sorriso e apontou discretamente com a cabeça para o meio do público.

Aline Sant'Ana

Ainda abraçada ao papai, vi pares de olhos me encarando e sorrindo.

Minha melhor amiga, emocionada demais, com um sorriso imenso no rosto e os olhos brilhando pelas lágrimas. Além dos quatro rockstars mais bonitos que já conheci, tanto por dentro, como por fora. Os meninos estavam em posições idênticas: braços cruzados no peito, protetores. Zane me deu um sorriso mais largo quando olhei para ele, Carter assentiu em aprovação, Shane piscou com um olho para mim, e Yan...

Carinho e orgulho refletiam em seus olhos, seu sorriso e nas lágrimas que desciam daquele lindo rosto.

Eu havia perdoado o meu pai, mas Yan já tinha feito isso, antes até de mim.

Porque não há espaço para o ódio quando o seu coração está coberto de amor.

Por causa de você

CAPÍTULO 17

**Fathers be good to your daughters
Daughters will love like you do
Girls become lovers who turn into mothers
So mothers be good to your daughters too**

— *John Mayer, "Daughters".*

Yan

Uma hora depois, estávamos todos recompostos na casa da mãe da Lua. Sentados em dois sofás, observei Carter, Erin, Shane, Mark, Kizzie e Zane enquanto eu estava em uma poltrona, Andrew em outra, Lua em um pequeno sofá de dois lugares ao lado da Raquel, sua mãe, e o senhor Anderson em uma cadeira enorme, parecendo muito com um monarca.

— É bom estarmos todos juntos, porque preciso dizer algumas coisas e há muito a ser resolvido. Será importante para todos os envolvidos — falou Riordan, passando os dedos pelos cabelos, como se quisesse clarear a mente. — Liguei para Keziah na semana passada.

Lancei um olhar para Kizzie, e ela assentiu para mim, como se me pedisse para ouvi-lo.

— Soube que estavam contratando um advogado criminalista para acompanhar o caso de Suzanne. Um homem bom e íntegro.

— Você levantou a ficha do advogado, pai? — Lua pareceu surpresa.

— Claro que sim. — Ele franziu a testa, como se não fazer isso fosse absurdo. — Hugo De La Vega é tão limpo quanto água. Defende causas humanitárias, ajuda mulheres que sofrem abusos. Enfim, excelente currículo e credibilidade. Justamente por isso, viajei até Nova York para vê-lo pessoalmente e tomei a liberdade de pedir que ele me avisasse de qualquer pormenor. Nos registros, ou fora deles.

Apoiei os cotovelos nas coxas, me inclinando para a frente. Riordan estava falando com todos, mas foi para mim que dirigiu o olhar.

— Recebi uma ligação do Dr. Hugo. E quero repassá-la para vocês. Não quero contar a história, eu prefiro que o advogado faça isso. Posso fazer a chamada?

— Sim, tio. Faz aí — Shane pediu, ansioso.

Aline Sant'Ana

Riordan sorriu para ele, pegou o telefone e ligou, colocando no viva-voz. Assim que o Dr. Hugo atendeu, o pai da Lua pediu que ele falasse exatamente o que disse para ele, que agora todos nós estávamos ouvindo.

— Eu tentei me comunicar com a senhorita Keziah. — A voz dele soou alta e clara e, apesar do sotaque forte espanhol, fomos capazes de entendê-lo completamente. — Mas o celular estava desligado. Como era uma emergência, fui atrás do meu segundo contato, autorizado pela Keziah, o senhor Anderson. — Fez uma pausa. — O caso da Suzanne Petersburg foi encerrado.

— Como assim *encerrado*? — Mark se levantou, fechando as mãos ao lado do corpo.

— Mark, suponho — disse Hugo do outro lado da linha.

— Sim. — Mark engoliu em seco, a fúria em toda a sua expressão.

— Eu vou explicar.

Mark se sentou de novo e Erin carinhosamente começou a acariciar o braço tenso do nosso amigo.

Lancei um olhar para Lua, sentindo-a atenta a mim.

Respirei fundo.

— Suzanne foi mantida em uma espécie de prisão temporária, até o julgamento. Isso poderia levar um bom tempo, como expliquei para vocês, mas Suzanne tinha, sim, muitos contatos. Um advogado muito bom ia alegar doença mental, com o objetivo de colocá-la confortavelmente em um manicômio judiciário. Suzanne, mesmo sabendo que a opção melhor era essa, não aceitou muito bem.

— Ela fugiu? — grunhi, o sangue acelerando nas minhas veias.

— Ela tentou fugir — o advogado disse. — E não obteve sucesso. O processo de Suzanne foi encerrado porque ela faleceu justamente na tentativa de fuga.

O silêncio foi tão cortante que eu sabia que todos haviam prendido a respiração. Meus olhos foram para todos, vendo a incredulidade em cada rosto, sem compreender o quanto aquilo estava difícil para *eu* acreditar.

— Faleceu? — Carter questionou por todos nós. — Ela foi morta?

— *Si*. Quer dizer, sim. Por um policial da prisão. — Hugo exalou fundo. — Sinto que vocês precisam dos detalhes, então, vamos lá.

Hugo contou que Suzanne conseguir ir longe e que o plano dela era bom, só não contou com a mudança repentina de turno dos policiais. Quando a encontraram, ela se recusou a ser presa de novo e apontou a arma para os dois policiais. Chegou a atirar em um, e o outro respondeu com um tiro na barriga

Por causa de você

de Suzanne. Um médico do presídio tentou socorrê-la, mas ela faleceu antes de a ambulância chegar.

— Mas isso é... — a mãe da Lua murmurou. — É o fim?

— Sim, senhora. Eu pedi para o meu irmão, que é advogado e já estava em Miami a trabalho, reconhecer o corpo. Eu sabia que queriam que eu me certificasse. Posso afirmar: Suzanne Petersburg está morta.

— Obrigado, doutor. Isso é tudo. — O pai de Lua ia encerrar a chamada, mas o advogado o interrompeu. Eu vi tudo isso como se estivesse aéreo demais para compreender a paz que estava sentindo. Um ponto final. Mark me lançou um olhar, e eu soube que ele iria ver o corpo com os próprios olhos.

— Preciso dizer uma coisa antes de encerrar a chamada. Eu precisei puxar todos os dados para estar a par do processo. E vi o que vocês passaram. Tudo o que passaram, na verdade. — Pausou. — Vítimas de situações como as que vocês viveram dificilmente conseguem sentir o fim. Vocês talvez ainda temam a ideia dessa mulher. Sei que não é fácil se desconectar de algo assim. Mas vou dizer uma coisa que sempre digo para os meus clientes que estão em uma situação semelhante: vivam. A melhor maneira de superar é vivendo. Eu espero que vocês possam caminhar rumo à paz agora.

— Dr. Hugo. — Me inclinei mais. — Obrigado.

Ele ficou um tempo em silêncio.

— Depois do que vocês viveram, espero que não precisem mais dos meus serviços. Mas, caso precisem, estou a uma ligação de distância. — A chamada foi encerrada.

Lua saiu do lado de sua mãe e sentou no meu colo, como se precisasse do meu carinho. Mas isso não era verdade. Era eu quem precisava do dela. Lua beijou a minha testa na frente da sua família e dos nossos amigos, olhando-me nos olhos, e prometendo com aquele gesto que...

Estávamos bem.

— Tudo bem, certo? — ela perguntou para mim baixinho, acariciando meus cabelos.

— É o fim, Lua.

— É. — Ela suspirou fundo, me encarando fixamente. — Me sinto aliviada e culpada por me sentir assim.

Mark resolveu falar:

— O alívio que vocês estão sentindo é o senso de justiça que ninguém, além da vida, poderia ter feito. Tudo tem um preço. Suzanne pagou o dela.

Aline Sant'Ana

— Eu tô aliviado também. — Shane se recostou melhor no sofá.

— Essa mulher não ia parar. — Zane fechou os olhos.

— Não ia mesmo — Andrew concordou.

— Lua... — Foi a vez de Erin. — Você está bem?

Lua sorriu para a amiga e assentiu.

— Agora que este assunto está encerrado, não quero gastar nem mais um minuto das nossas vidas com ele — Riordan finalizou.

Lua me deu um beijo na boca, bem breve, e voltou para o sofá, ao lado da sua mãe. Todos estavam conversando baixinho, processando a notícia que acabáramos de receber.

— Vamos para o próximo assunto: Yan — Riordan me chamou.

Pisquei.

— Você agora faz parte da minha família.

— Sim?

— Seria uma honra conhecer os seus pais. Como está noivo da minha filha, o que acha de organizarmos um jantar aqui? — Ele olhou para a ex-esposa, e pigarreou para firmar a voz. Por mais que eles não tivessem assinado os papéis do divórcio, e estivessem apenas separados, pude ver o respeito que ele tinha pela decisão dela. — Claro, Raquel, se para você não for um problema.

Vi a mãe da Lua corar.

Minha noiva me lançou um olhar semicerrado, como quem dizia: você viu minha mãe derretendo pelo meu pai?

Assenti discretamente.

Shane tossiu.

O silêncio reinou.

— Claro, claro. Adoraria ver os seus pais aqui, Yan. — Raquel sorriu. — Já os vi no começo do relacionamento de vocês, mas como eles nunca estão em Miami... bem, sim. Seria fantástico Riordan conhecê-los.

Minha família era desestabilizada. Eu evitava conversar sobre eles, evitava até me encontrar com eles, porque as minhas raízes formaram o homem duro, organizado e metódico que eu era. Eu tinha o amor dos dois, e até da minha irmã, que vivia fazendo merdas por aí, mas não posso dizer que os meus laços familiares eram estreitos.

De toda forma, Riordan poderia ver isso com seus próprios olhos.

Por causa de você

— Vou ligar para eles — prometi.

Então, Riordan sorriu para mim, se levantou e pediu à empregada que nos servisse alguns aperitivos. Logo em seguida, se aproximou da minha noiva e ofereceu sua mão.

— Podemos conversar por um minuto, filha?

Lua me lançou um olhar, e respondi assentindo afirmativamente.

— Claro, pai. — Segurou a mão dele.

Lua

As conexões que temos com nossa família vão além de qualquer explicação plausível. É um laço capaz de conectar almas e unir corações. Enquanto rolava uma espécie de confraternização na sala, meu pai me pegou pela mão e me levou até o seu escritório, como fazia quando eu era criança e precisávamos discutir algum assunto importante, como não colocar fogo na grama do vizinho. Naquele instante em que seus dedos envolveram os meus, soube que não importava o assunto que ele queria tratar comigo, era sério o bastante para me tirar da sala.

Observei-o se servir de uma dose de uísque, enquanto afrouxava os botões da camisa polo. Era quase como se estivesse sufocado. Pensei, por um instante, que era sobre a morte da Suzanne. Fiquei angustiada por alguns segundos, envolta no silêncio desconfortável, criando mil teorias sobre meu pai ainda ter sentimentos por aquela mulher, até perceber, em seus olhos, a mágoa e a inevitável vontade de fugir de um assunto que aparentemente precisávamos conversar.

Não era sobre Suzanne.

— Pai?

— Você está pensando que a minha agonia é por causa da morte daquela mulher? Não, filha. Isso já foi. É um assunto mais delicado que esse. Aliás, temos dois assuntos para tratar, então, vamos começar por partes. Esse não é o momento de eu ser frágil nem emotivo. Aliás, nenhum de nós pode ser. Sente-se.

— O que houve, pai?

Ele abriu um sorriso triste.

— Eu trouxe todos vocês para cá porque havia muita coisa para esclarecer. Sobre a morte da Suzanne, a princípio, que envolvia todos nós. Mas também existem outros assuntos que envolvem a nossa família.

Aline Sant'Ana

— Mamãe? — sussurrei, com o coração apertado.

Ele balançou a cabeça, negando.

— O primeiro assunto é sobre a filha que adotei no meu coração, a Erin.

Engoli em seco.

— Eu acho que está na hora de contarmos para ela a verdade. — Meu pai se aproximou de mim e se abaixou, ficando de cócoras para me olhar diretamente nos olhos. Sua mão sem o copo se apoiou no meu joelho enquanto me analisava com carinho. — Eu sei que, para você, contar para a Erin que o pai dela era um monstro parece a pior coisa do mundo, mas talvez isso a faça entender melhor seu passado, para que ela possa seguir um presente digno e viver um futuro de paz ao lado do Carter. Dizem que não devemos mexer com fantasmas, mas a gente só consegue criar um futuro quando temos consciência do que veio antes dele. E eu estou resolvendo a nossa família, Lua. Erin sempre fez parte dos Anderson. Ela é uma Anderson, por Deus. E se eu fui transparente e honesto com você, preciso ser com ela. Não há mais segredos entre nós. Vamos fazer do jeito certo.

— Mas eu achei que só a mamãe...

Meu pai negou com a cabeça.

— Não levou muito para eu descobrir que o Sr. Price era... quem ele era. Eu sempre sei de tudo, filha. Você não percebeu ainda?

— Ah, pai... Eu... eu não sei... ela vai ficar tão mal.

— E nós vamos mostrar que somos a família dela. E que, além disso, nada mais importa. Vamos mostrar que estamos ao seu lado, como sempre estivemos. Mas esse não é um segredo nosso para manter, Lua. Se coloque no lugar da Erin. Você não iria querer saber a verdade? Você não viu o quanto ocultar a doença de Yan o prejudicou? Há coisas que precisamos compartilhar com quem amamos. Incluindo as mais dolorosas.

Senti meu peito apertar em empatia. Lembrei de como Yan sofreu com a omissão, do quanto ele quis que eu fosse sincera com ele. Eu não poderia manter o segredo da Erin pelo resto da vida, ela tinha o direito de saber.

— Eu sempre achei que contaria no futuro, quando Erin já estivesse plenamente feliz, quando eu tivesse a certeza de que havia uma família para apoiá-la. Carter, um bebê, ou dois... e três cachorros. Mas você está certo. Nós somos a família dela, sempre fomos. Antes de Carter, éramos nós ao seu lado. — Meu lábio inferior tremeu. — E eu dividindo o meu lanchinho da tarde e o meu quarto com ela.

Ele sorriu e acariciou o meu rosto, secando lágrimas que nem sabia que

Por causa de você

haviam caído. Depois, apoiou o copo já vazio sobre a mesa lateral.

— Vamos descobrir agora se o amor que demos foi o suficiente para Erin. Vamos mostrar que estamos aqui hoje, como estivemos ontem. Mas eu confio muito na mulher que ela se tornou.

— Eu também.

— Pronta?

— Seja a minha força, pai.

— Por toda a minha vida.

Quando meu pai me guiou até a porta e chamou Erin para o escritório, ela não hesitou em vir. Se aproximou, entrou, fechou a porta e nos abraçou com carinho. Disse que estava feliz por termos nos resolvido, que éramos uma família e que ela nos amava. Falou sobre sermos claros uns com os outros e sobre a verdade ser sempre melhor do que a mentira. Que estava orgulhosa da coragem do meu pai, e feliz por eu tê-lo de volta.

Nesse momento, troquei olhares com meu pai e soube...

Que ele estava certo.

— *Quando eu conto para Erin sobre seu passado? Quando revelo que seu pai era um monstro?*

— *No momento certo, você vai saber.*

Meus olhos arderam, as lágrimas ficaram travadas na expectativa de eu realmente precisar ser forte e, como se fosse mágica, a minha conversa com Yan me veio à memória.

— Erin, você pode se sentar um pouquinho? — pedi.

— Claro, amor. Sobre o que vamos conversar?

Meu pai puxou uma das poltronas e colocou na frente de Erin. Eu me sentei ao seu lado, e percebi que ele guiaria a conversa, quando suas mãos envolveram as de Erin, como se ele quisesse passar toda a segurança do mundo a ela. Vi os olhos azuis da minha amiga ficarem confusos com aquele carinho, mas curiosos também. Ela me encarou interrogativamente, até meu pai suspirar fundo e umedecer os lábios.

— Filha, eu preciso conversar com você como um pai. Preciso que deixe o seu coração aberto para mim neste momento, e também para Lua. Você pode fazer isso? — Riordan sussurrou, os olhos nos de Erin.

— Vocês sempre foram a minha família. Então, claro. É algo sério? Precisam da minha ajuda?

Aline Sant'Ana

— Nós queremos esclarecer algo do seu passado. Na época em que ainda era adolescente. Estamos sendo todos honestos uns com os outros. E você faz parte dos Anderson, sempre fez, mas há algo sobre os Price que ainda não te contamos. O que eu preciso saber, filha, é se você quer nos ouvir.

As bochechas de Erin coraram e seus olhos lacrimejaram. Ela segurou nas mãos do meu pai com mais força, como se realmente precisasse do apoio, e me lançou um olhar. Comecei a acariciar suas costas, querendo tanto pegar a dor dela para mim, que meu coração apertou de angústia.

— É um segredo? — Erin indagou baixinho.

— Mantivemos isso guardado somente entre nós, queríamos te poupar, por amarmos você, por sabermos que não seria fácil ouvir o que temos a dizer. Você está chateada por termos escondido algo da sua família?

— Ainda não sei o que é, mas tenho certeza de que tomaram a melhor decisão em me contar quando adulta. Eu era... muito frágil quando mais nova. E já que estamos sendo honestos... — Erin engoliu em seco, a emoção em seus olhos azuis fazendo-os brilharem mais. — Eu aprecio a honestidade, aprecio que vocês queiram me dizer. Seja o que for, sim, eu quero saber. Por favor.

Deus, como é difícil.

— É sobre o seu pai, querida. — Tomei a frente da conversa, sabendo que era o certo a fazer, por mais que tudo em mim tremesse e quisesse me fazer sair correndo. Respirei fundo e não tirei meus olhos de Erin, querendo que ela visse a verdade. — Quando éramos mais novas, e vivíamos visitando uma à outra, certa vez, eu fui até sua casa, na esperança de te encontrar. Naquela época, o seu pai estava... na pior fase. E sua mãe, cada vez mais omissa. — Minha voz falhou na última frase.

Erin piscou, os olhos avermelhados ao se recordar de toda a dor que enfrentou naquela época. Suas mãos, ainda conectadas às do meu pai, foram acariciadas o tempo todo com afeto.

— Eu fui te visitar, e você não estava lá. Eu entrei na sua casa e vi algo... que eu jamais esperaria ver. O seu pai, ele... ele estava...

— Eu preciso que você me diga, Lua... — Erin começou a chorar, e eu também. O peso dessa verdade era maior do que meus ombros podiam suportar. Erin deve ter visto isso em mim enquanto eu me perdia nas palavras, sem saber como dizer. — Apenas me diga. Está tudo bem.

Minha amiga se levantou da poltrona junto comigo e me abraçou como se fosse capaz de nos curar. Apertei suas costas, agarrando-me à sua roupa, não querendo que ela sofresse. Eu odiava vê-la chorar, odiava ser responsável por uma notícia que sabia que iria feri-la. Mas, ali, nos braços da minha melhor

Por causa de você

amiga, da irmã que a vida me deu, eu consegui suspirar fundo. De olhos fechados, sendo acolhida por ela da mesma maneira que eu a acolhia, narrei um dos acontecimentos mais difíceis e pavorosos da minha vida.

— Eu vi o seu pai... em cima de uma garota da nossa idade. E ela... ela *não queria* o que ele estava fazendo, Erin — falei tudo pausadamente, me esforçando ao máximo para as palavras não a ferirem mais do que deveriam. Erin ficou ali, abraçada comigo, em pé, ouvindo em silêncio. — O senhor Price parecia fora de si e usava palavras horríveis em cima da menina, especialmente... sobre você. E eu... eu peguei o abajur e tirei a cúpula, sabendo que poderia feri-lo. Mesmo com medo, eu parti para cima dele, e exigi que ele nunca mais fosse atrás de você. Eu exigi, porque não sabia... eu não fazia ideia do que ele poderia fazer com você, Erin.

— O meu pai... — Ela se afastou de mim, mas suas mãos pegaram as minhas. Seu rosto estampava choque, desespero e raiva. As lágrimas que desceram por suas bochechas vieram furiosas. E aquela raiva, aquela revolta, não era por mim. — O meu pai... ele... estuprou? Ele...

Meu pai se levantou e colocou a mão na base das costas de Erin, guiando-a para se sentar. Ela fez tudo automaticamente, como se não estivesse, de fato, ali.

— Oh, Deus. Foi quando vocês... me acolheram? — Erin perguntou, gaguejando.

— Lua e Raquel te levaram até a nossa casa. Eu fiquei sabendo de tudo só um tempo depois. Na verdade, elas não me contaram, eu descobri. Mas, Erin, entenda... esse segredo não define quem você é. Seus pais não definem...

— Eles nunca... eles nunca foram como eu. E eu não entendo... não entendo como ele pôde... Faz tanto sentido... — murmurou, pensando sobre o passado. — Vocês me levarem para a casa de vocês. Ele nunca mais ter me procurado. Ele ficou... com medo. Deus, meu pai é um monstro.

— Eu queria que fosse diferente — falei honestamente, fazendo um carinho no seu braço quando novamente me sentei ao seu lado. — Eu queria nunca precisar te contar isso, nunca precisar destruir a pouca imagem boa que você tinha dele...

— Lua, ele batia na minha mãe. — Erin fitou-me com desespero e dor. — Isso já o tornava um monstro. Agora, estupro... ele é definitivamente a pior pessoa... e me sinto... sortuda? Sortuda de ele nunca ter feito isso comigo. Sortuda por vocês terem me salvado. Sortuda por ter tido vocês quando eu nem fazia ideia...

— Eu sinto muito, filha — meu pai disse, sentando-se à sua frente. — Por não ter contado antes, por termos omitido. E sinto muito por você ter tido uma família assim. Você não merecia.

Aline Sant'Ana

— Não, eu realmente não merecia. — Ela abriu um sorriso entre as lágrimas e acariciou o meu rosto e o do meu pai. — Mas, então, eu tenho vocês...

— Você nos tem — meu pai prometeu.

Nós nos abraçamos e ficamos perdidos demais naquele contato, só sentindo o amor, a redenção e a verdade. Quando a porta se abriu e a minha mãe apareceu, como sempre seu sexto sentido afiadíssimo, Raquel Anderson se aproximou, nos puxou para ficarmos em pé, e nos envolvemos em um abraço ainda maior e mais completo. Nós, de fato, não éramos uma família tradicional, mas éramos uma família. Amávamos uns aos outros na dor e na felicidade. Estávamos ali uns para os outros; não poderia ser de qualquer outra forma.

Meu pai beijou a minha testa, a da Erin e deu um suave beijo na bochecha da minha mãe, assim que nos afastamos. Ele sorriu e assentiu.

— Vamos celebrar a união da nossa família. Temos alguns membros do lado de fora desse escritório.

Erin secou as lágrimas.

— Temos uma banda de rock na sua sala, senhor Anderson.

Ele gargalhou.

— E um ex-militar que parece um armário.

— Mas são todos filhos para mim — mamãe pontuou.

— Nossa família cresceu — murmurei.

Meu pai me admirou com carinho e verdade quando disse:

— Que bom.

Yan

Assim que vi Erin saindo abraçada com a Lua, ambas com lágrimas nos olhos e um alívio sobre os ombros, eu soube. No momento em que Lua me olhou e assentiu, compreendi o que havia acontecido, e aí meu coração bateu suave e tranquilo. O momento tinha chegado. Riordan saiu com o braço envolvendo Raquel, ambos em uma conversa calma e repleta de carinho.

É, algumas coisas estavam mesmo se ajeitando.

Lua se sentou no meu colo, e Erin foi conversar com Carter. O vocalista ficou preocupado assim que viu a cara de choro da sua Fada, mas Erin tirou-o da sala, levando-o para fora, para conversarem em particular. Shane estava fazendo Mark, Zane, Andrew e Kizzie rirem, distraindo todos, enquanto Lua só

Por causa de você

me acariciava no peito, em silêncio.

— Quer conversar sobre o que houve?

— Nós contamos a verdade — Lua murmurou.

— Eu sei.

— Ela está bem. Nós somos a família dela, Yan.

— Sempre estaremos aqui uns pelos outros.

Lua me deu um beijo no centro da testa.

— Você é maravilhoso.

Sorrindo, busquei sua boca até tê-la na minha.

A reunião na casa do Sr. Anderson durou algumas horas. Nós comemos aperitivos e conversamos sobre tudo. O pai da Lua quis saber quais eram os próximos passos da banda, e pareceu verdadeiramente interessado. Em respeito ao Shane, nenhum tipo de bebida alcoólica foi servido, mas brindamos ao fato de estarmos juntos com suco de laranja, e foi incrível.

Às seis da tarde, Roxanne chegou. E Oliver também. Na hora do jantar, nos foi servida a melhor macarronada que comi na vida e, surpreendentemente, quase que casualmente, o pai da Lua soltou:

— E como anda o seu namoro com aquele rapaz, Andrew?

— Ah, eu terminei... mas, espera. — Andrew quase derrubou o talher. — Como... como o senhor sabe?

— Como eu sei que você é bissexual, filho? A pergunta que você deveria me fazer é: como eu não saberia? Te conheço há tanto tempo. E, justamente por conhecê-lo tão bem... pretendo começar uma empresa de consultoria. — Sua voz saiu decidida, suave e afetuosa. — E, se você aceitar, adoraria tê-lo como sócio.

Andrew sorriu calorosamente.

— Sério?

— Por que não? — Riordan rebateu.

— Seria uma honra.

— Vou me programar e te inserir na próxima reunião que terei com o administrador novo que contratei.

Shane soltou uma risada.

— Tio Anderson, o senhor manja de tudo mesmo, hein?

— De tudo — concordou.

Aline Sant'Ana

Isso fez Shane perder a risada.

— De mim também?

Riordan ergueu apenas uma sobrancelha.

— Ah, Tigrão... — Roxy riu. — Ele deve ter uma lista de todas as meninas que você já iludiu.

— Nunca parti o coração de ninguém. Né, tio Anderson?

Riordan negou com a cabeça.

— Não me faça falar, Shane.

— Tá bom. — Shane se calou.

Depois de risadas, da sensação de que estávamos mesmo em família, chegou a hora de irmos embora. Lua se despediu dos pais e, na hora que fui dar tchau para eles, Riordan me segurou respeitosamente pelo braço.

— Filho, você sabe que, se eu pesquisei sobre o advogado que cuidou do caso da Suzanne, certamente pesquisei também sobre você.

Pisquei, e Lua se aproximou para ouvir a conversa.

— O que houve, pai?

— Não, Lua. Tudo bem. Deixe-o falar.

Riordan não tirou os olhos de mim quando pegou uma pasta em cima do aparador, próximo à porta de entrada.

— Pedi para marcarmos um jantar em família para lhe dar a oportunidade de se resolver também com a sua. Estarei aqui, como um pai para você, se quiser. Não sei o que você vai querer fazer a respeito de tudo o que descobri, filho. E nem se vai entender da forma que entendi. Mas quero te dar a oportunidade de te permitir viver na luz também. Sem mais segredos. Entre nós e entre ninguém. Certo?

— O que quer dizer com isso, Riordan? — Engoli em seco.

— Pai... — Lua intercedeu, mas Riordan não a escutou e continuou.

— Leia em casa. Confortavelmente. E depois me diga a decisão que tomar.

Assenti, sentindo um frio na minha barriga. Apertei a pasta com mais força, sem saber como agir.

— Sem segredos, Yan.

— Certo, Riordan.

— Me ligue se precisar de qualquer coisa.

Por causa de você

— Farei isso.

Fui para a casa com uma verdade desconhecida nas minhas mãos.

Uma parte minha avisando-me que a minha vida estava prestes a mudar.

E estava mesmo.

Aline Sant'Ana

Por causa de você

CAPÍTULO 18

> Do you ever wonder
> Where I've been?
> For so long
> Mum and Dad
> Did you ever search for me?
>
> — *Jacob Lee, "Breadcrumbs".*

Duas semanas depois...

Yan

Todo mundo estava ocupado fazendo alguma coisa boa. Carter levou Shane e Roxy para o estúdio, querendo mostrar para a melhor amiga do Shane algumas melodias. O vocalista também queria distrai-la dos problemas que envolviam o namorado. Zane estava com Erin, Mark e Kizzie, porque os três também queriam distrair o cara da saudade que sentia de Cahya, mesmo que agora faltasse apenas um dia para ela voltar. Oliver estava resolvendo os assuntos da banda, especialmente sobre essa nova fase que iniciamos.

É, todo mundo estava se dedicando a algo que não fazia o seu sangue gelar.

Já eu...

— Amor. — Sua mão alcançou a minha, seus dedos quentes acolhendo a minha pele gelada. O movimento de Lua me fez encará-la. Vi o amor em seus olhos e me obriguei a sorrir. — Não precisamos de duas taças. Nina já organizou a mesa.

Engoli em seco.

— Está tudo em par, exceto isso. Uma taça, sem o copo.

Afetuosamente, Lua tirou minha mão da taça e colocou-a em cima do seu coração.

— Eu sei que você gosta de coisas pares. Sei que te incomoda quando vê qualquer objeto em número ímpar. — Lua sorriu, ainda que eu pudesse ver toda a preocupação em seus olhos. — Eu vou pegar os copos, tudo bem?

— Existe a possibilidade de a minha mãe tomar água, e não vinho.

— Tudo bem, Gigante. — Lua se aproximou e beijou minha bochecha delicadamente. Me lançou mais um olhar cheio de preocupação antes de se

Aline Sant'Ana

afastar e ir para a cozinha da mansão.

    A pasta do senhor Anderson me levou a uma investigação particular sobre a minha família. O que o pai de Lua encontrou esclarecia tantas coisas sobre o meu passado, sobre o comportamento dos meus pais, que eu aceitei o convite de unirmos nossas famílias para que eu pudesse confrontá-los. O apoio da família da Lua foi imprescindível, assim como dos caras e das meninas, quando contei a eles o que havia descoberto.

    Saber que havia um segredo imenso entre os Sanders nos afastava, e eu estava com a expectativa de resolver isso. Acima de tudo, tive duas semanas para absorver a mágoa e a raiva por terem omitido algo tão importante de mim. Agora, eu só queria a verdade, pela boca deles.

    A qualquer custo, eu precisava entendê-los.

    — Yan. — Ouvi a voz de Lua, voltando com os copos, colocando-os direitinho ao lado das taças, na distância perfeita. Respirei fundo, aliviado, sentindo o nervosismo me fazer agir meio fora de mim. — Yan?

    — Oi.

    Minha noiva se aproximou, passando as mãos pela minha cintura, inspirando o perfume na camisa social.

    — Não sei se você está bem para resolver isso hoje. — Não perguntou, afirmou. — Sabe que pode ser feito em particular, sem uma plateia...

    — Acredite em mim, seu pai e sua mãe não são plateia. São família. Eu vou me casar com você, Lua. — Segurei as laterais do seu rosto, querendo tirar a angústia dos seus olhos. — E sobre o jantar... Já passei pela fase de raiva e dor, agora eu só quero ouvir deles como tiveram coragem de me esconder isso por tanto tempo. E se essa for a razão pela qual nunca me senti conectado com meus pais, Lua? Eu preciso ouvir, entender, por que algo que poderia ter sido tão simples de ser contato foi omitido por tanto tempo, levando até a um afastamento de ambos em relação a mim. Não foi certo esconderem isso de mim.

    — Algumas coisas não são fáceis de serem contadas, amor. Talvez, para eles, o que para você é somente uma notícia é algo que tem um peso além do que podem suportar.

    — Apesar de tudo, eles ainda são a minha família.

    — Você é luz, Yan — Lua sussurrou para mim. — E há tanto amor em você que não há espaço para raiva ou mágoa. É por isso que está se sentindo assim agora. Mas, meu amor, eu só quero te falar uma coisa a respeito disso, antes de eles chegarem, tá bem?

    Sorri para a minha noiva, e ela umedeceu os lábios.

Por causa de você

— Quando meu pai fez todas aquelas coisas, eu não o enxerguei como meu pai por um bom tempo. Foi como se eu visse Riordan Anderson como um homem completamente diferente daquele que me criou. Então, eu entendo você. Como também compreendo que a sua criação não foi tão doce, sei que te obrigou a ser mais adulto do que criança. Da mesma forma que sei que você olha para a família Sanders e se sente um pássaro fora do ninho, especialmente depois do que descobriu. Talvez, você tenha sido mesmo um pássaro fora do ninho *deles*. Mas nunca será do *meu*. — Ela pegou a minha mão e bateu com a ponta da unha na aliança que brilhava em meu anelar, sem tirar os olhos de mim. — A gente fez isso aqui acontecer, uma promessa de um futuro que possa ser melhor do que o nosso passado. E ninguém, família nenhuma, força externa, pessoa ou coisa vai tirar essa promessa de nós.

— Eu quero ter uma família com você — murmurei, descendo minha boca até a dela, sentindo algo no meu peito se expandir. Talvez, o amor por aquela mulher. — Uma família na qual os nossos filhos possam sentir que pertencem a nós, na qual eles nunca duvidem do amor que sentimos por eles e, o mais importante, que entendam que somos o seu lar. Não importa o que aconteça, eles sempre poderão voltar para casa.

Lua passou os braços em volta de mim. Naquele abraço, a ansiedade foi se desvanecendo com seu calor. Naquele abraço, o medo foi saindo de mim a cada segundo em que eu respirava e inspirava o perfume da minha mulher. Naquele abraço, a angústia de ver meus pais e irmã foi apagada. Lua sempre foi capaz de cicatrizar as feridas ruins e fazer o bom florescer.

— Yan, filha... — a voz doce da mãe da Lua preencheu o ambiente. — Os Sanders chegaram.

Lua

— Mas esse trabalho que a Lua faz é muito importante, sabe? A saúde do corpo se alinha com a saúde da alma — disse a irmã do Yan para o meu pai, enquanto eu mexia devagar a colher na entrada, a sopa especial da Nina.

Até aquele momento, parecia tranquilo para todos, exceto para mim, e talvez... para Yan, já que a sua perna não parava de subir e descer embaixo da mesa. O meu pai estava em seu modo anfitrião, conversando normalmente, tomando vinho, conquistando os Sanders. Ele havia gostado da família do Yan, apesar de tudo. Minha mãe estava batendo um papo com Erika, minha futura sogra. Mas, por trás de toda aquela aparência perfeita que os Sanders estavam demonstrando, havia muita coisa errada.

Aline Sant'Ana

Erika Sanders estava um pouco aérea por causa dos medicamentos que tomava para ansiedade. Quando a conheci, ela já era assim, mas hoje parecia que não conseguia acompanhar um raciocínio, sinal de que estava se medicando além do que era prescrito. O pai do Yan, Isaac, estava conversando com meu pai, mas mexendo no celular a cada dois minutos, e pedindo desculpas porque estava fechando um contrato de uma nova franquia.

A única pessoa que parecia de bem com a vida era a irmã do Yan, Yasmin. Ela trouxe um namorado muito centrado para o jantar, quebrando a imagem que Yan tinha de ela sempre fazer escolhas erradas quando se tratava de relacionamentos. Felix era contador, um homem de vinte e oito anos, com uma aparência delicada e que tratava Yasmin Sanders como se fosse uma princesa. Yan tinha comentado que nunca havia aprovado qualquer relacionamento da irmã, mas o vi sorrir discretamente e com orgulho quando Felix disse que a amava, bem baixinho, entre uma conversa e outra.

Apesar de toda a tensão em sua perna, de toda a expectativa pelo confronto que Yan teria com os pais, eu vi que a escolha de Yasmin para o amor e o fato de que ela parecia bem mais responsável do que a última vez que tivemos notícias o acalmou.

— Finalmente o conheci, Yan. Sua irmã fala maravilhas de você — Felix puxou assunto.

— Sério mesmo? — Yan sorriu, um pouco mais leve. — Achei que seria o contrário.

— Ela comentou que você implicava com os namorados que arrumava...

— Meu irmão sempre foi muito protetor, mas, se não fossem as broncas dele, eu não teria conhecido você. — Yasmin piscou os olhos azuis para Felix.

— Alguma coisa boa eu fiz, então — Yan murmurou.

— Sinto sua falta, irmão — Yasmin se dirigiu a ele, colocando uma mecha do cabelo muito escuro atrás da orelha.

Yan engoliu em seco.

— Eu também sinto a sua.

Meu coração ficou leve, por tudo estar bem até o momento. Yan já tinha me dito que a intenção não era confrontá-los com agressividade, e sim puxá-los para uma conversa após o jantar. Eu torcia para que o meu noivo mantivesse a compostura, para que não brigasse, porque eu, mais do que ninguém, sabia que alguns segredos eram dolorosos demais para serem ditos em voz alta. Precisamos saber respeitar o momento certo e, ao questionar, que fosse feito com respeito e amabilidade, ainda que soubesse que uma parte de Yan sempre

Por causa de você

se revoltaria por ter sido deixado no escuro.

Seguimos para o prato principal. Yan, que tinha bebido uma taça só de vinho, já se sentiu mais solto, e fiquei feliz ao vê-lo conversando com os pais, sabendo de novidades, prometendo visitá-los antes da próxima turnê. Os pais apoiavam o sonho do filho, mas de um jeito muito distante. Ficou claro que nenhum dos dois viu nada sobre o que houve com Yan no passado. Eles só disseram: "Ah, legal que você vai fazer um CD novo". E com isso compreendi que, para eles, o significado de ser pai e mãe não era nada íntimo como era para os meus pais, que também não deixaram essa mesma constatação passar.

Respirei fundo, notando que, qualquer pergunta que os pais faziam para Yan sobre a banda, ele respondia com animação. Esse pouco para Yan era muito, e eu sequer notei quando uma lágrima escorreu pelo meu rosto, a não ser quando ela caiu do meu queixo para a toalha da mesa.

— Eu vou só... — murmurei. — Me dão licença?

— Claro, mas volta rapidinho, filha — mamãe pediu. — A Nina já vai servir mais.

Quando saí, sem demonstrar que estava chateada com os pais do Yan, entrei no banheiro, peguei o telefone e senti que precisava da minha melhor amiga.

Erin atendeu no segundo toque.

— Erin — murmurei, antes de ela me dizer oi. — A família do Yan é tão distante. E eu me sinto tão mal ao ver isso, que precisei tomar um ar.

Erin ficou alguns segundos em silêncio.

— Eles podem amá-lo de um jeito frio e distante, amor — falou, a voz branda. — Mas nós o amamos com todo o coração. E somos a verdadeira família dele. Volte para a mesa e mostre como você ama aquele homem o suficiente para sanar qualquer falta de amor do seu passado. — Erin fez uma pausa. — Você fez isso por mim. Me amou e foi a família que eu nunca tive. Isso, Lua, é mais forte do que qualquer laço de sangue.

— Eu te amo profundamente.

Mesmo que não pudesse vê-la, sabia que estava sorrindo.

— Para sempre, e de verdade — Erin concluiu.

Aline Sant'Ana

Yan

Minha família parecia perdida em uma etapa da vida que eles deveriam ter foco e organização. Mas eles levavam tudo levianamente, então, pensei em ser mais participativo, se a conversa desse certo. Talvez, se eu os visitasse mais, se tivesse mais intimidade, poderia ajudá-los. Minha mãe estava tomando mais remédios, ela disse. Meu pai passava mais tempo fora do que com ela. Minha irmã estava tentando construir uma vida, e foi a única coisa que me encheu de orgulho.

Ainda assim, faltava algo.

E eu não sabia como começar.

Após a sobremesa, o senhor Anderson, no entanto, soube exatamente o que fazer e no momento certo: quando meu pai finalmente estava atento ao jantar e à minha mãe, que, após comer, parecia menos aérea.

E era isso.

Aquele homem, que já me odiou, se tornou mais pai para mim do que o meu próprio, especialmente durante as duas semanas que seguiram. Até saímos para beber juntos, só nós dois, para conversarmos. Além de eu ajudá-lo a reconquistar Raquel, que, agora, estava tentando curar as feridas e ser amiga ou até algo além disso de Riordan, ele me apoiou quando eu mais precisava, e disse que eu era o filho que ele não teve a chance de ter, e nisso... o senhor Anderson ganhou todo o meu respeito.

— Vou propor um brinde para este final de noite. — Riordan ergueu a taça. — Às nossas famílias, que irão se juntar. Que não haja segredos nem desconfiança. Apenas o amor. — Ele fez uma pausa. — Eu aprendi, da forma mais dolorosa possível, que a transparência e a verdade devem ser ditas, custe o que custar. Seja bem-vindo aos Anderson, filho. Nós temos verdadeiro orgulho de tê-lo.

Vi os olhos do meu pai ficarem ansiosos quando as palavras segredos e desconfiança se uniram. Minha mãe tremeu a taça d'água no alto.

— À nossa.

Batemos as taças, e meus olhos encontraram os do meu pai. E, assim que vi o arrependimento neles, eu soube que ele também viu a verdade nos meus. Não esperei nem mais um minuto. Pedi licença, me levantei da mesa, peguei a pasta que o senhor Anderson me deu e, segurando todas as minhas inseguranças e medos, coloquei ao lado da sobremesa do meu pai o documento que me fazia um homem diferente daquele que acreditei ser.

Na verdade, ainda um Sanders.

Por causa de você

Mas não da maneira que eu pensava.

— Filho...

— Eu não quero mais segredos nem desconfiança entre nós. Então, pai, eu preciso que me explique essa segunda certidão de nascimento — falei calmamente.

O choque em seu semblante foi o suficiente para a minha confirmação. Aquela certidão era a certa. E, evidentemente, eu iria escutar tudo o que ele tinha a me dizer, já sabendo a verdade, só querendo entendê-la. Para minha surpresa, quando meu pai ia dizer qualquer coisa, minha mãe se levantou e tocou no braço do marido.

— Isaac, não é o momento de você mentir de novo.

— Mas, Erika...

— É direito dele saber a verdade. E, se a tem nas mãos, Yan precisa saber.

Engoli em seco, observando a força que minha mãe nunca teve surgir de repente. Ela me admirou, com os olhos molhados, e deu a volta na mesa. Veio para perto de mim, envolveu sua mão na minha e encarou Riordan.

— Você poderia me emprestar a sua sala?

— Fiquem à vontade.

— Eu os quero lá, mãe — murmurei.

Ela ficou surpresa, enquanto meu pai ainda permanecia travado no lugar, sem coragem de levantar da cadeira. Seus olhos vermelhos e emocionados me diziam que havia algo muito sentimental envolvendo a explicação. Riordan, Raquel e Lua se levantaram, minha irmã lançou um olhar para mim e baixou a cabeça.

Yasmin sabia.

— Está tudo bem, pequena — avisei-a, tirando o peso da mentira de seus ombros. — Eu só preciso entender.

Yasmin assentiu e encarou Isaac.

— Está na hora, pai.

Lua

Era visível que, pelo pai de Yan, aquilo ficaria oculto por toda a vida. Havia

Aline Sant'Ana

um sentimento de dor em seus olhos, de perda, quando fomos para a sala. Mas Erika estava cansada da mentira, e ela foi o pontapé para ser resolvido. Felix, perguntou se não seria melhor ele ir embora, mas o meu noivo disse que o cunhado também pertencia à família. Se ele quisesse, poderia ficar lá.

Então, fomos, Sanders e Anderson, para a sala dos meus pais, que entrelaçaram suas mãos, oferecendo forças um para o outro, o que me tirou um sorriso em meio ao caos. Yan sentou-se ao meu lado, de frente para os pais. Yasmin ficou a uma certa distância com Felix.

E era isso.

Nós, no meio do furacão da verdade. Minhas mãos apoiando Yan em seu bíceps, meu coração todo com ele, sabendo a crise existencial que enfrentou nas duas semanas que se seguiram após meu pai entregar aqueles papéis. Ele merecia entender a razão dos pais serem tão distantes, merecia conhecer quais eram suas verdadeiras raízes.

Segurei sua mão, incerta do que fazer, de como poderia aliviar o seu tormento.

— Filho, eu... escondi muitas coisas de você para poupá-lo. Na verdade, para me poupar — Isaac Sanders começou. — Eu... ainda é difícil falar sobre isso.

Erika apoiou a mão no braço do marido.

— Ainda é difícil para todos nós. — Sua voz falhou um pouco. — E, Yan, eu quero que você saiba, antes de explicarmos qualquer coisa, que eu te amei no primeiro segundo em que te vi. Você sempre... sempre será o meu menino.

— Eu sei. — Yan coçou a cabeça, seus ombros tensos. — Só quero entender a razão de terem escondido.

— Eu... tive um amor que foi a minha alma gêmea, Yan. — Isaac ficou ereto, embora as lágrimas que desciam por seu rosto denunciassem o quanto realmente era difícil dizer em voz alta. — Ela era uma mulher excepcional, inteligente, encantadora, metódica e muito linda. Seu nome era Yasmin Hale, e me apaixonei por ela perdidamente depois do nosso primeiro beijo. Eu imaginei uma vida inteira ao lado dela, eu quis pedi-la em namoro no primeiro encontro. — Isaac soltou uma risada triste com a lembrança. — E foi o que fiz.

Yan segurou minha mão com força.

Arrepios cobriram a minha pele.

— Fomos o que vocês são hoje, filho. Você e Lua. Um amor que não vem da incerteza, vem da inevitabilidade de amar e ser amado com reciprocidade e com a consciência de que pode ser para sempre. Depois de um ano de namoro, a pedi

Por causa de você

em casamento. Foi... uma festa e tanto.

— Yasmin estava linda, feliz de verdade — Erika narrou, a voz embargada. — A família Hale estava em êxtase com o casamento.

— Depois desse dia, vieram os melhores e mais bonitos anos da minha vida — Isaac continuou. — Os momentos que me vêm à memória toda vez que fecho meus olhos. No final do nosso segundo ano de casados, Yasmin Sanders, minha esposa, anunciou em um jantar que estava grávida.

Yan derrubou algumas lágrimas. Iniciei uma carícia em suas costas, querendo pegar a emoção dele para mim.

— Eu, certo? Ela estava grávida de mim.

— Eu te amei assim que soube da gravidez, filho. E te amei quando seus olhos se abriram para me ver. Eu te amei... e Yasmin também.

E essa era a confirmação que Yan queria ouvir. Yasmin Hale, Yasmin Sanders, era a sua mãe biológica. Uma mulher que ele não conhecia, que não teve a chance de conhecer. O pai de Yan falava dela no passado, então estava claro que uma tragédia havia acontecido. Apesar de Yan ter o atestado de óbito de Yasmin Hale no meio dos arquivos que meu pai encontrou e saber que ela tinha falecido de um aneurisma, Yan queria entender a essência daquele segredo.

— Você veio ao mundo com quase quatro quilos. — Erika se inclinou, encarando Yan nos olhos. — Lindíssimo, gritando a plenos pulmões. Eu te amei imediatamente. Era impossível não amá-lo. Você foi fruto de um amor incondicional, e nós estávamos felizes em tê-lo, filho.

Yasmin saiu do lado do namorado e se sentou do outro lado do baterista da The M's, segurando sua outra mão.

— Tudo bem, irmão?

Yan assentiu, sem tirar os olhos de Erika.

— Então, você não é... minha mãe biológica.

— Eu sou sua mãe no coração, na alma e no amor. Mas não, querido. Biologicamente, eu sou a sua tia. Yasmin Hale... era a minha irmã.

Yan já sabia de tudo isso, nós também. Sua mão ficou mais forte na minha, da mesma maneira que Yasmin estava ali por ele. Ficou claro que o nome da irmã era uma homenagem à mulher que a mãe do Yan foi.

— Por que... nunca me contaram?

— Era difícil falar sobre isso. Perdemos alguém que amávamos, não queríamos que você sentisse essa perda também — Erika murmurou. — Eventualmente, queríamos te contar, mas não sabíamos como.

Aline Sant'Ana

— Nesse momento, eu me sinto magoado por vocês terem escondido, embora eu entenda, em parte, a razão. Ainda assim, eu quero ouvir tudo. — Yan se ajeitou melhor no sofá. As lágrimas cessaram. — Como aconteceu? Como viramos... nós?

— Quando você tinha seis meses, nosso conto de fadas acabou. — Isaac baixou a cabeça. — E, então, eu a perdi. Seis meses após o seu nascimento, Yasmin faleceu subitamente devido a um aneurisma. Eu não conseguia compreender como a perdi tão de repente. Fiquei com depressão. Eu mal conseguia te dar a mamadeira. Erika me ajudou a cuidar de você. Começamos a morar juntos, sem nenhuma intenção de nos relacionarmos. Era só para... *cuidar* de você.

— Os anos foram passando, Isaac e eu, carentes e... com tantos traumas para resolvermos, acabamos cedendo. — Erika corou. — Uma noite, o bastante para Yasmin nascer. Nosso presente. Apesar de ser uma surpresa, foi maravilhoso.

— Vocês não se amam, né? — Yasmin perguntou suavemente. Ela olhou para Felix, que estava dando, mesmo à distância, todo o apoio que ela poderia precisar. — O casamento de vocês é estranho dessa maneira, e cada um fica focado nos seus problemas, porque nunca houve esse tipo de amor.

— Eu amo a Erika. — Isaac franziu o cenho. — Amo a sua mãe, filha. Mas o nosso sentimento é diferente. Somos muito amigos e parceiros. Mas não é aquele amor...

Que ele teve com Yasmin, pensei comigo mesma.

Minha mãe suspirou e meu pai envolveu o braço nos ombros dela. Trocamos olhares, porque aquele momento era essencialmente delicado. Lancei um olhar para o meu noivo. Yan estava calmo; eu sentia orgulho do homem tranquilo e menos reativo que se tornou. Ele me deu um beijo no ombro, como se lesse o que eu estava pensando e queria agradecer.

— Está tudo bem com a nossa relação, filha. A nossa união sempre foi e sempre será por vocês. — Erika sorriu, triste.

— Apesar de Erika não ser... não ser... ela é, Yan. Sempre será a sua mãe. — Isaac pareceu querer explicar.

— Você é a minha mãe. Sempre será. — Yan olhou para Erika. — Você me criou. Da forma que pôde, com tantos segredos entre nós, agora eu entendo. Olhar para mim era um lembrete do que eu signifiquei para vocês. A dor e o amor. E esse sacrifício que vocês fizeram, de viverem com alguém que não amavam profundamente, só para darem uma família para nós, é a coisa mais altruísta e cruel que poderiam ter feito consigo mesmos. Mas isso, pai e *mãe*, cobre todas as vezes que vocês não souberam lidar com a paternidade e a maternidade. E não sei se estou magoado por vocês não terem dito e se livrado logo disso, ou se

Por causa de você

estou machucado por acreditarem que eu iria olhá-los de outra forma quando soubesse. Vocês podiam ter confiado em mim.

— Nos perdoe, por favor. — Isaac se levantou e deu um passo à frente, admirando o filho. — Não fizemos por mal.

— Eu sei.

Os quatro se abraçaram, seus corações, segredos e mentiras expostos, tanto para mim, quanto para a minha família. Meu pai passou o braço sobre o meu ombro, e mamãe envolveu a minha cintura. Recebi um beijo na bochecha do meu pai e, em seguida, o seu sorriso.

— Eu acho que resolvemos uma coisa muito importante aqui.

— Eu tenho certeza disso, Riordan — falou mamãe.

— Eu quero muito me casar com esse homem — murmurei, vendo Yan, tão mais alto que os pais e a irmã, os envolver com seus longos braços.

— Não poderia ter escolhido homem melhor para você, Lua.

— É isso que te falo desde o primeiro dia, Riordan.

Meu pai piscou para a minha mãe.

— Eu queria ter te escutado mais vezes, Raquel.

Suspirei fundo, sentindo a leveza dos meus pais e a liberdade de Yan no meu coração.

Yan

Eu poderia ter lidado da forma mais rancorosa possível, e mais imatura também. Poderia ter brigado com meu pai, chamado-o de mentiroso. Poderia ter olhado para a minha mãe de forma diferente. E a minha irmã, que sabia ser minha prima e meia-irmã, Deus, eu poderia tê-la culpado por nunca dizer.

Só que foi o contrário.

Eu tinha a prova viva de que a família que a gente tem independe de qualquer coisa, como os Anderson, Mark e Cahya, a The M's e as suas garotas. Eu realmente só queria compreender. E o alívio que senti por finalmente entender o motivo de sermos uma família tão estranha uns com os outros...

Naquela noite, ali na sala dos Anderson, meu pai abriu seu coração para mim. Depois do abraço, me contou sobre como a minha mãe era cheia de vida, mas focada demais no trabalho e na organização. Toda vez que ele me olhava, a via. Eu não fazia ideia do quanto isso foi difícil e ainda é para ele. De como foi mais fácil mergulhar no trabalho a aceitar que o amor da sua vida se foi. Imediatamente, me senti conectado a Kizzie e ao Carter, suas histórias sobre como não tiveram uma mãe para educá-los, mas isso passou em meio segundo ao admirar Erika, a verdadeira mãe que, a seu modo, me deu todo o apoio que eu poderia precisar.

— Eu só... gostaria de ver uma foto dela — pedi ao meu pai. — E que você me contasse histórias sobre a Yasmin.

Meu pai piscou, as lágrimas caindo. Segurei seu rosto e, de homem para homem, compreendi a sua dor. Perder um amor? Já senti isso. E saber que era uma constante para ele, que a morte dela havia arrancado a sua esperança, fez meu coração latejar.

— Vai ser um prazer finalmente apresentar a mulher que te amou por alguns meses como jamais poderia ter amado alguém, nem a mim. — Ele sorriu em meio às lágrimas. — Quando você for lá em casa, eu prometo tirar um tempo só com você, filho.

— Vamos pescar em Clearwater? — perguntei. Esse era um dos programas que fazíamos quando eu era criança. — Semana que vem?

— Sim, perfeito. Me parece... — Ele abriu ainda mais o sorriso. — Me parece perfeito.

Meus pais, Felix e Yasmin, decidiram ir embora antes das onze horas. Yasmin me abraçou e me apertou como se nunca quisesse me deixar ir.

— Eu te amo, Touquinha. — Usou o apelido de quando éramos crianças, porque eu vivia de touca na cabeça.

O que me fez sorrir.

— Eu te amo também, Ursinha.

Yasmin se afastou e me encarou. Depois, lançou um olhar além de mim, para Lua.

— Ela é absolutamente perfeita para você, Touquinha.

— É, eu sei.

E *ela* realmente foi em cada minuto daquela noite. Especialmente, quando saímos da casa dos Anderson e estávamos sozinhos no apartamento. A conversa que Lua puxou comigo, me perguntando se eu realmente estava bem. O cuidado dela ao me fazer um leite morno, como se eu fosse criança, antes de irmos dormir. Os beijos que me deu, a promessa de que faríamos diferente dos nossos pais, e a certeza de um futuro em que mentiras e segredos não existiriam mais entre nós e nem com aqueles que amávamos.

Por causa de você

Era isso.

Lua era toda energia, vida e amor.

Ela era o sangue que corria nas minhas veias.

Aline Sant'Ana

Por causa de você

CAPÍTULO 19

How long will I love you?
As long as stars are above you
And longer if I can

— Ellie Goulding, "How Long Will I Love You".

Lua

Quando Yan acordou na manhã seguinte, me enchendo de beijos e carinho, eu soube que meu noivo estava mais leve do que nunca. Logo cedo, seus pais enviaram uma mensagem combinando um almoço, e Yan nem hesitou em vê-los e a Yasmin.

Incrível o poder que a verdade tem.

Ela é capaz de unir as pessoas.

Yan me avisou que não ia demorar, e que logo estaria de volta, porque havia uma reunião marcada com a Kizzie e o retorno de Cahya.

Se ontem foi o dia dos segredos serem revelados, hoje era dia de... festa!

Depois que Yan voltou, fomos juntos para a reunião. Kizzie chamou a The M's para conversar, explicando que Oliver finalmente tinha todas as confirmações de que precisava para dar continuidade ao *boom* da volta da The M's. O CD estava em produção e eles agora já tinham um lugar incrível para fazer uma turnê internacional como um quarteto pela primeira vez.

E esse lugar nada menos era do que o Brasil.

Os meninos estavam pilhados! Eu devo ter gritado muito nessa hora. E depois também. Afinal, a gente sabia que Cahya chegaria, exceto Mark, mas tê-la por perto foi uma coisa tão surreal, que, assim que a vi, chorei feito uma louca e a abracei o suficiente por mil vidas. Kizzie preparou um mega evento privado para recepcionarmos Cahya depois da primeira visita dela ao Mark, no escritório. Já no clube em que a The M's tinha carta branca para fechar quando quisesse, fizemos a festa. Passada toda a emoção, agora Cahya só estava curtindo fazer parte dessa grande família.

Eu, Roxanne, Kizzie e Erin, evidentemente, estávamos contando todos os babados que Cahya precisava saber.

— O Tigrão vive andando de boxer branca. Não se assuste — Roxanne avisou. — O Tigrão é o Shane, por causa do tigre nas costas que ele tem tatuado. Droga, eu vou ter que explicar os apelidos.

Cahya piscou, inabalável.

— Tigrão, Shane. Casanova, Zane. Príncipe Encantado, Carter. Hércules, Yan. Bond, Mark. Tô esquecendo algum?

— Caramba, como você pegou isso tudo? — Erin perguntou, chocada.

— Meninas, vocês precisam saber que eu tenho memória fotográfica. Na primeira vez que Roxanne falou comigo e me explicou isso no WhatsApp, eu já peguei.

— Ah, eu te amo, Cahya — murmurei.

— Eu também amo todas vocês.

— Talvez eu precise do seu cérebro de vez em quando. — Kizzie sorriu.

— Qualquer coisa estarei por aqui. Tenho dois meses de férias.

— Ai, meu Deus — Erin quase gritou, mas se conteve. — Se a turnê da The M's...

— Eu não consigo fazer em dois meses — Kizzie sussurrou. — O CD não está nem perto de ficar pronto.

— Mas quando seria a próxima turnê?

— Preciso ver — Kizzie pensou alto, respondendo à pergunta de Cahya. — Mas, assim, se eu conseguir te avisar com antecedência de alguns meses, você acha que consegue se programar?

— Perfeitamente. — Cahya abriu um largo sorriso.

— Droga, eu não vou poder ir. Queria muito, especialmente porque vai ser a primeira turnê internacional do Shane, mas vai ser impossível esse ano. — Roxy suspirou, cabisbaixa.

— Como assim? — eu e Erin, sempre conectadas, perguntamos juntas.

— Eu tenho um estágio supervisionado no segundo semestre, que com certeza vai cair na época da turnê da The M's pelo Brasil. Não vou poder ir. Preciso disso para fechar meus horários da faculdade.

— Nossa, Roxanne. — Kizzie admirou a amiga. — Mas... eles tocarão músicas que você compôs.

Roxy deu de ombros, parecendo realmente chateada por perder.

— Não posso prejudicar a minha faculdade. Eu... realmente não posso.

— A gente entende — Erin garantiu. — A faculdade é prioridade mesmo.

Por causa de você

— Como vocês estão, garotas?

Mark se aproximou, puxando Cahya pela cintura e dando um beijo suave em sua boca. Todas as mulheres que não foram beijadas suspiraram por Mark. Eu preciso dizer: ele era absolutamente sedutor e ainda mais bonito apaixonado. Era como se Cahya tivesse iluminado a sua vida. E nós sabíamos o quanto ele estava maluco de felicidade por tê-la ali, em seus braços.

Ai, me julgue. Eu sou romântica, droga.

— Mark. — Kizzie tocou em seu braço. — Estou tão feliz por vocês.

— Eu nunca imaginei, quando você me contratou, que esse emprego me levaria à mulher da minha vida. — Ele olhou para Cahya com aqueles olhos negros e penetrantes, abrindo um sorriso para ela. — Eu estou... no céu com essa mulher aqui. E não posso ser grato o suficiente por vocês. Já conversei com os rapazes, mas sei que vocês também têm um toque nisso tudo. Obrigado.

— Você não precisa nos agradecer — Erin garantiu. — Fizemos o que faríamos para um membro da nossa família.

— E você faz parte dela. — Roxy deu uma piscadinha. — Não é, Lua?

Eu me aproximei de Mark e Cahya, emocionada demais ao ver o amor entre eles. Era quase palpável; eu podia sentir a energia que emanava daqueles dois. Toquei o rosto de Cahya com uma das mãos e, com a outra, toquei o de Mark.

— Eu me sinto muito, muito feliz por ver vocês dois juntos. Acho que é uma realização infinita de amor e paz. Nunca vou me esquecer do que você fez por nós, Mark. E de como você nos ajudou, Cahya. É imensurável. Espero que sejam muito felizes.

— Obrigada, Lua. Nós seremos, sem dúvida alguma. Mark já até me entregou a chave do apartamento dele. Vamos morar juntos! — Cahya falou, emocionada.

— Que notícia maravilhosa! — dissemos todas juntas e já partimos para um abraço em grupo.

— Isso aí, Mark — elogiei. — Tem que oferecer o mundo para essa princesa indiana.

— É o meu objetivo de vida — Mark garantiu.

Ficamos mais um tempo conversando, ouvindo todas as histórias de Mark e Cahya na Indonésia. O que eles viveram... foi bonito demais. Que bom que conseguimos ajudá-los. O amor sempre vence.

— Eu... fiquei sabendo que o Mark foi ver o corpo da Suzanne... e ela... é um assunto delicado para vocês? — Cahya disse, depois de um tempo.

— Não mais — Kizzie falou por todas nós. — Na verdade, por mais horrível

Aline Sant'Ana

que possa parecer, a gente se sentiu...

— Aliviadas, né? — Cahya assentiu, compreendendo. — Além da chave do apartamento do Mark, uma das coisas que ganhei quando cheguei aqui hoje foi um papel que o advogado de vocês conseguiu.

— Hugo De La Vega — Mark elucidou. — Eu havia chamado o Yan para conversar depois da reunião que eles tiveram com você, Kizzie, e perguntei se ele achava que era possível pesquisar um caso pelo número, e saber qual foi o resultado.

— Que caso é esse? — Erin perguntou.

— O homem que... o homem que assassinou o meu antigo... o meu antigo relacionamento. Walter Bing era o nome do assassino.

— Nossa, eu sinto muito — murmurei, perplexa.

— Tudo bem. — Cahya balançou a cabeça, negando. — Estou contando isso para explicar que entendo o que estão sentindo. Me afastaram do caso por eu estar envolvida emocionalmente e, após sair dos Estados Unidos e ir para a Indonésia, fiquei no escuro, sem saber se teria justiça. Assim como vocês, estava com esse caso terrível e pendente na minha consciência. Walter Bing foi assassinado antes de ser preso. Então, eu consigo compreender o alívio pela morte de alguém que nos assombra. E Mark me deu a notícia do caso que me atormentava e... ainda bem... está encerrado.

— É, Cahya. — Mark sorriu e acariciou o rosto da amada, olhando-a com todo o carinho. — As pessoas precisam de um ponto final para serem capazes de virar a página.

— Eu tive um ponto final no momento em que você entrou na minha vida.

— Acho melhor a gente sair de fininho — Roxy sussurrou para mim.

— Vamos deixar vocês curtirem esse momento — falei para os dois, já puxando Erin e Kizzie.

Quando estávamos um pouco mais longe, Roxy tocou meu braço.

— Ela é uma deusa — murmurou, perplexa com a beleza da agente da Interpol.

— Ela realmente é. Mas, agora, eu quero que vocês olhem para os nossos deuses e... — Erin começou, mas foi interrompida por Roxy.

— *Nossos* deuses uma vírgula bem grande aí. Shane não é meu, não.

Nós três rolamos os olhos.

— Continua, Erin — Kizzie pediu.

Por causa de você

— Eu quero que vocês olhem para *os* deuses e me digam se não são uma visão.

Próximos à piscina, o meu baterista estava com a camisa social aberta, uma bermuda social branca, descalço e rindo de alguma gracinha que disseram. Talvez, eu pudesse passar as mãos nele e tirar Yan dali, bem rapidinho...

Respirei fundo.

Também havia Zane, com o cabelo preso de qualquer jeito, delicioso e sem camisa, com uma calça jeans rasgada que ele já tinha levantado e estava na altura dos joelhos. Carter, tão príncipe, estava de bermuda azul, exibindo todas as suas tatuagens, o seu corpo forte e bronzeado. Já Shane usava um boné preto virado para trás e uma sunga estilo boxer verde-clara colada em todas as partes interessantes. As tatuagens, os piercings... tudo ali.

Nós três suspiramos. Roxanne continuou pleníssima, o que me fez pensar que ela não via o Shane dessa forma. Me virei para ela e a admirei.

— Roxy?

Ela me olhou, distraída.

— Diga.

— Você chegou a convidar o seu namorado, Gael, para essa festa?

Roxy deu de ombros.

— Nós não conversamos muito desde que cheguei. Comentei que estaria aqui, mas... enfim. Eu gosto dele e tudo, mas acho que desgastou o que tinha e mais um pouco.

— Você lembra do que a gente conversou, né? Sobre estar claro que esse relacionamento é tóxico? — Erin perguntou.

— Lembro. Eu só quero encontrar um melhor momento para falar com ele.

— Tudo tem a hora certa — Kizzie garantiu.

— É. — Roxy observou a The M's, mas não estava prestando atenção neles em um todo. — Vamos ver o que a vida me reserva.

Yan

— Morar junto é um passo enorme — Shane comentou, depois da notícia de que Mark havia dado uma de suas chaves para Cahya.

— É, mas não há dúvida quando se acha a pessoa certa, irmão. — Zane bateu no ombro do caçula da The M's.

— Acho que não — Shane ponderou, seus olhos em um ponto fixo da festa: Roxanne.

Carter trocou um olhar comigo, e eu assenti quando vi que ele ia mudar de assunto. Shane e Roxy eram delicados. Por serem melhores amigos e Roxy estar em um relacionamento, parecia que eles nunca poderiam viver o que tinham que viver. Eu sentia isso. Mas também tinha fé em Shane. Ele se moveria quando achasse que era a hora certa. Se bem que, se fosse comigo a situação, eu já teria puxado ela para conversar e colocado os pingos nos is. A gente aprende, com o tempo, que cada pessoa tem a sua velocidade. Não cabe a nós cobrarmos nada. Apenas respeitar.

— E como tá a animação para a turnê? — Carter perguntou para todos nós. Eu abri um sorriso.

— Vai ser a melhor das nossas vidas, escreve o que eu estou dizendo.

— Porra, Brasil? Do caralho. Vou dançar, vou dar uns beijos na boca, vou transar pra cacete... — Shane suspirou fundo. — E vou tocar baixo como ninguém.

— Tá pensando em aproveitar o lance de ser solteiro nessa viagem? — Zane riu.

— Como nunca aproveitei antes. Agora, eu sou um rockstar. Tem noção? Mulheres já caíam em cima de mim só por eu ser... bem, vocês sabem, gostoso pra caralho. E porque eu sou bonito. Tenho piercings. Tatuagens. E sei dançar...

Rolei os olhos.

— Tá bom, Shane — murmurei.

— Agora, eu continuo sendo tudo isso, mas também sou um rockstar. Vai ter, tipo, umas três mulheres por dia pra mim. — Shane moveu as sobrancelhas sugestivamente.

Carter começou a rir.

— Isso é verdade. Mas será que você vai dar conta?

— Do quê? — Ele franziu o cenho e riu. — De três mulheres? Ah, para... Já namorei três ao mesmo tempo.

— Você se aproximou da Roxy nesse resort.

— O que uma coisa tem a ver com a outra? — Shane ajustou o boné na cabeça, incomodado.

— Nada — Zane, Carter e eu dissemos juntos.

Por causa de você

Kizzie nos chamou para comer, nos livrando do momento constrangedor. Shane realmente não se tocava, porra. Mas fomos comer e brindar com champanhe sem álcool o momento mais importante da vida dos nossos amigos: Mark e Cahya finalmente juntos. Rimos, conversamos, mais unidos do que nunca. Lua, sempre carinhosa, brincou com minha mão embaixo da mesa. Em seus olhos, vi o orgulho e a emoção por finalmente estarmos em paz.

— Você está bem? — sussurrei, dando um suave beijo em sua bochecha.

— Eu nem sei... o que dizer. Fico tão emocionada ao ver tudo tão bem. O amor que vejo nos olhos de Mark, que vejo nos olhos de Cahya. O sentimento lindo que Carter e Erin têm. Assim como Zane e Kizzie... é o mesmo amor insano que sinto por você. — Lua lançou um olhar para mim, pegou a minha mão e deu um beijo suave sobre a aliança em meu anelar. — E eu te quero mais a cada dia. Eu te amo mais a cada dia que passa. — Sua boca foi se aproximando da minha devagarzinho, em um beijo calmo, breve, mas muito significativo.

Enquanto eu cedia aos seus lábios, constatei que sempre seria Lua a me ter daquele jeito. Sempre seria a sua boca na minha. Sempre seria a sua voz a me dar bom dia pela manhã, assim como seriam os seus gemidos a me embalar na madrugada. Sempre seria em seus braços o meu ponto de paz, quando eu precisava do seu carinho para acalmar a minha alma. Da mesma maneira que seu corpo daria vez à tormenta que eu sentia, do fogo que me engolia, quando estava dentro dela. Sempre seriam os seus conselhos que me fariam parar e repensar. Sempre seria Lua, independentemente do tempo, do que a vida nos ofereceria e de qualquer obstáculo que pudesse se interpor em nossos caminhos.

Amar exigia muita coragem.

Uma coragem que nossos corações apaixonados já tinham.

Agora, só nos restava viver.

Lua

Nossa comemoração nos rendeu boas horas. Quando já era tarde da noite e a música estava alta o bastante para dançarmos, Shane foi o rei da festa. Ele puxou todas nós para bailarmos, levou até os meninos para a pista de dança. Nos braços daqueles homens maravilhosos, sendo rodada e girada tantas vezes que fiquei tonta, rebolando com as minhas amigas até que suor cobrisse nossos corpos, me senti viva. Amando e sendo amada por cada um deles, representando o verdadeiro significado de uma amizade eterna. Era finalmente a vivência da paz.

Aline Sant'Ana

Yan acabou me puxando em algum momento, batendo seu corpo no meu de forma abrupta e suave ao mesmo tempo. Sua boca raspou na minha e o calor da sua pele me deixou ainda mais quente.

— Oi, Gatinha.

— Oi, Gigante.

— Curtindo a festa?

— Você sabe que eu adoro, né?

— Eu sei. E eu adoro te ver assim. Feliz e tão solta. — Yan se aproximou para me beijar na boca, mas um som de vozes altas surgiu, sobrepondo a música, o que me fez tirar os olhos de Yan para...

— O senhor não pode entrar. — Mark, adotando uma postura profissional, se colocou entre o invasor e a pista de dança.

A música foi cortada pelo DJ.

Quando vi Roxanne nos braços de Shane e o namorado dela chegando como se fosse um touro vendo vermelho, imediatamente meu coração começou a bater com força.

— Nem precisa me falar nada, Roxanne! Porra! — Gael apontou para as mãos de Shane na cintura da namorada. — Tá mais do que explicado. Nem sei por que eu vim. É ele, né? Sempre vocês dois juntos, caralho.

— Gael, não é assim... — Ela se afastou do Shane e caminhou em direção ao Gael. Como proteção, Mark se manteve entre eles. Todos nós demos passos para frente, querendo pegar Roxy, querendo que não houvesse uma discussão ali. — Eu te disse que estava aqui. Eu sempre te dou satisfação de tudo, e parece que...

— Que eu não entendo essa amizade de vocês? Porque, caralho, eu não sou obrigado a entender. Você ficou semanas em um resort com o cara, só vocês dois. Sou corno nessa porra? — gritou. — Eu tentei ser paciente, tentei entender que era porque ele precisava da sua ajuda. Mas, nossa... que baita ajuda, as mãos dele na sua cintura, a intimidade entre vocês dois. Tem que ser muito trouxa pra aceitar algo assim. Tô cansado!

— Quem te deu o direito de falar assim, cara? Quem você pensa que é? Eu e Roxanne nunca tivemos nada, sempre fui o melhor amigo da Querubim — Shane se intrometeu, não aguentando ficar calado. Troquei olhares com Zane, Yan e Carter. Eles prontamente foram para perto. Se precisassem segurar o Shane... Erin, Cahya e Kizzie ficaram próximas de mim, angustiadas como eu estava. — Se você não consegue entender isso, não tem um pingo de segurança em si mesmo, então, porra, você não é o cara certo pra ela. Vaza daqui!

— E quem é o cara certo? — Gael bateu de frente e quis ir até o Shane. Mark

Por causa de você

se fez de parede, colocando as mãos no peito do Gael, empurrando-o para longe.

— Fica aí, quietinho — Mark falou, tranquilo.

— E quem é o cara certo? — Gael rebateu, gritando. Roxy tinha lágrimas nos olhos. — Você, Shane? Porque só vejo um ex-drogado de merda que mal consegue se manter são. É você o cara certo? Vem falar na minha cara que você é apaixonado por ela, um egoísta filho da puta, que nem fode nem sai de cima!

Aquilo foi demais para o Shane. Eu vi quando ele ia partir pra cima do Gael. Só que, no último segundo, Carter se meteu na bagunça, surpreendendo a todos quando, calmamente, afastou Shane e o deixou com Yan e Zane. Ele ficou na frente de Mark, cara a cara com Gael. Meu coração parou de bater, porque... de todos os meninos da The M's... Carter sempre foi o mais controlado.

Ele exalou a fúria para longe.

E, sem tirar os olhos de Gael, abriu um sorriso.

— Eu acho curioso você vir aqui e fazer inúmeras acusações sobre a sua namorada, sendo que eu já conheço o seu tipo, Gael. E o culpado é você. As mensagens que você mandava para ela, deixando-a se sentir culpada por algo que nunca fez. A manipulação. Os jogos psicológicos. A cobrança. Consigo enxergar o pedaço de merda que você é. E nem precisei me esforçar. Uns prints que ela me enviou... foram o suficiente. Digamos que você é um namorado bem inseguro, imprestável e tóxico. Agora, acho ainda mais engraçado você vir aqui discutir a sua relação com a Roxanne, com uma terceira pessoa: o melhor amigo dela. Não era para vocês conversarem civilizadamente e sem gritos? Se você fosse um homem de verdade, faria isso. Então, já que não é, foda-se o que você pensa, a única pessoa que importa nesse jogo todo é a Roxanne. — Carter virou-se para Roxy, que estava com a boca aberta e a maquiagem toda borrada. — Linda, você quer esse cara na sua vida ou não?

Ela engoliu em seco.

— Não, não mais.

— Ótimo, então... — Carter virou para Gael. — Parabéns, você acaba de ficar solteiro. Tem mais alguma coisa pra resolver aqui? Acho que não, né?

— Você está terminando o meu relacionamento por mim?

— Eu tô resolvendo. Não é isso? Você veio aqui bater boca, dizer que tá cansado. Pronto, não precisa mais.

— Roxanne... realmente... acabou? — Gael murmurou para ela.

Eu sabia que para ela era difícil desapegar. De certa forma, Roxy estava envolvida, ele era uma certeza... mesmo tóxica. Algo que o Shane nunca ofereceu. Roxy tinha medo do incerto, ela gostava de estar namorando. Mas

Aline Sant'Ana

não pela pessoa que se envolvia, era porque... tinha um rótulo, entende? Talvez, Roxy ainda não fosse capaz de ver isso. Ver que estava se envolvendo cegamente porque quem ela verdadeiramente queria não abria esse espaço e não oferecia essa chance. Eventualmente, aquela menina iria entender. E estaríamos todos ali para ela, quando fosse o momento certo.

— Acabou, Gael. Eu... eu sinto muito. Eu me sinto sufocada com você. E o Shane? — Ela sorriu, triste. Tirou o melhor amigo dos braços de Zane e Yan, e o encarou. — Shane sempre foi e sempre será uma parte de mim. Se você não consegue entender que a nossa amizade é para a vida toda, e que não importa o que você diga dele, eu sempre vou amá-lo e apoiá-lo... então, não sei o que estamos fazendo juntos. Sinto muito, Gael... eu preciso...

— Tudo bem. — Gael pareceu chocado com a certeza da Roxanne. Ele observou Shane, com raiva, mas também com certa... admiração? — Não sei que tipo de amizade é essa, que parece mais um namoro do que qualquer outra porra, mas... homem nenhum vai saber lidar com isso, Roxy. Só te falo isso.

— Te mostro a saída — Mark, pleníssimo, disse. A voz era puro controle.

— Não precisa, eu já sei.

Quando Gael saiu, consegui respirar aliviada pela primeira vez em vários minutos. Mal consegui processar que todo mundo tinha se juntado, até sentir a mão de Yan na base das minhas costas.

— Precisei segurar tudo de mim para não quebrar o cara — Zane resmungou.

— Foi difícil — Mark concordou.

— Muito, muito difícil. — Yan respirou fundo.

— Foi resolvido da melhor maneira possível e sem violência. Querido, muito obrigada pelo que você fez. — Erin passou os braços na cintura do vocalista e o beijou na bochecha. Carter olhou para Roxy, enquanto abraçava a minha melhor amiga.

— Ela precisava de uma ajuda para dar um ponto final. E eu realmente não aguentei.

Os únicos que não estava na rodinha eram Shane e Roxy. À distância, o vi colocar Roxy em seu colo. Vi suas mãos irem para o rosto dela e sua boca se movendo enquanto conversavam a sós. Shane deu um beijo em sua testa e a abraçou. Os olhos coloridos do baixista focaram em mim, e o vi suspirar fundo.

— Acabou, Shane — movi os lábios para ele.

Shane assentiu.

Por causa de você

— Eu sei — respondeu silenciosamente.

Yan

— Ela tá bem mesmo? — perguntei para Shane.

Roxy estava na pista de dança, ouvindo uma das músicas que pediu para o DJ colocar: *On My Own*, do DJ Offer Nissim, que falava do fim de um relacionamento.

— Ela vai ficar. — Shane suspirou fundo. — Eu não sabia que era assim. Eu não fazia ideia. Querubim me contou tudo quando sentei com ela ali, perto da piscina. O cara fodia o psicológico dela. Como eu não percebi antes?

— Shane. — Zane segurou o ombro do irmão. — O que é mais importante agora é você saber que ela se livrou disso. Além de qualquer coisa, Roxy tem você, tem a gente e... porra... ela é da família, caralho. Ela sempre foi.

— Às vezes, nem ela tinha percebido o quanto isso tudo era uma merda até hoje. — Carter cruzou os braços no peito.

— É, eu tô ligado. Vocês acham que eu devo ir lá com ela?

Observei as mulheres dançando com Roxy, incluindo Cahya. Todas cantando a plenos pulmões. A liberdade que Roxy estava sentindo pareceu ser transmitida por todas elas, compartilhando aquele instante. Era um momento feminino ali, e não competia a nós atrapalhá-las.

— Não — Mark falou por mim. — Deixe-a curtir.

E nós deixamos nossas garotas dançarem e cantarem, apoiando Roxanne como ela realmente merecia. Depois de passarem uma hora naquilo, curtindo cada música, Roxy voltou toda suada e energizada para nós. Ela olhou para Shane e segurou as laterais do rosto do amigo, como as mães fazem com as crianças.

— Consigo ver a culpa em seus olhos. Não precisa me pedir desculpas por nada. Eu teria socado aquele desgraçado se meus braços fossem da grossura dos seus. Fico feliz que não tenha agido com violência, de qualquer maneira.

— Desculpa ter me metido na discussão...

— Cala a boca. — Roxy deu um pulo para conseguir abraçar o amigo, envolvendo o pescoço dele, os pés balançando no chão quando Shane a segurou pela bunda.

Eu sorri para o cara enquanto ele recebia o carinho da sua Querubim porque... enquanto aqueles dois viam o término como algo ruim, eu via *ali* uma chance para fazerem o certo dessa vez.

Aline Sant'Ana

Desviei a atenção dos dois e fui para Lua, que finalmente havia se cansado de tanto dançar e estava com a melhor amiga sentada no chão, perto da mesa do DJ. Lua piscou para mim e continuou conversando com Erin, mas não antes de apontar a cabeça para Shane e Roxy.

É, talvez eu não fosse o único a ter um pouco de esperança.

CAPÍTULO 20

**I might leave to be someone for somebody else
So scared we'll find anew
A better me, a better you**

— Clara Mae feat Jake Miller, "Better Me Better You".

Uma semana depois...

SHANE

— O que é isso aqui, Shane? — Yan me perguntou, relaxado no meu sofá.

Eu me joguei ao lado dele, com uma garrafa de um litro d'água. Bebi tudo em dois minutos. Eu e Yan tínhamos acabado de voltar da academia com meu irmão e Carter. Sorri quando Yan ficou um tempo encarando a porra da mesa de centro da minha sala.

Literalmente falando.

— É um presente da Roxanne.

— Isso é muito bizarro. Você vai manter? — Carter se sentou do meu lado, apoiando os pés sobre a mesa.

— É muito bizarro *mesmo*. — Meu irmão exalou fundo, bem acomodado na poltrona do meu novo lar.

— Eu não me incomodo. — Olhei mais uma vez para o presente da Querubim e comecei a rir. — Porra, vocês sabem o que ela disse quando trouxe essa merda pra cá?

— Não — Yan, Carter e Zane disseram em uníssono.

— Que eram os nossos paus.

É, você não entendeu errado. Havia uma mesa de vidro no centro da minha sala, e advinha do que eram feitos os pés? De mármore em formato de... caralhos. Esse foi um dos presentes que ela me deu de casa nova, junto com uns negócios coloridos porque Roxy disse que o apartamento ia ficar com cara de funeral se eu não botasse cor. Aquela menina tinha uma mente pra moda e, mesmo eu explicando que a minha casa não era um dos seus manequins... Roxanne ligou o foda-se e trouxe cor mesmo assim.

— A timidez dela some com você. — Zane riu.

Aline Sant'Ana

— Nem sempre — murmurei. — E aí, o que a gente vai fazer agora?

— Temos que passar no prédio administrativo da The M's. A Marrentinha marcou uma reunião para daqui a uma hora. Então, a gente toma um banho e se encontra na garagem.

— Vamos, então. — Yan se levantou do sofá, recebendo uma lambida de Snow nas costas da mão antes de eles se despedirem rapidamente, para ninguém se atrasar.

Respirei fundo, encarando o espaço que era a minha nova casa. Caralho, era tudo tão bonito. Já havia quadros nas paredes, a decoração toda montada, graças à ajuda dos caras e das meninas. Passei a mão pelos cabelos, sabendo que precisava de um corte, mas ainda não era o momento. Eu estava me reacostumando com essa realidade. Morar sozinho, com Snow, ter liberdade, mas ser responsável pelas minhas próprias merdas.

Snow, como se quisesse me lembrar de algo, deu um latido.

— Você acha que devo ligar para a minha mãe, né?

Snow latiu de novo.

— Ou talvez você queira a Roxanne.

Ele respondeu com outro latido.

— Ah, já sei. Quer aquele pedaço de carne que tá na minha geladeira?

Snow deu alguns passos para trás, afirmando.

O safado piscou para mim.

Fui até a geladeira, esquentei um pouco a carne e coloquei no seu pote. Snow ficou ocupado comendo, enquanto eu pegava o celular, pronto para ligar para a minha mãe, mas uma mensagem da Querubim, naquele exato segundo, me fez desistir da ligação. Caralho, e eu estava com saudade da minha melhor amiga já.

> *Querubim: Como eu faço pra entrar nessa fortaleza que você chama de prédio? Eu nem consigo pegar o elevador.*

 Eu: Você tá aqui?

> *Querubim: Dã! Vem me resgatar. E ainda tive que convencer o idiota do porteiro que achou que era uma fã maluca.*

Sem ter ido tomar banho, do jeito que eu estava mesmo, peguei a minha chave e desci pelo elevador. Levou pouco menos de um minuto, e eu já estava de cara com a minha melhor amiga. Roxy estava com o cabelo preso em um rabo de cavalo meio rebeldão, daquele jeito dela, uma calça jeans toda rasgada e um top preto que... Merda.

A barriga estava de fora.

Com aquele maldito piercing no umbigo.

Que porra.

Engoli em seco, desviando o olhar.

— Tigrão, eu quero uma chave. Agora, oficialmente, eu não posso mais invadir o seu quarto, e nem você o meu. As minhas aparições súbitas seguidas de um "*tchadã!*" não vão mais acontecer.

Sorri e entreguei minha chave para ela.

— Eu já ia fazer isso. Mas, sei lá. Não achava o momento certo. Pega essa, que era pra você mesmo. Eu tenho a reserva lá em cima.

— Ah, que fofo você já ter uma chave pra mim. Mas, espera, que espécie de chaveiro é esse? — Roxy pegou, olhando-o de um lado para o outro.

— É o Jim Carrey.

— Isso eu tô vendo. Mas por que ele tem essa cabeça cinco vezes maior do que o corpo?

— Roxanne, se eu preciso explicar isso, então, você não merece essa chave.

— É porque é engraçado, né?

— *Tchadã* — zombei dela.

Roxy riu antes de entrar no elevador e eu suspirei fundo, sabendo que teríamos que entrar em um assunto nada legal no momento em que chegássemos ao meu apartamento. Por quê? Porque a gente evitava falar de relacionamentos, mas o que a minha Querubim passou com aquele desgraçado do Gael... era foda demais e, agora, ela precisava que eu fosse homem o suficiente para ultrapassar um limite que a gente sempre impôs. "Não se meta nas minhas merdas", Roxy disse uma vez para mim. Acho que isso acabou no instante em que quase quebrei a cara do ex idiota. E perguntar se ela estaria bem... era só preocupação, certo?

Roxy

Fiquei brincando com o cabeção do Jim Carrey. *Ok, isso soou errado.* Eu

Aline Sant'Ana

fiquei brincando com o *chaveiro* de Jim Carrey até o momento em que entrei na sala do Shane.

Meu Deus, era adulto demais aquilo tudo.

Um lar para ele, uma vida nova começando. Meu peito se enchia de orgulho, ao mesmo tempo em que eu queria me agarrar à época em que não tínhamos preocupações de adultos como... pagar contas e ter que colocar a roupa para lavar.

Percebi que Shane estava me olhando com aquela cara que ele fazia quando precisava dizer algo para mim e não estava confortável em dizer. Eu poupei-o daquilo, porque... eu tinha algo importante para dizer também.

Me sentei no sofá, colocando minhas pernas sobre a mesa de centro de quatro pintos maravilhosos. Saber que o Shane não tinha tirado aquilo me fez sorrir.

Snow pulou em cima de mim e, depois de me encher de beijos e receber todo o seu carinho e amor, respirei fundo e encarei Shane.

— Olha, vou adiantar os assuntos. A Kizzie vai chamar vocês para uma reunião hoje, mas ela me chamou antes, então, eu tô meio que na frente do tempo.

— Ah, é? — Shane se sentou ao meu lado. Estava completamente suado, sem camisa e com um short folgado e preto. Nada que eu já não estivesse acostumada a ver. As tatuagens, a pele bronzeada, os músculos muito saltados. Shane era sexy desde a época em que não tinha esse físico e muito menos pelos no corpo. Claro que eu sempre empurrei esse pensamento para longe.

Pisquei, voltando ao foco.

— É sim. Kizzie sabe a data possível da turnê da The M's que vai acontecer no Brasil. E, infelizmente, é exatamente na época do meu estágio supervisionado. Eu oficialmente não vou poder ir, Shane. Isso é *tão* horrível. Vocês vão cantar as músicas que a gente fez e... eu tô pirando porque não vou poder ver de perto.

Shane pegou minhas mãos.

— Merda, Querubim. — Ele baixou a cabeça. O cabelo castanho estava bem curto nas laterais e imenso em cima, caindo além dos seus olhos. Ele precisava cortar aquela franja. — Porra, sei lá. Não tem mesmo como você... — Ele fez uma pausa. — Não, caralho, eu não vou fazer isso.

Shane se afastou de mim e ficou em pé, de costas, cruzando os braços no peito e admirando a vista do seu apartamento. Fiquei brincando com os pelos do Snow, incerta do que tinha acontecido com o meu melhor amigo.

— Você já se afastou de tudo por minha causa — explicou, ainda sem virar para mim. — Não vou pedir para cancelar o estágio, prejudicar a faculdade... não por mim.

— Olhe pra cá.

Shane respirou fundo e se virou.

— Não seria por você, seria um motivo completamente egoísta, por querer ver uma banda mundialmente conhecida, e muito gostosa, por sinal, cantando algo que eu *fiz* parte. Jamais faria qualquer coisa louca por *você*. — Espremi os lábios.

Shane riu.

— É, você tá a fim de ver o Carter sem camisa e cantando a plenos pulmões.

— E tô errada?

Os olhos de Shane escorregaram por mim.

Ele não respondeu quando voltou a me encarar.

Éramos próximos, sempre fomos. Completávamos as frases um do outro, funcionávamos como um cérebro só. Éramos, às vezes, uma única pessoa. E o resort nos conectou ainda mais. Criar as músicas com Shane nos fez oficializar essa conexão. Tanto que optamos por usar um pseudônimo para a canção: Shaxy. Os nomes misturados de Shane e Roxy era a nova compositora da The M's, e desconhecida aos olhos de qualquer um.

Exceto o nosso.

E essa proximidade, o fato de morarmos juntos no resort e de eu ter participado de um dos momentos mais agoniantes da sua vida, desde a desintoxicação ao processo psicológico, nos tornou inseparáveis. Se a nossa amizade já era esquisita aos olhos dos outros, especialmente de quem nos relacionamos, agora seria impossível qualquer um não ver *alguma* coisa, apesar de não haver nada para ser visto.

Bem, entre Shane e qualquer outro homem, eu sempre escolheria o meu melhor amigo. Amizades ficam, relacionamentos vão.

Shane era eterno para mim.

— Eu estou indo agora — avisei. — Obrigada pela chave.

— Antes de eu tomar um banho e ir para a vida de adulto, me diz uma coisa. — Ele se aproximou devagar, seu olho esquerdo castanho no tom de mel e o seu olho direito em um azul bem claro brilharam para mim. — Você está bem? Gael deu um tempo?

— Sim, estou ótima, senhor Tigrão. Nenhuma mensagem, nenhuma invasão

Aline Sant'Ana

de privacidade, nada.

— Se você quiser, pode ficar aqui por um tempo. Se quiser, eu ainda posso socá-lo. — O piercing do canto do seu lábio se esticou quando Shane sorriu.

— Eu sei — falei com sinceridade. — Mas ele não está me atormentando, e nem vai. Além do mais, venho te visitar tantas vezes que nem vai ter como sentir a minha falta.

Shane segurou o meu pulso delicadamente, me impedindo de ir até o elevador. O polegar roçou na pele sensível e, por mais que não quisesse, acabei estremecendo.

— Foi tudo muito louco quando voltamos do resort. Eu me acostumei com os cafés da manhã, com a gente dormindo no mesmo quarto e conversando de madrugada. Você foi o suporte que eu precisava. Talvez eu enlouquecesse naquele lugar sem você. Não tive a chance de dizer: Obrigado, Querubim. Você foi do caralho.

— Suponho que caralho seja bom.

Ele gargalhou.

— Cale a boca e venha aqui.

Shane me puxou e me abraçou. Ele ainda estava úmido de suor, mas não me importei, ele cheirava a desodorante masculino e alguma coisa picante no fundo. Me acomodei nos braços da pessoa que me conhecia a vida inteira, que me entendia além de mim mesma, aliviada por Shane ter me protegido quando eu nem sabia que precisava de proteção. Estar sem Gael era criar asas para o desconhecido, e eu queria e precisava desesperadamente voar.

Ele beijou o topo da minha cabeça, e eu envolvi sua cintura.

— Se o meu chaveiro é do Jim Carrey, qual vai ser o seu?

— Do Jim Carrey, como O Máscara.

— Ahá! — Me afastei dele, batendo com as duas mãos em seu peito nu. — Você vai ficar com o mais legal de todos!

Shane rolou os olhos.

— Você quer O Máscara, né?

— É claro!

Shane puxou o meu lábio inferior, entre o polegar e o indicador, fazendo um ploc nele.

— Tá, Querubim. — Shane foi até a mesa da sala de jantar e voltou com o chaveiro do Máscara. Como uma criança que tinha acabado de ganhar um

Por causa de você

presente maravilhoso, roubei um beijo da sua bochecha assim que Shane me entregou.

— Obrigada! Agora, estou indo. Antes que a Kizzie venha aqui e te leve pelo rabo.

— Você sabe que eu não sou um tigre de verdade, né?

— Há controvérsias na minha imaginação.

Me despedi do Snow, dei uma piscadinha para o Shane e sorri quando consegui descer até o térreo sozinha com O Máscara.

Meu sorriso foi morrendo quando cheguei à recepção. Porque, por mais que eu quisesse ser leve sobre aquilo, eu também sentia falta de acordar e dormir ao lado do meu melhor amigo, muito mais do que já senti falta de qualquer outra pessoa.

Aline Sant'Ana

Por causa de você

CAPÍTULO 21

**My imagination
Turned into existence
Only in an instant
A beautiful creation
You are something different**

— *Aline Baraz, "Coming To My Senses".*

Lua

Eu estava secando o cabelo e pensando sobre tudo que aconteceu em Miami desde que chegamos aqui. Shane estava ótimo. Roxy havia se livrado do Gael. A minha carreira estava mais consolidada do que nunca, a The M's já estava engatinhando com o CD e agora eles tinham uma perspectiva incrível de uma turnê pelo Brasil, que eu já havia colocado na minha agenda para poder ir com eles.

Além disso tudo, meu pai e minha mãe... tinham um encontro esta noite! E sabe o que é mais maluco? Eu vi o quanto o sentimento entre eles não havia acabado, apenas... abafado um pouquinho. Eles estavam casados há mais de vinte e cinco anos. O que eu posso dizer?

E havia a minha melhor amiga. Eu pude ver em seus olhos o quanto saber de coisas que ela não fazia ideia a amadureceu. Não que Erin já não fosse uma mulher adulta, bem formada de opinião e com uma índole maravilhosa, mas entender o passado é a liberdade que qualquer pessoa pode se permitir para finalmente ser capaz de abraçar o futuro.

Pairei a escova de cabelo no ar, o secador ainda ligado, enquanto meu coração remetia à descoberta de Erin com a de Yan. Voltei a escovar, mas minha mente continuou viajando, especialmente no brilho novo que havia nos olhos do meu noivo toda vez que a sua família ligava. Ele foi pescar com seu pai, e almoçou na sua antiga casa com a mãe, a irmã e o futuro cunhado.

Suspirei, aliviada.

Yan também me contou várias coisas sobre sua mãe biológica, o verdadeiro amor do seu pai, uma lacuna que faltava para Yan se sentir parte de algo. Agora que os filhos sabiam de tudo, os Sanders teriam o divórcio e, ainda que tardiamente, poderiam viver suas vidas. A verdade é que faltava a família se alinhar para Yan se sentir completo. E, por mais que não externasse isso, eu fui capaz de sentir.

— Lua! — Ouvi o grito do Yan na sala. — Você pode vir aqui, Gatinha?

Desliguei o secador — eu já tinha terminado mesmo — e envolvi a toalha no corpo. Nunca dava para saber se Yan estava acompanhado ou sozinho. Os meninos adoravam entrar e sair dos apartamentos, e eu já havia me acostumado. Quase fui pega nua, e Kizzie viu Yan pelado duas vezes. Então, bem, os roqueiros não tinham tanto pudor, mas eu ainda preservava a minha luazinha, obrigada.

Yan estava sozinho. E o cenário era de tirar o fôlego.

— Quanto tempo eu fiquei no banho? — questionei, chocada.

— Uma hora e três minutos — respondeu ele, sorrindo.

— Como conseguiu isso tudo?

Deu de ombros.

— Eu sou rápido e, bem, eu tinha tudo guardado no fundo falso do closet.

— Mas... pra quê? — Não consegui esconder a emoção na voz.

Os olhos cinzentos de Yan pareceram refletir um milhão de estrelas.

— Para quando você voltasse para casa.

Yan Sanders revolucionou o romantismo. Era doce quando me beijava, quando me abraçava, quando dizia que me amava, mas provas de amor cotidianas? Isso era magnífico demais.

Só que Yan não precisava de muito para me deixar de queixo no chão por ele e de calcinha molhada. Sério, era só ele me olhar que o mundo deixava de existir.

O chão estava coberto com mantas, e a lareira, que Yan quase nunca usava e que ficava em torno de uma pedra que refletia toda a sala, estava acesa. Balões em formato de meia-lua e sol estavam no teto, com seus barbantes formando uma chuva de fios. O tom prateado reluzia por causa das chamas, fazendo um jogo de luz interessante e mágico. Sobre a manta, Yan fez uma lua minguante com nossos travesseiros e almofadas coloridas, para deitarmos.

— Yan...

Quase como se fosse um sinal do destino, a luz que deixei acesa no corredor e a da cozinha se apagaram. Olhei além da janela, e toda a cidade de Miami foi se desligando, até ficar em total escuridão.

— Bom, eu não molhei a mão da companhia elétrica, prometo.

— Faltou luz, é sério? — Em um misto de choque e diversão, observei o

Por causa de você

rosto do meu noivo, enquanto eu ria. — Isso é perfeito.

— Significa que os elevadores não estão funcionando e Zane, Shane e Carter não têm a chave da cozinha, que leva às escadas. — Yan respirou fundo e começou a caminhar lentamente. — Sossego, Gatinha. Só nós dois.

Ele havia se vestido para mim. Percebi isso porque Yan estava usando a calça social que eu adorava nele, uma azul-marinho que foi feita sob medida, justa. Os pés estavam descalços. Em cima, um camisa social branca com as mangas dobradas até os cotovelos. Mas, para minha diversão, completamente aberta, exibindo a barriga e o peito lindo daquele homem gostoso.

Quando chegou perto o bastante, Yan me mediu de cima a baixo. A toalha me lembrou que eu estava nua sob a toalha. Me senti submissa perante seu olhar analítico. Respirando duro, ele se aproximou e, sem me tocar, sem sequer me beijar, só pela maneira que estava me admirando, percebi que meu corpo já sentiu o que viria e estava prontíssimo para Yan Sanders.

— Vem aqui, Lua — me pediu para completar o espaço que faltava entre nós dois.

E eu fui.

YAN

Com apenas o dedo indicador, puxei a toalha e a peça caiu no chão, aos nossos pés. Lua respirou fundo, o que enviou lufadas para o meu peito. Meus olhos foram para o seu corpo, dançaram por lá, cada centímetro que me deixava duro. Caramba, seus seios estavam empinados, os bicos, duros, pedindo tanto minha boca. A cintura fina e estreita, seguida de quadris mais largos e aquela linda boceta toda depilada, pronta para receber meu pau, meu corpo inteiro...

— Você é uma visão, Lua.

Ela sorriu para mim, sem vergonha. Me deixou olhá-la por um minuto inteiro, ou talvez dois, e quando faíscas quentes desceram por todo o meu corpo por ter olhado demais, estremeci.

— Deita pra mim — exigi.

Seus olhos, sem saírem dos meus, sorriram quando Lua se ajoelhou e, em seguida, se deitou no chão, no meio das mantas. As chamas da lareira dançaram por sua pele leitosa, iluminando lugares que prometi silenciosamente que alcançaria com a boca.

Comecei a tirar minha camisa.

Aline Sant'Ana

— Se toque, Lua.

Ela piscou, um pouco surpresa.

— Tem certeza?

— Abra as pernas — falei, a voz rouca. A camisa passou pela pele quente e me arrepiou mais uma vez. Arranquei-a, ficando apenas com a calça. Quando vi que Lua me obedeceu, um sentimento de prazer me envolveu, como vodca direto na cabeça. Admirei a boceta, aberta para mim, o peito de Lua subindo e descendo pela respiração pesada, os seios inchados e os bicos duros. Desci os olhos mais uma vez, os *lábios* rosados e molhados como sua boca me deixaram com um tesão louco, meu pau pulsando por trás de tanto tecido. Minha voz saiu além da rouquidão quando precisei falar de novo. — Coloque dois dedos nesse clitóris gostoso. Brinque com ele, enquanto me observa.

Não demorou nem meio segundo para Lua começar. Respirando fundo, desabotoei a calça, desci o zíper e a admirei se tocando. Os dedos brilhavam pela umidade, enquanto seu rosto relaxava e se transformava em prazer puro.

— Coloque dois dedos dentro, devagar.

Ela lambeu meu corpo com os olhos, encarando meu tórax, meu rosto, a ereção dura contra a calça que comecei a baixar. Com fome de mim, Lua umedeceu a boca, ainda se tocando e acelerando os dedos.

Gostosa pra cacete.

Passei a calça pelos pés e a joguei para longe. A boxer branca, de tecido fino, não deixava muito para a imaginação da Lua. Encarando-a se tocar e, ainda em pé, passei a mão pelo meu tórax, descendo bem devagar pela barriga, colocando a ponta dos dedos dentro do elástico da boxer.

Lua gemeu e começou a se masturbar com mais força.

— Não goze.

Ela diminuiu o ritmo. Encarei seu corpo, desejando-a tanto que a tortura pela espera não foi só dela. Os dedos pequenos não conseguiam cobrir o prazer que Lua precisava sentir. O que ela tinha de experimentar era a aspereza do meu toque.

Mas antes...

Coloquei a mão direita dentro da cueca. Senti o pau pulsando, as veias inchadas e a pele quente na palma da mão. Com a esquerda, abaixei a boxer, parando com ela pouco depois da bunda. Lua me encarou, totalmente perdida na sensação de se dar prazer, mas atenta demais ao meu pau duro para desviar o olhar.

Por causa de você

Movi lentamente os dedos pelo comprimento, para cima e para baixo, a glande tão inchada que enviou ondas elétricas até as bolas. Senti as veias pulsarem na minha palma e espalhei o líquido do pré-gozo por cada centímetro, a cabeça do meu pau inchada, doida para mergulhar em Lua.

Punhetei-o bem de levinho.

— Yan... você está me torturando — sua voz miou, como uma gatinha.

Sorri de lado, me provocando devagar, a aspereza da minha mão não sendo tão gostosa quanto os dedos macios de Lua.

Mordi a boca.

— Fica louca quando me vê batendo uma pra você?

Ela assentiu, tonta.

— Gosta de imaginar que é a sua boceta aqui ou a sua boca?

Como se não aguentasse, Lua jogou a cabeça para trás, a boceta toda molhada, as coxas brilhando pela lubrificação.

Lua estava perto.

— Não goze — demandei, arfando. Ela imediatamente tirou os dedos de dentro, mas continuou a brincar com o clitóris. — Eu quero que você volte esses dedos para a sua boceta, bem dentro, e pegue bastante dessa umidade. Assim que estiver satisfeita, quero que passeie o líquido pelo corpo.

Minha noiva me encarou.

— O que quer fazer? — O som saiu ofegante.

— Eu vou percorrer esse caminho com a língua.

— Que intenso — gemeu.

— Ainda nem estou te fodendo para começarmos a falar em intensidade.

Ela arfou. Tirou os dedos de dentro dela e foi passando pelo corpo, subindo pela barriga, umedecendo os seios com aquele líquido.

Caralho.

Ela levou os dois dedos até a boca.

E chupou.

Apertei meu pau com a mão, bem forte, me punindo para não dar um passo à frente. Eu queria, cacete, eu queria entrar nela, tomar tudo, perder a razão e simplesmente...

Lua abriu mais as pernas.

Aline Sant'Ana

— Vem.

Mas eu tinha um autocontrole filho da puta. Então, eu só sorri de lado para ela.

Soltei meu pau bem duro, deixei-o livre, latejando, quente e me pedindo mais movimento. A boxer desceu pelas minhas coxas e caiu no chão.

— Quando eu deitar aí, não vai ter amarras que te prendam, nem brinquedos, apenas meu corpo adiando ao máximo o seu prazer. Porque eu quero que você implore, implore muito e...

— *E se* eu quiser pedir uma coisa em especial? — Lua me interrompeu.

Eu não esperava aquilo.

Pisquei, atônito.

— Eu quero ser sua de todas as maneiras possíveis — completou, as pálpebras semicerradas. — Eu quero que você faça amor comigo de outro jeito.

— Lua...

— Eu quero sexo anal, Yan.

Li em seus olhos a sinceridade. Minha respiração ficou suspensa, os batimentos aceleraram. Vi a minha noiva bem ali naquele chão, mais entregue do que nunca, me pedindo algo que... *porra*! A gente nunca tinha feito, apenas brincado com plugs e... Que homem, em sã consciência, iria recusar? Engoli em seco.

— Certeza? — sussurrei.

— Meu amor... só vem.

Lua

Você compreende que nunca vai haver um homem como aquele no momento em que ele se toca, se segura e te mostra como tem autocontrole. Você percebe que o objetivo dele é ir muito além do sexo quando se ajoelha na sua frente, com o membro duro, parecendo dolorosamente pronto... e simplesmente sorri para você, como se estivesse de frente para a mulher mais linda do mundo.

Sua expressão era faminta, mas existia tanto amor ali.

Yan pegou a minha perna, colocou meu pé sobre seu ombro e começou a beijar os dedos, indo para a perna, pairando sobre os joelhos. Ele deu uma suave mordida na parte interna, apenas um raspar dos seus dentes, que fez meu clitóris pulsar em alerta. Fiquei tonta, mas Yan continuou a beijar minhas coxas, e meus seios pesaram de vontade, minha vagina se contraindo, exigindo. Seu nome vazou dos meus lábios, e ele foi se inclinando, minha perna se abrindo quando deitou.

— Você vai...?

O baterista da The M's não respondeu. Ele colocou a língua para fora e, me encarando, colocou-a em cima do clitóris, passeando por aquela zona bem suavemente, quase como se quisesse experimentar.

Gemi forte.

Me encarando, Yan fez um V com dois dedos, espaçando os *lábios*, para colocar a língua no ponto túrgido e inchado. A língua deu uma volta completa, e eu remexi meus quadris, no sentido contrário à sua boca, precisando tanto gozar que...

— Ainda não.

O que Yan fez deveria ter me feito amaldiçoá-lo de todos os nomes possíveis. A ponta da língua passeou por todos os lugares mais íntimos, menos o clitóris. Yan chupou os lábios, colocando minha vagina inteira em sua boca, apenas para depois penetrar-me com a língua. As mãos de Yan foram para debaixo da minha bunda, e ele me ergueu, angulando-me a seu bel prazer, chupando tão gostoso que a maneira que sua língua entrou pareceu que outra parte do seu corpo estava ali.

Perdida, levei as mãos para seus cabelos, agarrando-me a eles. Yan trouxe meu quadril ainda mais para perto, e eu rebolei em sua língua, a sensação aguda me consumindo, enviando ondas quentes e pulsantes, a gota d'água que faltava para eu ter um orgasmo astronômico, tão perto, quase lá e...

Se afastou abruptamente, arrancando o ar e o prazer. Subiu a boca por mim, e eu fui assistindo àqueles cabelos lisos passearem por minha pele ao mesmo tempo que Yan cumpria a promessa: beijava todo o caminho que fiz com os dedos úmidos. Ele me lambeu inteira, e o meu coração saiu do peito para pulsar em outro lugar, me fazendo queimar.

— Yan...

— Ainda não — repetiu.

A boca dele veio até minha barriga, e ele circulou o umbigo com os lábios quentes. Cada vez que Yan expirava, o vapor me tocava e elevava todos os pelos em alerta, como se meu corpo me avisasse do perigo que aquele homem era.

Ah, eu sabia bem.

Aline Sant'Ana

Perdi o controle, segurei seus ombros e ele deixou. No momento em que tocou meu mamilo, vibrando a língua na medida certa, abri as pernas para ele, esperando receber uma coisa que sabia que ainda não teria. Mesmo assim, não podia me culpar pela falta de tentativa. Arranhei sua pele, uivei seu nome, na ambição de tê-lo dentro de mim. Yan sugou de leve o mamilo, chupando-o para sua boca, tão gostoso que vi estrelas. Assim que se viu satisfeito, foi para o outro, beijando-o com a mesma vontade.

— Você está tão pronta, mas ainda não o bastante para o que me pediu, amor — chiou, levando seus beijos para o lóbulo. Sua voz raspou ali e ele ronronou quando levei meu quadril para cima, sentindo a cabeça do seu pau tocar meus lábios úmidos. Quase entrou e eu arfei.

— Ah, Yan...

Afastou o rosto apenas para me encarar. Os olhos cinzentos e brilhantes estavam maliciosos, o desejo estampado em sua expressão me fez tremer.

— Precisamos de mais, Gatinha.

A mão de Yan desceu e ele arranhou meu corpo com a ponta das unhas curtas. Foi descendo, e eu me ondulei quando espaçou os lábios e tocou o clitóris em círculos delicados e provocantes.

— Caramba...

— Você está pulsando aqui. — Colocou um dedo dentro, que foi imediatamente sugado pela minha vontade. Yan sorriu contra minha boca. — Tão molhada, porra.

Em uma estocada lenta, Yan me preencheu com dois dedos; sofri como se estivesse sendo torturada. Ele me penetrou, fodendo-me devagar com aqueles dedos ásperos, grossos e compridos. Depois, escorregou os dedos para trás, onde eu queria desesperadamente experimentá-lo pela primeira vez. Gemi, tonta pela expectativa. Assim que Yan umedeceu bastante, sua boca veio bem selvagem na minha. Tomou tudo, minha língua, meus lábios e tão profundamente que perdi a noção de onde estava. O calor do fogo da lareira, além da movimentação dos nossos corpos, me fez suar. Abri mais as pernas, enlaçando-as em Yan, entorpecida pela sensação do seu corpo musculoso sobre o meu. Meu noivo entrou naquele lugar novo com seus dedos, ainda me beijando, me deixando provar bem pouco a novidade, mas já foi o suficiente para me enlouquecer. Perdi o senso naquele beijo, para depois ser levada a outro patamar quando Yan tirou seus dedos de mim, levou a mão para o seu sexo, colocando-o entre os meus lábios, sem me penetrar.

Ele mexeu o quadril para cima.

Por causa de você

A glande raspou no meu clitóris.

Minha boca tremeu contra a sua.

— Estou te fodendo. — Sorriu, sacana.

— Quero você dentro.

Ele levou o quadril para frente e para trás. O membro não entrou em mim, pelo contrário, ficou com todo o seu comprimento entre meus lábios, raspando em todos os pontos certos. Minha umidade estava deixando-o todo lubrificado e eu arfei quando nossos olhos se encontraram.

Sem me penetrar, raspando seu pau e todo o comprimento dele em mim, não me importei de não estar preenchida, porque queria aquele estalo, aquele orgasmo. Rebolei, pedindo mais, e Yan aumentou o ritmo, gemendo comigo, me deixando maluca. Eu, que estava completamente perdida, abri mais as pernas, querendo que ele entrasse e me fodesse tão duro que eu não pudesse me levantar no dia seguinte.

— Y-Yan — choraminguei.

— Vai gozar... pra mim? — perguntou, ofegante, entre uma estocada e outra.

— Mais rápido — pedi baixinho.

— Não.

E se afastou totalmente.

Ficou de joelhos para mim, distante demais para que eu pudesse tocá-lo.

Que visão.

Os cabelos claros bagunçados pelos meus dedos pareciam uma tormenta absurda. O peito de Yan subia e descia com força, os lábios vermelhos, o rosto todo corado pelo esforço... e o seu pau inchado, rosado e molhado.

Ele sorriu.

— Agora, a gente vai começar a brincar, Lua.

Yan

Me levantei e fui até o nosso quarto. Quando voltei, passei lubrificante por todo o meu pau e depois em Lua. Certifiquei-me de estar tudo perfeito e, depois, me deitei de conchinha com ela. Inspirei bem forte em seu pescoço, brincando

Aline Sant'Ana

com sua pele, enquanto pegava a parte de trás da sua perna e levantava, me aconchegando atrás do seu corpo. Suas costas quentes e molhadas de suor tocaram meu peito, e eu rosnei em seu ouvido.

— Caralho, Lua.

Meu pau foi direto para a sua boceta quando botei meu quadril para frente, querendo tanto aquilo que foi impossível não entrar apenas um pouco, sentindo-a apertada em torno da glande. Sua bunda me tocou, e eu sorri de prazer.

Observei nosso reflexo nada nítido pelas pedras espelhadas ao redor da lareira. Lua estava me encarando, hipnotizada, os lábios entreabertos em um grito silencioso. Peguei seu lóbulo entre os dentes, ainda nos olhando, mantendo sua perna para cima, empurrando de leve na sua boceta... e puxando-me para fora logo depois.

— Não vou aguentar...

— Precisa disso?

— Muito — pediu.

Com a outra mão que não estava em sua perna segurei o sexo duro e espacei os lábios da sua boceta com ele.

— A próxima vez que você gozar vai ser com meu pau inteiro na sua bunda, te fodendo tão gostoso que você não vai aguentar gemer meu nome.

Ouvindo seus gemidos baixinhos e, de propósito, lentamente fui entrando em seu corpo, tudo o que eu podia dar a ela, afundando-me centímetro a centímetro. O estômago ondulou de tesão e uma onda de calor vagou direto para a glande.

Minhas bolas se retesaram.

Grunhi gostoso o nome dela.

— Yan... — Lua resfolegou em resposta.

Eu era muito grosso para ela, mas Lua me recebeu como sempre fazia, com tesão, *lábios* pulsantes, boceta molhada. Empurrei para dentro, puxei-me para fora, estoquei devagarzinho até ela latejar com boa parte do meu sexo dentro dela.

Peguei seu pescoço com minha boca, suguei para dentro e levei meu quadril para frente. Ela se esfregou no meu pau, e eu rosnei, enquanto ainda mantinha sua pele do pescoço em um chupão intenso, doloroso o bastante para Lua arfar. Os *lábios* lisos e quentes me receberam de novo, piscando para mim, e eu fui um pouco além, a perna de Lua vibrou na palma da minha mão.

— Assim?

Por causa de você

— Mais.

Mexi uma vez o quadril para frente.

— Devagarzinho?

— Yan...

Então, empurrei com toda a força que tinha. Lua gritou e eu comecei a arrematar em seu corpo com a força que ela pediu, tesão desenfreado, e muita vontade de fazê-la gozar como louca.

— Observe — pedi, os olhos de Lua desfocados. Mas ela fez o que exigi. Lançou um olhar para o ponto onde nos conectávamos, enquanto eu metia com vontade. Lua nos observou, entre gemidos e murmúrios. — Veja como sua boceta me acomoda bem.

— Ah, Yan...

Ri, rouco.

— Toda deliciosa me recebendo.

Ela latejou comigo dentro. Uma vez, duas, parecendo quase pronta para gozar.

Mordi sua pele.

E desacelerei.

— Não, por favor...

Eu sabia judiar de uma mulher, não? Mas, cara, era uma delícia saber que o orgasmo que ela teria valeria toda a espera.

Tão gostosa. Tão molhada. E para sempre minha.

Aline Sant'Ana

Por causa de você

CAPÍTULO 22

It's a new day
It's a new life
For me
And I'm feeling good

— *Avicii, "Feeling Good".*

Lua

Empurrei a bunda contra Yan, esfregando em seu corpo, exigindo. Ele soltou minha perna, mas a mantive erguida, porque a posição era gostosa. Sua mão áspera tocou minha cintura com força, seus dedos afundando enquanto ele respirava fundo. Levei minha mão para onde nos conectávamos, senti o seu pau duro na ponta dos dedos, nossa umidade e a maciez aveludada da minha entrada. Através do reflexo, sorri para Yan. Me senti a mulher mais safada do mundo quando minha voz saiu sem que eu pudesse controlá-la:

— Agora você vai ter que fazer o que eu te pedi.

Aquele homem imenso estreitou as pálpebras, ponderando. Yan engoliu em seco enquanto tirava seu sexo de dentro de mim. Senti, ainda pela ponta dos dedos, o pau dele indo para outro lugar. Estimulei-o, ajudando-o a colocar em um ponto tão apertado do meu corpo, que não sabia se seria fisicamente possível.

Gemi em um misto de dor e prazer pela expectativa quando a glande passeou de cima para baixo.

Ele beijou meu pescoço, lambendo, sugando, enquanto eu percebia que Yan me teria de todos os jeitos que merecia, como nunca jamais teve.

Yan

Caralho, que tesão filho da puta!

Sempre desejei nos meus sonhos mais profundos o momento em que Lua gostaria de compartilhar isso comigo. O fato de ela ter pedido e, mais, ter *desejado* isso, era importante demais para mim, e eu sabia que seria gostoso para nós dois, porque eu faria ser.

Aline Sant'Ana

Havia algo sexy em ser o primeiro de uma mulher em alguma coisa.

Meu corpo inteiro estava queimando. Latejava, doía como o fogo do inferno, mas eu precisava ser paciente. Era capaz de ouvir a pulsação acelerada nos ouvidos e o tesão irremediável quase me fez gozar. *Só que... não, ainda não.* Inspirei fundo, tomando controle do meu corpo, algo que sempre me orgulhei em ter. Coloquei meu sexo dentro da sua umidade. O fato de Lua ter quase gozado me lambuzou inteiro, e era isso que eu queria.

— Você é tão pervertido.

— Obrigado. — Ri contra sua orelha.

— Mas, talvez, eu seja mais, porque me preparei no banho para você.

— Ah, é? Você sabia que ia me quebrar, Lua?

— Você cederia... e eu queria tanto...

— Tanto? — sussurrei.

— Tanto...

Tirei o pau de sua boceta e entrei um pouco onde queríamos, curtindo a novidade, e observei Lua. Ela estava totalmente perdida no prazer de me sentir, levando sua bunda para trás. Eu comecei a morder o seu pescoço, a beijar sua pele, a amolecê-la. Dolorido de tesão, fui um pouco mais fundo, percebendo suas paredes estreitas dificultando o caminho, apesar de toda a lubrificação.

Lua levou o quadril para trás mais uma vez, querendo mais.

Travei sua cintura em um aperto firme dos dedos.

— Assim não, Gatinha.

— Eu quero que você entre todo.

— Vou fazer isso, mas precisamos ter calma. Você está gostando?

— Eu quero você dentro! Claro que estou.

Só Lua para ser tão sincera em um momento como aquele.

— É um sim? — indaguei, malicioso, levando o quadril para a frente. Meu pau foi sugado, adorando como ela era apertada ali. Metade dentro. *Cara, que prazer surreal.* — Um sim, Lua? Preciso ouvir.

— Sim... — ofegou e eu fui mais fundo. Quando Lua deu um gemido suave, parei. — Continua.

— Está doendo?

— É uma dor gostosa. Sou capaz de te sentir aí e em outro lugar.

— É? — questionei, rouco.

Por causa de você

— Uhum.

Lambi seu pescoço e fui mais um pouco. Minhas veias latejavam. Toda a minha rigidez parecia contradizer o corpo de Lua. Tão macio, molhado e quente. Eu tremi, me lembrando da adolescência, da inexperiência. Se não fizesse isso direito, era capaz de gozar em um segundo, e eu precisava...

Ir.

Com.

Calma.

Porra!

— Não faz assim, Lua. Não se mexe. Estou indo devagar.

A bunda dela veio mais uma vez em minha direção. Faíscas de fogo puro dançaram nas minhas bolas, enviando prazer para a cabeça, me fazendo gemer.

— Lua...

— Assim — ela ronronou, me ignorando. Arfou quando eu a preenchi mais. Faltava tão pouco. — Quero movimento.

Mordi seu lóbulo, punindo-a.

— Isso, Yan. Transfere a dor para outro ponto, vou adorar.

Encarei pelo reflexo a entrada de Lua toda molhada. A boceta inchada, por ter gozado. Levei a mão ali.

E comecei a brincar.

Em círculos suaves, aticei o clitóris, que ainda estava inchado. Sua resposta foi um gemido quente e lascivo. Aticei-a com calma, rodando de leve a ponta do indicador, meu pau parado dentro de Lua. Esperei ela vibrar e coloquei dois dedos, sentindo os lábios lisos e molhados acomodaram-me bem, com a folga da grossura do meu pau.

Perdi o cérebro em algum lugar naquele momento, porque Lua quis mais e começou a se movimentar.

Então, eu dei a ela.

— Vai ser assim, Lua. Eu, você, uma foda gostosa, a companhia um do outro. Sexo quente, nada tedioso.

— Deus, sim. Pro resto da vida.

Meus dedos sentiram, dentro de Lua, quando forcei meu pau até o talo, porque ela estava duplamente preenchida. Lua ronronou, aceitando, adorando. Levei aquilo como mais uma afirmativa. E, sendo sua primeira vez, me movi

Aline Sant'Ana

suave, percebendo que ela realmente precisava se acomodar a mim. Mas, com os dedos, eu a fodi com vontade na boceta, gemendo quando Lua começou a pulsar nos dois lugares, arfando e me levando a um limite...

— Caralho, Lua...

Sua resposta foi inteligível.

Ritmei os dedos e o pau, de modo que eles entravam e saíam juntos. Na boceta, na sua bunda. Eu queria apenas tirar o meu pau da sua pequena abertura, só para senti-lo entrar de novo, mas ela era virgem de anal, e eu não pude ser tão pervertido.

Quase sorri contra sua orelha, pensando que minha noiva me chamou de pervertido, mas ainda não conhecia todos os meus desejos mais obscuros.

Seria um prazer apresentar cada uma das minhas vontades.

Meu sexo deu um estalo na cabeça, me avisando que estava perto. Lua se tornou um misto de gemidos desconexos e movimentação contrária à minha, complementar. Ela, na real, quicou no meu pau, ainda que fosse sua primeira vez; ela estava perdida.

Suas paredes internas apertaram, e o ronronar que ela soltou foi algo novo. Sem fôlego, percebi que minha noiva ia gozar longamente, e eu finalmente liberei as cordas que me impediam de ser um animal naquele chão.

Virei nossos corpos, deixando-a de bruços, e subi sobre as costas dela, tendo que colocar o pau naquele lugar mais uma vez, que, depois da movimentação, me recepcionou com tesão.

Gememos juntos.

Agarrei seus cabelos curtos entre os dedos e, com o outro braço, me mantive apoiado no chão, o suficiente para não desmoronar em seu corpo.

— Vou foder forte.

Sua resposta foi procurar a minha boca, da forma que pôde.

As línguas circularam uma à outra no mesmo instante em que meu quadril desceu de encontro a Lua. Sua umidade, a forma que suas pernas estavam abertas para mim, tocaram outra parte do meu corpo, ausente de pelos. A boceta nas minhas bolas, seu cu tão virgem e apertado. Perdi a conta de quantas vezes fui e voltei, batendo meu quadril contra ela, me tornando um homem louco para chegar lá. Ver Lua arranhando as mantas e gritando alto, pulsando por mim, foi tudo o que eu precisava para ter o orgasmo mais longo, intenso e alucinante de toda a minha vida.

Primeiro, veio como uma onda louca e quente, bombeando todo o comprimento, formigando cada centímetro, prazer líquido se desfazendo. Depois, o pau retesou, exigindo que eu fosse bruto, porque ele tinha mais para dar. Beijando Lua, submissa ao meu comando, desliguei a razão e me concentrei no puro prazer carnal de fodê-la.

Fodê-la muito bem. E gostoso.

Quando vi que ela estava perto de novo, acelerei mais. Em meia batida dos nossos corações, Lua explodiu em um orgasmo alucinante mesmo, que me fez senti-la pulsar e tremer toda, o tipo que eu sabia que a tinha saciado. O prazer que não tinha eu conseguido sanar por completo veio, me fazendo gozar o resquício de tesão junto com ela.

Me vi exausto ali, incapaz de respirar. Não tive como fazer outra coisa além de praticamente cair sobre seu corpo, tão ofegante que cada respiração soou como se estivesse embaixo d'água por dez minutos inteiros.

Minha visão ficou escurecida, e só pude me concentrar em continuar respirando.

Aí vieram os dedos de Lua, acariciando meus cabelos, me despertando levemente do transe. Com cuidado, tirei meu sexo já não tão duro de dentro dela e precisei fazer um esforço sobre-humano para me jogar ao seu lado, no chão.

Nos mantivemos em silêncio até que as respirações se acalmassem.

E, então, ela subiu em mim.

Deitou e me fez de cama.

Um sorriso lindo, de felicidade absoluta, me fez sorrir de volta.

Os olhos castanho-esverdeados brilhando, as bochechas coradas e a boca vermelha me lembraram onde estive em seu corpo nos últimos minutos.

E tudo havia começado com um beijo entre arraias, no meio do mar, em um lugar paradisíaco demais para ser descrito, com Lua Anderson me dizendo que gostava de estar no controle da situação.

Quando, na verdade, ela estava mesmo, porque, desde que meus olhos reencontraram os seus, tudo o que eu quis foi que Lua me permitisse pertencer a ela.

— Você me roubou o nosso primeiro beijo — ela sussurrou, acariciando meus cabelos suados e os tirando da testa. Pelo visto, sua mente estava na mesma página que a minha, recordando o passado.

Até aí, não era surpresa. Ela me lia como um romance de enredo óbvio. E era tão absurdamente linda.

— Na verdade, eu não roubei, Gatinha. Não podia pedir também, afinal, vi

Aline Sant'Ana

a resposta de uma pergunta que nem fiz nos seus olhos.

Sim, eu havia roubado, embora não admitisse. Mas, dali em diante, quem me roubou foi ela. O meu corpo. A minha agenda. O meu tempo. O meu silêncio. A paz. E que bom, cara. A vida se tornou gargalhadas e desalinho. Amor, muito amor mesmo.

— Acho que você queria roubar desde que éramos adolescentes, sabia?

— É isso que você está se perguntando depois de eu tirar a sua segunda virgindade?

Seus olhos sorriram. A boca, não. Ela estava ocupada raspando na minha.

— É o que eu me pergunto todos os dias, Gigante. Se você teria me beijado do jeito que faz agora, se naquela época admitíssemos que havia algo.

— Mas não havia nada.

— Não? — Sua sobrancelha ergueu sugestivamente.

Talvez sempre houvesse, sim, alguma coisa. Qualquer coisa. Éramos imaturos demais para percebermos.

Virei nossos corpos de modo que fiquei por cima, brincando com ela.

— E importa o passado?

— Ele dita quem somos — Lua sussurrou.

— Mas não dita quem nos tornamos depois de termos vivido um presente louco. Isso, sim, valeu por mil passados.

— Verdade.

Foi minha vez de tirar seus cabelos da frente do seu rosto.

— Sabe o que eu acho, Lua?

Ela piscou, atenta.

— O quê?

— Vou olhar para você todos os dias de manhã, vou observar como se mexe quando está com preguiça. Vou receber travesseiros na cara quando estiver de mau humor. Vou dormir no sofá vez ou outra, porque vamos brigar. Seja porque eu não consertei a torneira ou até porque você ficou com ciúme de alguma mulher que me olhou mais de duas vezes na mesma noite.

Ela riu.

— Eu vou brigar com você por isso?

— Vai.

Por causa de você

Lua manteve o sorriso.

— Talvez eu faça isso mesmo.

— E sabe, Gatinha. Vamos fazer isso tudo. Porque não somos perfeitos. Temos mil defeitos e vou descobrir mais mil ao longo da vida com você. Sabe o que é mais gostoso?

— Hum?

— Vou descobrir mais mil qualidades suas, também. E vou colocar mais mil motivos para te amar naquele pote que está sobre o piano.

Ela escutou o que eu tinha a dizer. Como eu estava sobre ela, senti o coração de Lua bater. O que foi lindo, porque o meu coração estava louco também. Amando-a de forma impossível de ser descrita e talvez sentida. Amando-a da maneira que só um coração que foi quebrado em mil pedaços e depois consertado é capaz de fazer.

— E, então — sussurrei, colocando meu lábio inferior no meio dos seus —, eu vou me apaixonar todos os dias pela mesma pessoa. E descobrir que o nosso para sempre é agora.

— Vai se apaixonar por Lua Anderson?

— Por Lua Sanders — corrigi, pelo futuro.

Seus olhos lacrimejaram.

— Eu vou todos os dias agradecer o fato de estar comigo, apenas porque tenho a chance de te amar pelo resto dos dias que virão — sussurrou.

Quando a emoção transbordou e as palavras foram insuficientes, eu a beijei.

Por causa dela, naquele segundo, descobri que o amor era incapaz de ser resumido em uma frase. A descrição parece tão rasa. Até quando poderia durar? Não sabíamos. Seria bom? Também não havia resposta. Não existia um planejamento nem a certeza na imperfeição que é a vida. Então, eu me calei porque o beijo foi todo o não dito e o dito.

Afinal, amor também é gesto. E ele pode durar um segundo. Ou uma vida inteira.

Para nossa sorte...

O amor foi atemporal e infinito na nossa existência.

Aline Sant'Ana

Epílogo

Yan e Lua me mostraram que, para sermos felizes, não são necessários extravagantes gestos de amor. Mas, neste livro, eles elevaram as minhas expectativas e se tornaram um dos casais mais românticos da série. Sem mais delongas: sejam bem-vindos ao futuro do casal mais real, humano e imperfeitamente perfeito da série Viajando com Rockstars.

Com o coração acelerado de amor,

O PARA SEMPRE...

**But until then
Til my last breath rolls in
Oh I am yours and you are mine**
— *Secret Nation feat. Holley Maher, "You're Mine".*

Um casamento D'Auvray e um casamento McDevitt depois...

Lua

Poucos dias após a minha melhor amiga dizer o sim mais emocionante da história dos casamentos, eu estava uma pilha de nervos. Na mesma época em que Erin estava pirando com a gravidez e os preparativos, eu estava pirando com os exames que estava fazendo. Dessa vez, foi tudo diferente, eu tive o apoio dos meus familiares, dos meus amigos e do homem da minha vida, sendo maravilhoso a cada segundo. Ainda assim, toda vez que eu tinha que abrir os resultados, minhas mãos tremiam e eu sentia um enjoo repentino.

Foi apenas um sustinho.

Porque eu estava...

Eu estava bem.

Repeti mentalmente muitas vezes até que o pânico cessasse e me desse paz. Enquanto enviava mensagens para todos que eu amava, avisando sobre o resultado, lágrimas de felicidade brotaram dos meus olhos, sem que eu pudesse contê-las. O medo se transformou em uma alegria eufórica.

Abaixei o exame e encarei Yan, vendo que ele também estava profundamente emocionado. Puxei-o para um abraço, que significava tudo. O homem ao meu lado foi indescritível para mim durante todos os anos que ficamos juntos, foi todo o suporte que eu precisava. Momentos antes de eu abrir o papel, Yan pediu que eu ficasse calma. Ele já sabia a resposta, não tinham descoberto nenhum nódulo ou qualquer coisa preocupante no seio.

Mas o medo não era pela vida. Era pelo desejo de ficar bem velhinha ao lado de Yan, ver rugas naquele rosto esculpido só para saber se seria possível ele ficar enrugado um dia, entende? Porque, aos meus olhos, ele parecia um deus que não tinha prazo de validade.

Aline Sant'Ana

— Você está rindo?

— Sim, estou. — Ri de novo. — Nossa, Yan. Estou tão feliz!

— Eu te av...

— Não diga que me avisou — interrompi, agora sorrindo. — Dirige esse carro que a gente tem um voo pra pegar.

Ele ergueu a sobrancelha, parecendo não acreditar que eu levaria mesmo aquela ideia a sério.

— Vamos mesmo pegar um avião?

— Qual foi a promessa que eu te fiz, meu amor? — provoquei-o.

Um filme passou pela minha cabeça enquanto Yan abria um sorriso sacana em resposta. Nós adiamos tanto o nosso casamento porque nunca conseguíamos exatamente o que eu e Yan queríamos, as datas não coincidiam com os desejos de nos casarmos em um castelo extravagante, e muito menos nossas profissões. Parecia que todo mundo resolveu juntar as escovas de dentes quando a The M's conseguia uma pausa para respirar. Naquele momento, a banda era a mais tocada no mundo, sempre com *hits* de sucesso em primeiro lugar, trilha sonora em filmes, prêmios de melhor música do ano e todas essas coisas absurdas que você não acredita que é capaz de acontecer com seres humanos.

Mas, assim como eles, eu também havia me tornado a nutricionista mais renomada dos Estados Unidos, atendendo a outros estados e pessoas famosas. Minha carreira estourou de vez após ter lançado três livros best-sellers. A pesquisa e os estudos que fiz deram origem a um livro para cada tema: pacientes dependentes químicos, pacientes com câncer de mama e pacientes adeptos da dieta *low carb*. O dinheiro que eu e Yan ganhávamos duraria umas três gerações futuras, mas, ao mesmo tempo, tanto esforço, tanto trabalho... e a gente não conseguia dizer o nosso sim.

A promessa que fiz a ele... você deve querer saber.

Bem, se o exame desse negativo, se a minha saúde estivesse bem, nós pegaríamos o primeiro avião e nos casaríamos em Vegas.

E era exatamente isso que eu queria.

Porque estava viva, estava bem, com o homem dos meus sonhos ao meu lado e a perspectiva de vivermos o resto de nossas vidas apaixonados um pelo outro. Sinceramente, não sei como não surtei e não fiz isso antes. Eu deveria ter arrastado Yan Sanders, com ou sem um cronograma, para a primeira capela disponível em Miami.

Vegas, então.

Por causa de você

— Tem certeza de que é isso mesmo que você quer? — perguntou, antes de dar a seta que nos levaria ao aeroporto.

— Meu amor, eu quero me casar com você do jeito mais apaixonado possível. Acelera esse carro!

Ele estava tão cheiroso e tão bonito que seria um pecado não o observar. O terno feito sob medida, cinza-chumbo, acompanhava uma camisa social azul-clara por baixo de tudo. Yan usava um ray-ban aviador muito sexy. Os cabelos estavam em um corte aparado dos lados, mas mais comprido em cima, tornando-o ainda mais quente e menos alinhado.

É, eu sei o que está pensando. A minha atração por Yan continuava a mesma loucura de sempre, como uma adolescente que não é capaz de ver o artista favorito a poucos metros de distância. Do mesmo modo que, apesar do tesão e da atração desenfreada manter-se como antes, o amor... ah, ele havia se modificado. Tornou-se mais maduro, mais forte e, sem dúvida, imenso. O companheirismo, a amizade, a reciprocidade que desenvolvemos um com o outro tinha me feito descobrir que o amor não cabe em uma escala de um a cem. Quando você realmente encontra a pessoa certa, senti-lo é ilimitado. E, Deus, como era bom amar incondicionalmente Yan Sanders.

— Então vamos casar, Gatinha — Yan murmurou.

Baixei meus óculos escuros cor-de-rosa e abri um sorriso para Yan.

Ele pisou fundo no acelerador.

Yan

Eu estava prestes a casar com a mulher dos meus sonhos.

Claro que Lua não sabia, mas eu já tinha tudo pronto. Desde que me disse sobre o exame e a promessa, bem antes de chegarmos a hoje, eu me antecipei para que tudo fosse perfeito.

A fé inabalável que eu depositei naquele resultado me fez adaptar o casamento que tínhamos em mente na Itália para Vegas. Ela acreditava que estava abandonando o seu casamento dos sonhos para uma pequena capela do Elvis.

E deixei que acreditasse nisso.

Afinal, ninguém sabia. Somente eu e a equipe que contratei em Vegas dois meses antes. Nem os nossos amigos, nem os pais de Lua, nem os meus. Era uma coisa que eu tinha preparado por baixo dos panos porque, quando

Lua me descreveu o que ela queria para o nosso casamento, foram exatamente essas palavras: eu quero algo memorável, louco, apaixonado, romântico, surpreendente e inesquecível.

Amando-a todos os dias, de todas as formas possíveis, eu conhecia Lua Anderson mais até do que a mim mesmo. Eu estava além do pronto para o dia em que esse momento chegasse. E todas as coisas que concordamos sobre esse dia... só estava esperando o momento que Lua dissesse "vamos pegar um voo".

Cinco horas mais tarde, pousamos em Vegas e aluguei um carro. Conforme dirigia, eu e Lua percebíamos que lá era como estar em mundo completamente alternativo. Lua estava eufórica, apontando para todos os lugares, iluminados mesmo com a luz do dia.

Um calafrio tocou minha espinha.

Cara, eu queria tanto aquilo.

E ia acontecer.

Estaria acontecendo em breve.

Parados no semáforo, franzi o cenho quando vi duas meninas de calcinha e sutiã e um cara de cueca atravessando a rua na faixa de pedestres.

— Vamos nos casar em Vegas.

— Sim, vamos! — Lua deu um grito.

— E estamos em Vegas.

— Não é simplesmente a minha cara fazer uma loucura dessas?

Virei o rosto para olhá-la.

Os cabelos bagunçados pelo vento do conversível, o sorriso branco em contraste com a pele bronzeada, o óculos cor-de-rosa me refletindo.

Ela estava de tirar a porra do fôlego.

— Lua Anderson, a vida nunca vai ser um tédio com você.

Ela deu de ombros, achando graça.

— Nunca vai ser. Provavelmente eu vou bagunçá-la sempre.

— Quero isso pelo resto dos meus dias.

Lua se inclinou e me deu um beijo na boca. Assim que o semáforo abriu, Lua exasperou.

— Meu Deus, vamos casar escondido? Não avisamos ninguém! — Ela começou a puxar o celular do bolso da calça, até eu parar o seu movimento.

— Já cuidei disso.

Por causa de você

Lua piscou, chocada.

— Como?

— Logo, logo você vai saber.

Na verdade, enquanto estávamos no aeroporto, eu comprei passagens para a nossa família, os nossos amigos e todas as pessoas importantes para nós, e as enviei em um e-mail geral. Fácil, rápido e possível. Já havia recebido a confirmação de trinta pessoas, só faltavam vinte.

— Yan, o que você aprontou?

— Não é só você que sabe fugir do tédio, Gatinha.

Peguei a rua, que, pelo GPS, me avisou que estávamos próximos ao hotel Bellagio. Lua começou a sacar que havia alguma coisa estranha assim que ela viu a fonte famosa de Vegas, a água subindo e descendo por vários pontos, e o hotel mais caro da cidade. Seus olhos focaram em mim quando parei o carro.

— Yan. — A voz dela tremeu quando um manobrista me pediu a chave. Ela saiu, e a emoção em sua voz atingiu-me direto no peito. — O Bellagio. Cadê a capelinha do Elvis? Você está me dizendo que...

Assim que saí do carro, fui até Lua, que já estava quase na porta do hotel, e a abracei por trás. Apoiei o queixo sobre sua cabeça, meus olhos no prédio à nossa frente, meu coração batendo por aquela mulher.

— O que estou dizendo é que os nossos sonhos vão se realizar esta noite. O que estou dizendo é que todo o planejamento que fizemos e que não pudemos realizar está acontecendo aqui e agora. O que estou dizendo é que preparei esse dia para nós dois com toda a organização, cuidado e amor do mundo. Lua, estou dizendo que hoje nós não vamos casar com o Elvis nos abençoando, embora eu ache que a gente possa fazer isso depois, mas, agora... você vai ter o seu casamento de princesa, Gatinha.

Ela se virou, os olhos emocionados e um sorriso imenso no rosto. Suas mãos vieram para o meu peito, enquanto Lua piscava, devagar, assimilando cada palavra que eu disse.

— Como? — sussurrou.

— Dois meses atrás, quando você me disse que se casaria comigo em Vegas se não tivesse nada de errado com seus exames, eu transferi a equipe que estava cuidando do nosso casamento na Itália para Vegas. — Segurei as laterais do seu rosto, meus olhos nos seus. — Eu transformei tudo o que conversamos e que já tínhamos pensado para este hotel. Nossas agendas não batiam, o castelo só seria possível daqui a uns meses, e eu não podia mais esperar para você ser minha, Lua Anderson. Eu não tive nem um por cento do trabalho do Carter, na

Aline Sant'Ana

verdade, de precisar realmente correr para organizar um casamento surpresa. Eu só tive que passar a equipe da Itália para outro lugar. Um lugar que, eu sabia, estaríamos aqui e agora.

— E se eu não dissesse... aquilo no carro... de virmos para Vegas e casarmos em uma capelinha?

— Você ia dizer.

— Como você...

— Não somos um casal que se conhece superficialmente, Lua. Nós sabemos a profundidade. E é por causa disso que eu quero passar o resto dos meus dias com você.

Lágrimas desceram pelo seu rosto, Lua piscou, sem conseguir abrir a boca para dizer mais nada. Quando eu a segurava assim, sentia que estava com o mundo nas mãos, e quando ela se emocionava por algo que... cara, que fiz de todo o coração... era simplesmente como conquistar o céu para mim. Meus lábios rasparam nos seus, tão trêmulos, e eu sorri contra a sua boca.

— Você está pronta?

Ela riu e chorou ao mesmo tempo.

— E mamãe? E o meu pai? E a Erin, que está começando a lua de mel? E o vestido?

— Eu prometo que está tudo pronto, porque você não vai entrar naquele hotel como uma noiva que decidiu casar por impulso, Gatinha. Você vai entrar como uma noiva que pediu algo memorável, louco, apaixonado, romântico, surpreendente e inesquecível.

— Você lembra do que eu disse... — Ela começou a chorar de verdade. Meus polegares secaram as suas lágrimas, enquanto eu sorria pela reação de felicidade pura da minha noiva. — Ah, é muita emoção para um dia só... Eu não sei se aguento, Yan.

— Você vai aguentar. Sabe por quê?

Me afastei para admirar seus olhos.

— Por quê? — sussurrou.

— Porque vou estar naquele altar só te esperando para vivermos a eternidade que merecemos.

— Eu te amo profundamente.

— Eu também amo você.

Eu a beijei. Na frente do hotel em que seria o começo do nosso para sempre, com a fonte de fundo, mas nada daquele cenário realmente importava, porque a parte mais importante estava acontecendo ali, entre nós dois. Não havia um lugar do mundo que pudesse me tornar o homem daquela mulher, sendo que eu já pertencia a Lua desde o momento em que nossos olhos se reencontraram. Esta noite, nossos corações se transformariam em um só no momento em que disséssemos sim.

Sim para a vida.

Sim para o amor que vivíamos.

Sim para sempre.

Lua

Acho que nunca chorei tanto em toda a minha vida. Desde o instante em que me separei do Yan e me pegaram para eu fazer um SPA de noiva, até o segundo em que me vi quase pronta, cinco horas depois, em frente a um espelho, faltando apenas a maquiagem e o vestido de noiva. Que, por sinal, dei uma espiadinha no vestido e chorei também, porque era exatamente, *digo exatamente*, do jeito que eu sonhei. Cada detalhe que eu achava que não estava pronto, estava. Chorei tanto que achei que ia desidratar. Enfim, pedi que não me fizessem colocar o vestido e não me maquiassem até eu ver todo mundo que eu amava porque eu sabia que desmoronaria de novo assim que meus olhos...

A porta se abriu.

E uma comoção entrou no meu quarto: a The M's em peso com Mark, faltando apenas o meu noivo. Logo atrás, vieram as meninas, e assim que meus olhos bateram em Erin, meu lábio inferior estremeceu.

— Ah, amiga! — Ela correu para os meus braços.

Solucei como uma criança. A emoção daquele abraço era sobre o meu casamento, mas também porque eu, mais uma vez, estava livre, e Erin sabia.

Enquanto me acolhia no afeto da minha irmã, os meus olhos, mesmo embaçados das lágrimas, viram Shane abrir um largo e emocionado sorriso para mim, assim como Carter — que provavelmente adiou a lua de mel com Erin assim que soube —, e Zane. Até Mark, que estava ocupado com coisas importantes da banda, fez uma exceção para o meu casamento. E todos me olharam com tanto carinho, como se eu fosse uma coisa linda de ver. Cahya, Kizzie e Roxy foram se aproximando, sussurrando palavras maravilhosas para mim, e o abraço se tornou grupal quando a The M's e o Mark também se aproximaram. Eu me libertei naquele abraço imenso, que significava muito mais do que qualquer

Aline Sant'Ana

coisa. Aos poucos, eles foram se afastando, até restar Erin e seus polegares nas minhas bochechas.

— Você está tão linda. O seu cabelo preso desse jeito... a coroa! Uma princesa de verdade. Estou tão feliz por você, meu bem. Tão profundamente feliz por ver esse momento.

— Eu te amo tanto... e eu não consigo... parar... de chorar.

Erin riu, lágrimas em seus olhos também. Eu toquei sua barriga, e o pequeno Lennox deu um chutinho para a titia. Meus olhos foram para os da minha melhor amiga e, em seguida, para as meninas.

— Obrigada por estarem aqui. Vocês, por favor, podem ser as minhas madrinhas?

— Estamos aqui para isso, Lua. — Roxy piscou para mim.

— Yan literalmente mandou Mark nos caçar onde estivéssemos. — Shane riu. — Porra, é o casamento de vocês! Em Vegas!

— Caralho, é mesmo. — Zane piscou. — Porra, estamos em Vegas. Eu nem tinha me ligado. Foi tudo tão...

— Louco, né? Mas é simplesmente a cara da Lua fazer algo assim. — Carter piscou para mim.

— Na verdade, Yan tinha tudo planejado. — Sorri, as lágrimas ainda escorrendo pelo meu rosto.

— Bom, *isso* é a cara do Yan. — Mark riu.

— O quê? — Roxy questionou. — Ele programou tudo? Quando?

— Acho que está na hora de deixarmos as meninas se arrumarem. — Mark, muito sensato, começou a puxar os meninos. Mas eu, que ainda estava emocionada demais em vê-los, corri até cada um deles.

Shane, o primeiro, recebeu um beijo na bochecha e um abraço que durou um minuto inteiro. Carter foi o próximo, e me apertou com tanto carinho que as lágrimas voltaram a cair, incansáveis. Zane, o terceiro, me levantou do chão, e me encheu de um abraço que me lembrou do dia em que disse que eles teriam feito o mundo girar ao contrário por mim. Ele me deu um beijo na testa. E, depois, veio Mark, com toda a sua força e energia, me envolvendo no seu calor e me dando um suave beijo na bochecha. Ele ajeitou uma mecha do meu cabelo, que tinha saído do penteado, e assentiu para mim.

Como se garantisse que estava tudo bem.

Que eu ia me casar.

Por causa de você

E que os meus amigos estavam ali por mim.

— Andrew, Oliver, Amber... minha mãe, meu pai, a família do Yan... todos vieram?

Eles assentiram e me garantiram que depois passariam para me ver.

— Cuidem bem de Yan por mim — acrescentei para os meninos.

— A gente te ama pra caralho. — Shane sorriu, as lágrimas que ele não soltou fazendo seus olhos brilharem.

— Eu também amo vocês pra caralho.

Eles saíram, rindo do meu palavrão. E eu me virei para as minhas melhores amigas e soltei um grito:

— Socorro! Eu vou me casar!

Yan

— Você não deu nem uma espiadinha no vestido, cara? Eu daria.

— Eu não espiei nada. Quero ser surpreendido — garanti ao Shane, que estava me zoando pela falta de curiosidade.

— Lua está linda e nem está pronta ainda — Carter me avisou.

— Porra, como você preparou isso tudo meses antes do casamento no castelo? — Zane me perguntou, pairando ao meu lado e me fazendo encará-lo pelo espelho.

— Porque eu não podia esperar para me tornar o marido daquela mulher.

Os quatro sorriram para mim, em empatia.

Sem precisar de ajuda, ajeitei o nó da gravata cinza, sobre um terno de três peças completo e cor de gelo. A decoração do nosso casamento era inspirada no inverno, porque foi a época em que redescobrimos o amor. Queríamos assim, porque a segunda chance foi como se tivéssemos nascido de novo, nos braços um do outro.

Eu também já sabia como estavam os preparativos. Havia descido para olhar e os milhões que desembolsei fizeram valer a correria dos funcionários. Nosso casamento seria branco e azul-claro, inspirado mesmo na estação mais fria do ano. Rosas brancas e azuis estavam espalhadas por toda a varanda, que pegava o hotel de ponta a ponta, o local da cerimônia. Na parte interna da festa, havia sofás brancos, poltronas elegantes, pinheiros cobertos de neve falsa,

Aline Sant'Ana

galhos de árvores pintados de branco envoltos com milhares de luzes pequenas, além, claro, de velas compridas em castiçais de vidro. Na parte externa, a iluminação era azul, e havia um caminho para percorrermos em um tapete cor de gelo. Já na pista de dança, com um DJ que esperava por nós, havia um imenso lustre feito de rosas de verdade e luz. Era tudo o que Lua sonhava, e eu fazia uma ideia de como ela iria enlouquecer assim que visse cada detalhe que sonhamos juntos... simplesmente na frente dos seus olhos.

Chamei Mark para perto de mim, antes de colocar um pequeno lenço azul no bolso do terno.

— Mark, quando você estiver no meu casamento, por favor, não se sente.

— Claro, Yan. Estarei fazendo a segurança.

— Não, cara. Você estará ao meu lado, e será um dos meus padrinhos junto com Zane, Carter e Shane.

Mark ficou congelado por alguns segundos, até abrir um largo e emocionado sorriso.

— Estarei lá.

— Porra, eu não tenho um terno! — Shane arregalou os olhos.

— Claro que vocês têm. Os quatro — avisei. — Podem tomar um banho e relaxar, ainda temos tempo. Os ternos de vocês estão no guarda-roupa, já nos tamanhos certos.

— Ah, cara... — Zane bateu no meu ombro, e eu me virei para os meus quatro amigos. Os olhos castanhos de Zane sorriram para mim. — Eu nem sei explicar o quanto tô feliz por você.

— Obrigado por terem vindo a Vegas tão de repente.

— A gente sempre larga o mundo um pelo outro. — Carter deu um passo para a frente. — E eu não perderia por nada o seu casamento.

— Somos uma família — Shane garantiu, e me deu uma piscadinha. — Agora, deixa eu ir lá tomar o meu banho e me enfiar em um terno apertado porque, senhores, Yan e Lua vão se casar!

Os caras levaram seu tempo, e eu saí para dar uma volta. Quando estava no corredor, vi o meu pai, a minha mãe, com seus respectivos novos pares, mas que deram uma distância respeitosa para a nossa família se reunir. Além disso, também havia Yasmin e Felix, já casados. Minha irmã veio correndo apressada em minha direção. Todos abriram um sorriso imenso assim que me viram, e minha garganta coçou de emoção.

— Tivemos um problema com o trânsito, mas... oh, filho. Você está tão

Por causa de você

bonito! — Minha mãe me abraçou, trazendo-me para perto. Eu inspirei o seu perfume, meus olhos em Yasmin, Felix e no meu pai.

— Obrigado, mãe.

— Deixa eu me afastar pra te olhar de novo! — Ela fez o que disse, e segurou nos meus braços, como fazia quando eu era criança e queria se certificar de que minha roupa estava alinhada. — Ai, meu Deus. É um príncipe!

— Meu irmão é muito lindo mesmo, vem aqui, Touquinha! — Yasmin, rindo, me abraçou apertado, mas ouvi as suas lágrimas assim que envolveu a minha cintura. Fiz um carinho em suas costas.

— Tá tudo bem, Yasmin.

— Eu sei, mas você... você tá casando... e eu... sinto que você está crescendo... Ri.

— Já cresci faz tempo. — Me afastei do seu carinho e segurei seu queixo. — Obrigado por estar aqui, significa muito.

Felix, a namorada do meu pai e o namorado de mamãe deram um espaço para nós, mas os três vieram me abraçar e parabenizar pelo dia. Depois de fazermos uma leve social, meu pai deu um passo à frente, e colocou a mão sobre meu ombro. Com os olhos molhados, me entregou uma pequena caixa.

— Nós compramos um presente para você e Lua para o casamento. Mas este aqui é especialmente para você. — Meu pai fez uma pausa e respirou fundo. Peguei a caixinha, mas não a abri. Fiquei com os olhos fixos no meu pai. — O casamento é muito mais do que você dizer que vai amar alguém, na saúde e na doença, na riqueza e na pobreza... casamento é comprometimento, filho. É saber encontrar o outro mesmo com as mudanças da vida, mesmo com as oscilações. É descobrir que é possível amar a sua esposa todos os dias, a cada nova pessoa em que ela se transformar. Eu espero que esse presente te lembre desse compromisso, mas também te faça recordar do lado incrível que é se apaixonar por alguém. Eu ganhei da Yasmin quando me casei com ela. E agora, quero repassá-lo a você.

Travei o maxilar e, alternando olhares entre os membros da minha família, abri a pequena caixa. Era um colar de ouro, masculino, mas estava com algo escrito na placa redonda de pingente:

**Haja o que houver, passe o tempo que for,
eu sempre vou encontrar o meu caminho até você.**

— Porra, pai...

Aline Sant'Ana

Seus braços vieram ao meu encontro e eu chorei em seu ombro como se fosse uma criança. Suas mãos afagaram minhas costas e ouvi suas palavras me confortarem, até que eu conseguisse me recompor e me afastar um pouco. Ele se aproximou e me deu um beijo paternal na testa.

— Case-se com aquela garota, filho.

— Eu vou. E prometo merecê-la todos os dias.

Lua

— Dez minutos — sussurrou meu pai, acariciando o meu braço.

O meu quarto de noiva estava lotado. Erin, Kizzie, Roxy, Cahya, Andrew, Amber, Oliver, minha atual agente, além do meu pai e da minha mãe, que chegaram junto com todos, mas que foram espiar a decoração do casamento primeiro. Todos estavam me ajudando a relaxar, conversando comigo, até o momento em que a equipe que cuidou de mim ajustou o último fio do meu cabelo solto para, em seguida, colocar novamente a coroa e eu...

Eu estava pronta.

Engoli em seco. Não pelo nervosismo, mas pela imagem que tinha na frente do espelho. Eu não podia acreditar que o vestido dos meus sonhos estava realmente pronto. Pisquei tantas vezes, para não deixar as lágrimas caírem, que minha garganta coçou.

A parte de cima vinha com um corpete de decote V profundo, cheio de pedrarias e rendas brancas, que ia até o meio da minha barriga. Apesar do decote ousado, o vestido caiu muito bem, porque não mostrava nada além da pouca pele entre meus seios. Inspirado no inverno, as mangas do vestido eram longas e cobriam todo o meu braço, transparente e do tom da minha pele. As únicas coisas que denunciavam que o vestido era de mangas longas eram a renda e as pedrarias, que, assim como a parte de cima do vestido, me abraçavam como se fossem uma tatuagem. Após a cintura bem marcada, havia a segunda parte mais bonita do vestido: a imensa saia volumosa, que me fazia parecer... realmente uma princesa. O vestido era bem armado, cheio de tafetá, rendas, pedrarias e uma cauda tão longa que Andrew prometeu que a levaria para mim. Estava tudo tão perfeito que, assim que meus dedos tocaram na saia, duas lágrimas desceram pelo meu rosto. Conforme eu me movia, sentia-me a própria Cinderela.

— Casamento de princesa, filha. — Minha mãe, emocionada, tocou as minhas costas.

— Ah, Lua... você está... — Roxy murmurou. — Esse vestido é exatamente o que você merece.

— Tudo está ornando de uma maneira indescritível — Cahya sussurrou.

— Você está... muito além do que a palavra linda poderia descrever — Kizzie garantiu.

— Amiga, você é sinônimo da perfeição — Erin elogiou.

Precisei piscar mais mil vezes para me virar e olhar todas aquelas pessoas que tinham o meu coração. Vi, em cada par de olhos, o afeto e a torcida por mim. Meu pai deu um passo à frente, segurou em meus ombros e, com lágrimas nos olhos, me observou.

— Quando você era pequena e brincava de boneca, eu ficava imaginando, com uma angústia no peito, este dia chegar. O dia em que te veria de noiva e teria que te entregar para um marmanjo que prometesse o mundo para você.

Ri, em um misto de lágrimas que começaram a descer pelo meu rosto. Meu pai as secou delicadamente e abriu um sorriso para mim.

— Eu sempre imaginei que odiaria este momento, por ter que te levar para outra pessoa, mas, agora... eu simplesmente... me sinto feliz por ser Yan Sanders o homem que te receberá do outro lado.

— Droga, pai! Você está me fazendo...

— Eu vou parar, prometo.

Com o coração pesado e leve ao mesmo tempo, aceitei o abraço dos meus pais, que vieram em dose dupla me envolver com carinho. O casamento deles foi uma das coisas mais insanas e, anos atrás, quando pensava que eles não poderiam se reconciliar, estava completamente enganada. Meu pai abriu uma empresa de consultoria, que agora já atuava mundialmente. Mamãe estava sendo seu braço direito, e Andrew, o seu esquerdo. Os três mais bem-sucedidos do que na época em que papai era político. Eu via a leveza dessa decisão que ele tomou cada vez que o visitava. E ele estava orgulhoso por me ver casar, mas eu estava ainda mais orgulhosa por ter visto o homem que ele se transformou.

— Eu te amo — sussurrei para ele.

Então, a porta se abriu. E meus olhos foram imediatamente para os de Shane. Ele entrou, em seguida, veio Carter, Zane e Mark. Os quatro murmuraram entre si e, assim que me afastei do abraço dos meus pais, os meninos desceram os olhos por mim.

— Ah, caralho. Eu acho que vou chorar. — Shane fechou os olhos e os apertou com o polegar e o indicador.

Aline Sant'Ana

— Meu Deus, Lua — Mark sussurrou, encarando a saia do meu vestido.

— Caralho, você veio da Disney. — Zane piscou, perplexo.

— Linda é muito pouco para te descrever. — Carter me encarou. — O Yan vai... desmaiar, porra.

— Eu espero que ele não desmaie, porque já enrolamos tanto para nos casarmos que não quero adiar nem mais um minuto — brinquei.

Arranquei risadas de todos, e meu pai ficou ao meu lado mais uma vez, me oferecendo o braço.

— Vamos?

Respirei fundo e Andrew passou por mim, dando um beijo no meu ombro para que não atrapalhasse a maquiagem. Em seguida, ele pegou a cauda do meu vestido.

Lancei um olhar por todos na sala.

E me senti pronta para dizer o sim mais importante de toda a minha vida.

Yan

Mark, Carter, Zane e Shane já estavam ao meu lado. Minha família já havia se acomodado, assim como a da Lua, e todos os nossos convidados. Minhas mãos suavam insanamente enquanto eu tentava manter a compostura. Por mais que estivesse sentado, podia sentir os meus joelhos tremerem. Lua demoraria mais dez minutos para chegar, já que teria a entrada das suas madrinhas. Ainda assim, eu não conseguia parar de contar os segundos mentalmente, me agarrando aos números para não pirar.

Assim que vi Roxanne, respirei aliviado.

— Desculpa! — Ela riu e correu até mim, se sentando ao meu lado. — Não quis dar a entender para a Lua que eu precisava vir antes e fiquei até a hora que ela desceu. Ela está quase pronta para entrar. E acredita que vou entrar com as madrinhas!

— Eu vou enlouquecer.

Roxy abriu um sorriso.

— Todos os noivos enlouquecem, faz parte da cerimônia.

— Porra... — sussurrei.

Senti as mãos do Shane sobre os meus ombros.

— Relaxa aí, mentor. A sua noiva está a caminho.

Carter, Zane e Mark trocaram olhares de empatia comigo.

— Yan — Roxy me chamou. — Você tem tudo pronto. Estamos prontos. E sei que não combinamos isso, mas nós dois conhecemos a música e vamos simplesmente arrasar. É sério! Eu até deixei a minha timidez de lado por vocês. Então, não pira agora.

— Não vou.

— Respira.

— Tá bom. — Engoli em seco.

A orquestra começou a tocar e eu me sentei em algo que já estava preparado.

Tive um vislumbre das madrinhas entrando com seus vestidos azuis e rosas brancas na mão. Elas passaram, uma a uma, sorrindo para mim. A emoção ao vê-las já foi grande e, assim que elas se dirigiram para o lado que pertencia à noiva, eu me libertei do nervosismo.

Porque meus dedos tocaram as teclas do teclado, adicionando à orquestra. Eu colei a boca no microfone e ouvi minha própria voz ecoar por toda a varanda do Bellagio.

— Não há palavras para mostrar como estou me sentindo. Nenhuma música. Eu vou pegar minha alma e derramar aos seus pés.

Eu vi Lua, e meu coração parou de bater. Meus olhos ficaram imediatamente molhados e, ainda assim, eu continuei cantando para ela, por mais que minha voz tremesse. Assisti-a andar até mim, sem conseguir olhar a decoração, porque seus olhos estavam arregalados de surpresa por eu estar cantando a música que ela escolheu para vir até os meus braços.

Ela estava como uma princesa.

Caminhando até mim como o meu futuro.

Como o meu mundo inteiro.

Deus, obrigado por me permitir ser amado por esta mulher.

— Oh, eu vou. Para sempre e depois. Colocar você antes de mim. Até o final dos tempos. Mas até lá. Até meu último suspiro chegar. Eu sou seu e você é minha — a voz angelical da Roxanne soou ao fundo, enquanto eu cantava junto com ela, e com todo o meu coração.

Eu não consegui tirar os olhos de Lua. E em como cada passo que ela dava a trazia mais para perto de mim.

Porra, como estava linda.

Aline Sant'Ana

Meu Deus.

Consegui respirar e apenas admirar a minha noiva enquanto Roxy cantava a sua parte. As lágrimas desceram pelo meu rosto enquanto meus olhos não conseguiam sair dela, enquanto ela sorria para a decoração e depois voltava para prestar atenção em mim, chorando. Tudo o que enfrentarmos até chegarmos... aqui.

Eu te amo com todo o meu coração...

— *Algum dia vamos ver o que significa o para sempre. Meu amor. Algum dia vamos ver o que significa o para sempre.* — Eu e Roxy cantamos até chegarmos à última estrofe: — *Meu amor, eu vou, para sempre e depois, colocar você antes de mim. Até o final dos tempos.*

Aplausos soaram por toda a varanda, mas eu não pude me importar menos porque Lua estava a um passo, de braços dados com seu pai, e Andrew ajeitando sua cauda uma última vez, antes de piscar para mim, e ir se sentar com os convidados.

Respirando fundo, me levantei, mesmo com os joelhos trêmulos, e os caras tiraram o teclado de mim, enquanto eu descia os dois degraus que me permitiriam buscar a minha noiva.

Perto dela, tão perto, meu coração apertou e as lágrimas se tornaram mais constantes. Admirei cada parte daquela mulher, desde o seu cabelo até a parte de baixo do vestido, porque ela tinha tirado todo o meu fôlego.

— Yan... — Riordan me chamou, tirando-me do transe. — Eu entrego a minha princesa nas suas mãos.

— Ela é a minha vida, Riordan.

Ele tirou o braço da filha e a beijou no meio da testa. Em seguida, colocou a mão de Lua sobre a minha. E eu entrelacei meus dedos aos dela.

— Cuida bem dela.

— Sempre.

E, então, eu a puxei para mim. Sem quase conseguir respirar, ajudei-a a subir os dois degraus e, antes de olharmos para o celebrante, ela me parou.

— Eu poderia dizer que está tudo exatamente do jeito que eu sonhei. Mas não, Yan. Você superou qualquer coisa que eu tinha em mente. Você cantou para mim, como um anjo, como o meu futuro marido. Eu estou tão emocionada e... — Sua voz falhou. E ela desceu os olhos molhados por mim. — A decoração. O seu terno cor de gelo... ah, Yan. Você está... meu Deus.

— Você é tudo o que sonhei, Lua — murmurei de volta, e colei nossas testas, fechando os olhos. — Porra, você está deslumbrante. Eu diria sim para você em uma capela do Elvis ou no castelo da Itália. Diria sim aqui, ou na nossa casa. Eu sempre vou dizer sim para você, independentemente de como ou quando.

— Vamos pegar o nosso para sempre, Gigante.

Lua

Eu passei todo o discurso do celebrante sentindo o meu coração incapaz de voltar ao normal depois de Yan cantar para mim. Eu já havia compreendido que o meu amor por ele era expansivo, mas a eternidade do sentimento foi visível aos meus olhos, bem ali, embaixo do arco de rosas brancas, ao lado do homem que me transformava em uma mulher melhor.

Quando chegou a hora das alianças e Yan pegou a minha mão, virando-se para mim, eu estava trêmula e emocionada, admirando aquelas íris cinzentas com toda a paixão do mundo.

Então, a voz de Yan soou alta, para todos ouvirem.

— Quando te reencontrei, descobri o amor e que podemos amar mesmo entre erros. Aprendi a respeitá-la, ainda que não a entendesse, ainda que não te fizesse me entender, também — falou, segurando minha mão, a aliança na ponta do meu anelar, sem que Yan o deslizasse ainda. Borboletas voaram quando encarei suas íris. Ele estava loucamente lindo naquele terno. — Descobri como o amor funciona, o mecanismo de estar apaixonado e a infinidade desse sentimento, a partir do instante em que deixei que meu coração fosse seu. Me quebrei por perdê-la, me refiz por tê-la, e descobri que, no amor, a gente se reinventa. Se sou um homem completo e melhor, é porque tenho você do meu lado, e é errado, eu sei, amar alguém dessa maneira, de corpo todo, mas é a forma que eu conheço, que você me mostrou. Não posso oferecer algo pela metade, quando te sinto por inteiro. No meu coração, na minha alma, em cada parte de mim.

Ele umedeceu os lábios, encarando ainda meus olhos. A aliança entrou um pouco. Prendi a respiração, com medo de me transformar em uma massa derretida na frente dos nossos amigos e dos nossos pais.

— Você é a soma de tudo o que há de bom, Lua. É completa. E só merece o infinito. Dessa forma, diante de tudo que é mais sagrado nesse mundo... eu vou te fazer uma promessa. Uma que faço silenciosamente quando acordo primeiro que você e te olho ainda dormindo, sabendo a sorte que tenho ao tê-la ali.

Ele ia me fazer morrer do coração.

Evaporar.

Aline Sant'Ana

No nosso casamento.

— Eu vou te amar por toda a vida. É isso, Lua. Em alto e em bom som. Porque alegar que te terei na saúde e na doença, na alegria e na tristeza, é apenas o reflexo do amor. Te amei, te amo e te amarei até que a morte nos separe. Obrigado por ser minha e por me permitir ser seu.

A peça gelada tocou a base do meu dedo e eu estremeci quando Yan me deu um beijo no rosto, tocando uma lágrima solitária com os lábios macios.

Ele se afastou.

Erin me deu o anel que eu colocaria em Yan. Senti a ponta dos meus dedos gelados quando segurei sua mão.

O mundo deixou de existir.

E eu encarei-o com o coração fora do corpo.

— Eu desejei para a minha vida paz e leveza. Então, eu reencontrei você, no meio daquela praia paradisíaca, tão lindo, mas o oposto de tudo que eu desejei para mim. Porque você era o caos e a intensidade. Caos porque, apesar de metódico com a sua vida, ficou claro que você causava desordem na minha, por me fazer te amar e perder a razão. Intensidade, bem, porque você lê meus pensamentos antes de eu sequer dizê-los, porque você é capaz de despir a minha alma, mesmo quando não quero estar nua aos seus olhos. Você me vê, Yan. Se existe um sinônimo da palavra intenso, pode procurar no dicionário, o seu nome estará lá.

Ele riu baixinho, mas suas bochechas estavam coradas e molhadas por lágrimas.

Nunca esteve tão bonito.

— Você me fez ter coragem e altruísmo. Me ensinou a ser perseverante. Talvez tenha me ensinado tantas outras coisas que não dei ouvidos, como saber mexer no Excel.

Arranquei risadas de todos e mordi o lábio antes de continuar.

— Mas eu sei, depois de tanto tempo ao seu lado, que cada dia você pode me ensinar mais. Cada dia você pode me surpreender. O normal seria pedir para que você continuasse assim, mas descobri que você, como vinho, fica ainda melhor a cada ano que passa.

Zane riu, divertido.

Eu chorei.

— Então, Yan, mude. — Encarei seus olhos. — Mude seus ensinamentos, seu cabelo, sua rotina. Continue também me apresentando a uma nova mulher

Por causa de você

que redescubro ao seu lado. Faça isso porque, por toda a minha vida, eu sei, eu vou te amar. E cada vez de um jeito novo, louco e sem um cronograma. Então, me pegue. Me leve com você. Para sempre. — Pausei para respirar, a emoção me controlando. — Que seja sempre amor nas risadas e nas brigas, na doçura e na amargura, nas agendas ou na desorganização. Sim, eu mudei essa parte, porque sou rebelde. — Sorri. — Te amarei além da vida. Obrigada por ser o meu Sol.

As alianças estavam em nossos dedos, assim como nossos olhos não conseguiam parar de admirar um ao outro. Eu estava ciente das câmeras que o Yan contratou, fotógrafos, e tudo que ele planejou para nos lembrarmos deste momento para sempre. Mas eu sabia... não precisaria de nada disso porque, aquele momento... era eterno.

— Eu os declaro marido e mulher, pode beijar a...

Yan não deixou chegar no "noiva", suas mãos vieram para a minha cintura e ele me beijou. Daquele jeito que não tem pudor, que não se importa com plateia. Com aquela intensidade perfeita que só nós dois tínhamos, o eclipse em um beijo, nossas sombras e todas as nossas luzes. Ele me amou quando sua língua entrou nos meus lábios e, quando trouxe sua mão para o meu rosto, senti o gelado da aliança contra a minha bochecha, me fazendo sorrir, apenas para beijá-lo de novo. Gritos, aplausos, comemoração. Por mais que eu estivesse feliz de ter todos que eu amava por perto, o mundo deixava de existir ao perceber que eu agora era a senhora Sanders.

— Vamos curtir Vegas, baby! — gritou Shane, interrompendo nosso beijo e fazendo Yan sorrir contra a minha boca.

Encarei seus olhos, e o mundo que havia neles.

Yan desceu as mãos do meu rosto e foi para a minha cintura. Em um segundo, me pegou no colo, estilo noiva mesmo, e começou a nos levar para a festa. Soltei um grito, enquanto ria de felicidade, envolvendo os braços no pescoço dele.

— Então, somos marido e mulher em Vegas — murmurei para ele.

— Vamos transformar a cidade do pecado no nosso próprio céu.

E os nossos amigos mostraram como é possível curtir Las Vegas. Curtimos, jogamos, dançamos. Ficamos loucos, apaixonados e, como disse em meus votos de casamento, pude encontrar em Yan um novo homem naquela noite.

O meu marido.

Ah, que mulher de sorte eu era.

Aline Sant'Ana

Por causa de você

... É O AGORA.

**Quero colo! Vou fugir de casa
Posso dormir aqui com vocês?
Estou com medo, tive um pesadelo
Só vou voltar depois das três**

— *Legião Urbana, "Pais e Filhos".*

Anos depois de se tornarem Sr. & Sra. Sanders...

Lua

Existe um sentimento que acomete alguns casais. Esse sentimento é forte e parece nascer pelos olhos do amor. Ele cresceu em mim e em Yan pouco tempo depois de nos casarmos. Quando nos sentamos para planejarmos o nosso futuro entre risadas, lágrimas e infinitos beijos cheios de promessas, eu soube que era esse o nosso destino, eu soube que estávamos a caminho daquela decisão, porque eu não poderia desejar isso ao lado de ninguém mais, além do homem da minha vida.

Queríamos engravidar.

E aconteceu, pouco tempo após as primeiras tentativas, exatamente da maneira que sonhávamos. Me lembro das lágrimas, do amor infinito e imediato, da emoção que senti ao ouvir, no ultrassom, os batimentos cardíacos do nosso bebê, segurando as mãos de Erin, que ainda estava grávida do Lennox. Naquele mesmo dia, para surpreender o meu marido, fui até o estúdio da The M's, onde Yan estava gravando. Eu o puxei para um canto, coloquei fones em seus ouvidos e prometi que a música que ele estava prestes a escutar mudaria a sua vida. Não levou nem cinco segundos para Yan entender. Ele me pegou no colo, chorando junto comigo, deixando o fone cair no chão, enquanto me enchia de beijos e dizia que aquela música... era a mais linda de todas. Os batimentos do nosso filho, do nosso Lyan, o garotinho que nasceu com os cabelos loiros como ouro e os meus olhos castanho-esverdeados.

Os nossos corações se uniram para baterem fora do corpo, para amarem aquele serzinho pequeno que cabia em nossos braços e que prometemos cuidar com tanto afeto, amor e responsabilidade.

Lyan Sanders se transformou no melhor amigo do Lennox, filho da Erin e do Carter. Depois, vieram Shawn e Sky, os bebês de Zane e Kizzie, na atitude

Aline Sant'Ana

mais linda que a minha melhor amiga poderia oferecer. Eu me lembro do quanto chorei abraçada a Erin, morrendo de orgulho da sua decisão.

E, então... um tempinho depois, dessa vez sem um cronograma, sem uma agenda dos meus períodos férteis, de surpresa...

Descobri que estava grávida de uma garotinha.

Eu e Yan rimos de pura felicidade, sabendo que Lyan havia puxado ao pai, e quis vir obedecendo a um cronograma. Já Luna... ah, aquela pestinha! Se escondeu dos exames que eu fiz, não quis aparecer nem no de sangue, acredita nisso? Espevitada desde quando era um pequeno ser na minha barriga. Nossa, a felicidade de termos um casal foi a plenitude de alcançarmos o amor na forma mais inimaginável possível. E da promessa que fizemos antes, de criarmos para os nossos bebês um lar para que eles sempre pudessem se sentir em casa.

Quando Luna nasceu, com os cabelos castanho-claros e os mesmos olhos cinzentos de Yan, eu soube imediatamente que aquela garotinha era a mais linda de todas. E esse amor só expandia, anos depois, porque hoje a nossa casa estava com os nossos filhos, como também logo estaria cheia dos nossos sobrinhos do coração, correndo para lá e para cá e...

— Lyan? — chamei-o, parando a corrida dele pela sala. O menininho com quase cinco anos me olhou, como se eu tivesse acabado de pegá-lo fazendo arte. Lyan estava com o cabelo no corte do pai, mais curto dos lados e comprido em cima. Os fios loiros brilhavam e os olhos iguais aos meus sempre me traziam uma emoção indescritível. — Diz pra mamãe: a Luna já está pronta?

— O papai tá descendo com ela.

Parei de ajeitar as coisinhas da festa de dois anos da Luna e chamei Lyan com o indicador. Ele cautelosamente foi se aproximando, tão lindo e tão homenzinho já. Peguei o meu garotinho no colo e o coloquei sentado sobre a bancada.

— Nessa festa, eu quero que você fique de olho na sua irmã, tudo bem? Vai vir muita gente hoje, todos os amigos do papai e da mamãe, os vovôs e as vovós, os titios, assim como também os amiguinhos de vocês: o Lennox, o Shawn, a Zoe e...

— A Sky vem?

Pisquei, um pouco surpresa.

— Claro, amor. Ela é a filha do Zane.

— Eu sei, mamãe. — Ele baixou a cabeça, as bochechas ficando vermelhas.

Ah, espera aí!

Por causa de você

Peguei em seu pequeno queixo e fiz Lyan olhar para mim.

— Por que você está com as bochechas vermelhas, Lyan? — sussurrei.

— Porque eu... mamãe... eu não quero dizer.

— Você gosta da Sky?

— Não! Sim! — Ele baixou o olhar. — Mamãe, eu vou ser sincero com você.

Uau, que adulto. Tudo bem, ele tinha cinco anos, isso não era nada assustador, certo?

— Claro, meu amor. Me diga o que está acontecendo.

— O Lennox gosta da Zoe desde o dia em que ela chegou na casa do titio Zane. Lembra que o titio Zane já tinha a Sky e o Shawn, mas aí ele disse que a dona cegonha trouxe a Zoe depois, porque a dona cegonha atrasou?

Sorri e acariciei as bochechas coradas do meu bebê. Estávamos todos na casa do Zane no dia em que ele recebeu a ligação dizendo que Zoe poderia ser adotada por ele e Kizzie. Lyan corria com Lennox e a Luna no carrinho. Me lembrei da festa que Zoe recebeu assim que se uniu à nossa família, e de como aqueles olhos puxadinhos dela, com leves traços asiáticos, conquistaram nossos corações desde o primeiro segundo.

— Então, o Lennox está apaixonado pela Zoe. É isso? — perguntei suavemente.

— É. E, se ele tem uma namorada, eu também tenho. Eu amo a Sky.

— Mas ela só tem três aninhos, meu bebê.

— Mas, mamãe... Eu quero perguntar para o papai se eu posso...

Escutei os passos do Yan atrás de mim, e a risada da minha pequena Luna, que se sentia completamente realizada quando estava em seus braços.

— O que você quer perguntar pra mim, filho?

— Se eu posso ir morar com o titio Zane pra eu namorar a Sky.

Me virei para Yan, tão de repente, que quase derrubei o bolo de cima da bancada. Observei os traços do meu marido, no quanto o tempo só fez bem pra ele, em como estava lindíssimo com uma camisa social branca e uma calça cinza. Mas, apesar de eu querer secá-lo, estava me divertindo com a expressão em seu rosto, e a maneira que ele levantou uma sobrancelha para Lyan, do mesmo jeito que fazia para mim.

Mordi o lábio inferior.

— Você quer o quê?

Aline Sant'Ana

— Papai, eu tô grande já.

Yan gargalhou. E foi uma risada tão maravilhosa, que me atingiu no estômago como se eu voltasse à adolescência. A pequena Luna em seus braços deitou a cabecinha no ombro do pai, e já estava prestes a fechar os olhos quando eu me aproximei para pegá-la. Daria tempo de colocá-la para dormir um pouquinho antes dos convidados chegarem. Aproximei-me de Yan, aqueles olhos me hipnotizaram por um longo tempo, e senti o calor subir em lugares que não deveriam, não na frente dos nossos filhos. Yan escorregou a atenção para a minha boca, e umedeceu a sua.

— Oi, amor.

— Oi, lindo.

— Quer a Luna?

— Sim, vou colocá-la no bercinho e você vai ter uma conversa com o seu precoce filho namorador.

Sorri. Nossas bocas rasparam e eu fiquei... tonta, submersa, apaixonada, encantada, em cinco segundos, que nem foram um beijo de verdade. Mas cada toque, cada olhar... era sempre como se fosse a primeira vez.

— Eu te amo cada dia mais. — Me admirou profundamente nos olhos.

E eu sabia que era a mais pura verdade porque eu também o amava daquele jeito.

— Eu também, meu amor.

Roubei um beijinho suave da sua boca e peguei Luna em meus braços. Enquanto caminhava para o bercinho que deixávamos no primeiro andar da casa, ouvi a voz de Yan na cozinha, aquecendo o meu coração e me fazendo rir silenciosamente.

— Vamos lá, rapaz. Me conta que amor é esse.

Yan

Depois de descobrir que as crianças estavam crescendo muito mais rápido do que o normal e de ouvir do meu filho que ele estava apaixonado, fiquei pensando em como Zane receberia a notícia de que o filho do Carter e o meu filho estavam de olho nas suas filhas. Porra, eu com certeza ia contar na festa da Luna, e rir da cara de desespero do Zane.

Ah, o primeiro amor...

Por causa de você

Subi para dar um banho em Lyan e conversar mais com o meu garotinho, sentindo a paternidade em minhas veias como se eu tivesse nascido para aquilo. Eu era o homem mais realizado do mundo. E era foda sentir isso também ao ver os caras se tornando pais. No quanto viramos, de fato, uma imensa família, e de como cuidávamos dos filhos uns dos outros da mesma forma que cuidávamos dos nossos. Morando perto, todos na mesma rua fechada e sem movimento, tínhamos a liberdade de soltá-los e permitir que vivessem, independente da fama dos pais, independente do mundo lá fora.

Assim que desci com Lyan pronto, parei no quarto do andar inferior para dar uma espiada na minha esposa. E eu observei aquela cena, a exata imagem perfeita, em que Lua tinha nossa princesa em seus braços. Luna estava em um sono profundo agora e era, sem dúvida, a garotinha mais linda de todo o universo. Nosso presente, nossa surpresa. Cara, minha filha era literalmente a perfeição.

Cacete, e quando ela namorasse? E quando chegasse à adolescência? Eu ia morrer antes de chegar à terceira idade. Não era tarde demais para se ter uma espingarda, era?

— Cheguei, casal! — anunciou Zane, já entrando com Kizzie, Shawn, Sky e Zoe, a mais velha, da mesma idade do Lennox.

— Oi, querido — falou Lua, já se aproximando deles, ainda com Luna no colo, que, provavelmente, não quis ficar sozinha. — Kizzie, meu bem!

Atrás de Zane, vieram Carter e Erin, com um Lennox caminhando de mãos dadas com a mamãe dele. O vocalista da banda sorriu para mim, e Lyan se agitou no meu colo, querendo descer para ver os amigos.

Deixei-o ir.

Ele correu e o meu filho puxou Lennox pela mão, falando sem parar da casinha na árvore que eu tinha construído.

Essas crianças estavam crescendo rápido demais.

— Já começou a preparar o churrasco? — Zane me perguntou, com Sky em seus braços.

— Não, você me ajuda?

— Claro, cara. — O guitarrista sorriu, feliz. — Carter, seu frouxo, dá uma mão aqui pra gente!

— Cala a boca, Zane. — Carter riu. — Seu merda.

— Também te amo! — Zane riu.

— Olhem os palavrões na frente das crianças! — Kizzie, Erin e Lua

Aline Sant'Ana

reclamaram em uníssono.

Os homens apenas rolaram os olhos.

Shane também chegou acompanhado, rindo quando Lennox correu com Lyan e Zoe entre suas pernas. Sky e Shawn chegaram um tempo depois, mas aquela galera toda quase derrubou o cara. Shane era, na real, o tio que todos amavam. Um encantador de crianças. E era possível ver isso porque, toda vez que o baixista chegava, a casa inteira ficava em festa. Assim como as crianças amavam também Roxanne.

As horas passaram, Mark chegou com Cahya, que estava com uma barriga linda de oito meses de gestação, a promessa de que a nossa família cresceria ainda mais. Meus pais e seus parceiros, minha irmã e os pais de Lua também vieram. Assim como Oliver e sua companheira, Andrew e a sua, e a sócia de Lua, que havia se casado, também apareceu.

As crianças comeram e dormiram à tarde enquanto os adultos colocavam o assunto em dia, e eu aproveitava para zoar Zane sobre como seria um troca-troca amoroso com nossos filhos quando crescessem. Zane ficou roxo, cara. Foi lindo de ver. Eu acho que ele ia pagar todas as merdas que fez na adolescência com aquele trio. Carter aproveitou a deixa para culpar Shane por ficar ensinando os meninos a como beijarem na boca.

— Porra, me ligaram da escola dizendo que o Lennox está beijando umas meninas da sala dele, Shane. Imagina a minha cara! Isso é culpa sua.

— Ele tá beijando mesmo? — Shane gargalhou. — Ah, caralho. Eu não acredito. O Zane amoleceu depois que casou, sobrou para o tio Shane ensinar a arte do amor.

— O que você ensinou? — Zane perguntou, interessado.

— Ensinei que, quando ele gosta de uma menina, ele tem que beijar ela na boca.

— Porra, Shane. — Fechei os olhos.

— Eles não estão muito novos para começarem a pensar nisso, não? — Carter opinou.

— Talvez, meninos — Roxanne se aproximou e ergueu a sobrancelha —, eles estejam vendo vocês muito agarrados com as suas respectivas mulheres e queiram copiar os papais. Às vezes, vocês andam beijando muito na frente deles. Fica a dica.

— Ah, mas... é impossível não beijar a minha Marrentinha, porra.

— Impossível não beijar a Erin. E o Lennox nunca ficou indignado com isso

Por causa de você

— Carter pareceu ponderar.

Naquele momento, no jardim da minha casa, me desconectei da conversa, e meus olhos encontraram os de Lua. Ela estava sorrindo para mim, apaixonada pra caralho. E tinha no rosto o mesmo olhar de desejo que me deu no meio daquelas arraias, antes de beijá-la pela primeira vez. Tão linda e infinitamente perfeita que pensei que as promessas que fiz no dia em que a tornei minha esposa se concretizavam a cada segundo que passava.

Lua Sanders continuava a mulher mais linda que já vi. Seu corpo me causava novas reações, e descobria um mundo novo toda vez que a tinha em meus braços. Imaginei que, talvez, aquela noite seria uma destas. Em que eu me descobriria mais apaixonado por ela.

— É, realmente não dá pra ficar sem beijar a minha esposa. — Minha voz saiu rouca.

— Se comportem perto das crianças, apenas isso. — Roxy voltou a se sentar.

A tarde passou voando até que o entardecer chegou. Acordamos as crianças e, entre fotos, emoção, música e muita bagunça, comemorei ao lado da minha esposa e do meu Lyan os primeiros dois anos de vida da minha princesa Luna. Assopramos a vela juntos, trocamos presentes, vivemos aquele momento em sua eternidade. E, cara, vou ser sincero, todas aquelas crianças viviam em uma redoma imensa de amor. Então, quando o parabéns chegou, Luna foi de colo em colo, rindo dos beijos que Erin deu, envolvendo Kizzie com carinho, enchendo a tia Cahya de beijos, amando as cócegas da Roxanne, para depois ir para os braços dos avós, da tia, do Mark, que a acolheu como se sempre a fosse proteger, do Carter que cantou no ouvido dela, do Zane que deixou que ela puxasse seus cabelos, e do Shane, que fez um barulho cômico quando a beijou na barriguinha.

Lua me abraçou, me beijou apaixonadamente enquanto nossos filhos estavam distraídos e, por um segundo, pensei que queria voltar no tempo só para viver com essa mulher tudo de novo, porque a estrada que percorremos nos trouxe a um futuro que jamais poderíamos sonhar.

Mas vi que estava errado.

Que besteira voltar ao passado, pensei, enquanto entrelaçava meus dedos nos dela. Me apaixonar por Lua de novo e de novo, descobrindo-me um homem melhor a cada dia quando estava ao seu lado, era só o começo.

Para que voltar no tempo, se o nosso para sempre é o agora?

Aline Sant'Ana

Por causa de você

AGRADECIMENTOS

Foi muito difícil dizer um até logo para Yan e Lua. Muito difícil mesmo. Esse livro me levou até um outro patamar de felicidade e plenitude, e acredito que nunca tenha ficado tão contente e aliviada ao ver um casal chegando ao seu merecido felizes para sempre. O sofrimento deles, o que passaram até chegarem aqui... nossa *respira fundo*, eu nunca vou conseguir descrever como é bom, para mim, vê-los tão maduros e apaixonados um pelo outro. O meu casal eclipse! Feitos de luzes e sombras, eles são capazes de se completar. E eu escrevi cada instante com lágrimas nos olhos e um calor no coração. Eu amo demais Yan e Lua e tudo que eles representam para nós.

Preciso agradecer à Charme por abraçar esses roqueiros desde o primeiro livro, por amar esses meninos da mesma maneira que eu amo, além de tornar os nossos sonhos tão palpáveis e reais.

À Veronica, por sonhar e me ajudar a desenhar esse romance mentalmente até que eu me sentisse pronta para iniciar. Obrigada por pegar todos os meus medos e transformá-los em soluções.

À Ingrid, que sempre enxerga além do que meus olhos podem ver, por me dar os conselhos mais geniais e ser o alívio nos meus dias sombrios.

A amizade de vocês duas... levarei comigo pelo resto da vida.

Preciso agradecer à Raíssa, que me apoia mesmo quando eu estou em crise existencial enquanto escrevo. Que me escuta nos momentos bons e ruins e que me acalenta.

À minha família, por me aguentar falando por horas dos meus personagens, por buscar formas de aliviar toda a agonia do processo de escrita, e a ansiedade que sinto até chegar à palavra FIM. Especialmente, por me lembrar de tirar a bunda da cadeira e ir almoçar. E por serem a minha inspiração para a família que é a The M's. Sério, vocês cuidam de mim quando eu mesma sou capaz de me esquecer; nada é mais The M's do que isso. Eu amo cada uma de vocês.

Aos meus leitores, tão fiéis, apaixonados, dedicados, queridos e adoráveis. Eu digo sempre que vocês são os melhores do mundo e, a cada livro que passa, essa constatação se consolida e me toca profundamente. Eu sei o quanto vocês amam esses rockstars e cada cena, cada instante, cada palavra... eu fiz tudo pensando neles, mas também pensando na leitura mágica que poderia

Aline Sant'Ana

proporcionar a vocês.

E a você, que está lendo isso: espero que tenha a chance de encontrar o amor infinito na sua vida.

Com o coração apertado, mas feliz...

Aline.

VIAJANDO COM ROCKSTARS

Aline Sant'Ana

CONHEÇA TAMBÉM OUTROS LIVROS DA AUTORA

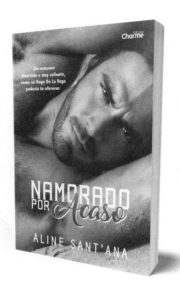

Aline Sant'Ana

Entre em nosso site e viaje no nosso mundo literário.
Lá você vai encontrar todos os nossos
títulos, autores, lançamentos e novidades.
Acesse www.editoracharme.com.br

Você pode adquirir os nossos livros na loja virtual:
loja.editoracharme.com.br

Além do site, você pode nos encontrar em nossas redes sociais.

 https://www.facebook.com/editoracharme

 https://twitter.com/editoracharme

 http://instagram.com/editoracharme